EDITORA
Labrador

Um caminho para amar

NATACHA OLISKOVICZ

Copyright © 2023 de Natacha Oliskovicz
Todos os direitos desta edição reservados à Editora Labrador.

Coordenação editorial
Pamela Oliveira

Preparação de texto
Ligia Alves

Projeto gráfico, diagramação e capa
Amanda Chagas

Revisão
Laila Guilherme

Assistência editorial
Leticia Oliveira

Imagens de capa
Jon Tyson (Unsplash); Freepik.

Dados Internacionais de Catalogação na Publicação (CIP)
Angelica Ilacqua – CRB-8/7057

Oliskovicz, Natacha
Um caminho para amar / Natacha Oliskovicz. -- São Paulo : Labrador, 2023.
256 p.

ISBN 978-65-5625-302-2

1. Ficção brasileira 2. Santiago de Compostela – Ficção I. Título

23-0369-1594

CDD B869.3

Índice para catálogo sistemático:
1. Ficção brasileira

Editora Labrador
Diretor editorial: Daniel Pinsky
Rua Dr. José Elias, 520 — Alto da Lapa
05083-030 — São Paulo/SP
+55 (11) 3641-7446
contato@editoralabrador.com.br
www.editoralabrador.com.br
facebook.com/editoralabrador
instagram.com/editoralabrador

A reprodução de qualquer parte desta obra é ilegal e configura uma apropriação indevida dos direitos intelectuais e patrimoniais da autora. A editora não é responsável pelo conteúdo deste livro. Esta é uma obra de ficção. Qualquer semelhança com nomes, pessoas, fatos ou situações da vida real será mera coincidência.

Agradecimentos

Primeiramente eu gostaria de agradecer a Deus, por essa oportunidade e por esse momento muito especial na minha vida.

À minha mãe, Desirée de Fatima Bezerra Oliskovicz, que sempre me incentivou, lendo em primeira mão as diversas versões iniciais do texto, dando muitas sugestões. Ao meu pai, Sérgio Adalberto Oliskovicz, que acompanhou o desenvolvimento desse romance, e pela ajuda para que este sonho se tornasse realidade.

Ao meu irmão, Michel Oliskovicz, à minha cunhada, Elaine Cristina Ferreira, e ao meu sobrinho, Lucas Oliskovicz, que muitas vezes compartilharam comigo o mesmo espaço nos momentos em que eu simplesmente estava soltando as ideias iniciais.

À minha irmã, Katiucia Oliskovicz, que, aos 45 minutos do segundo tempo, sugeriu o título: *Um caminho para amar.*

A todas as amigas que leram, mesmo que partes do texto, e contribuíram com suas observações. À Gisele Gomes Pardini, que contribuiu com o seu olhar e sugestões no texto. À Maria Augusta de Castilho, que conheceu este projeto lá no início e me incentivou a continuar. E, em especial, à Stéfani M. Quevedo, que fez a leitura crítica, lapidando ainda mais o enredo.

À Editora Labrador e toda a sua equipe, que sempre foram muito atenciosos e extremamente profissionais desde o primeiro contato.

Meus sinceros agradecimentos a todos, de coração.

Natacha Oliskovicz

Carta convite ao leitor

Querida leitora e querido leitor,
O romance *Um caminho para amar* nasceu do diário de viagem da Daniela, outra obra de ficção que serviu de base para esta que você irá conhecer. Na época, o diário foi dividido em quarenta capítulos, relatando desde o momento de sua decisão em fazer o Caminho de Santiago até o retorno a São Paulo. Tinha uma dinâmica diferente, um enredo linear, muito parecido com uma série de televisão, em que cada capítulo seria um episódio.

Quase um ano depois, lendo e relendo a primeira versão, decidi que podia ser diferente, e, assim, ele passou a ter outro ritmo. Comecei a olhar para ele como um filme que se passa em vinte e quatro horas, em que a personagem principal, Daniela, já está de volta em seu apartamento, organizando as coisas da viagem e lembrando do que aconteceu; do que viu; do que aprendeu; dos peregrinos que conheceu; daquele por quem se apaixonou.

Sendo lembranças da viagem, o enredo deixa de ser linear e passa a ser livre. Iniciei este romance com a conversa de Daniela e seu noivo, texto esse que estava no final da versão do diário dela. Essa mudança ocorreu para deixar você na expectativa de saber o que vem pela frente em relação aos planos da personagem.

Outra questão que mostra que o enredo não é linear é que as lembranças dela, assim como as de Francesco, aparecem fora de uma sequência temporal dos acontecimentos. Seria como um flash dos momentos que passaram juntos — ou não — durante o Caminho de Santiago.

Quando escolhi trabalhar com as lembranças, tentei deixá-las o mais perto possível da nossa realidade, pois quando viajamos não conseguimos lembrar de tudo, apenas de momentos pontuais, os quais vamos relacionando ao nosso cotidiano.

O romance é dividido em horas. Desta forma, você pode acompanhar com Daniela todas essas deliciosas lembranças até o momento em que sua vida pode mudar completamente.

Espero que você se apaixone por este romance, assim como eu em escrevê-lo, até porque a história de Daniela e Francesco está apenas começando. Vamos conhecer como tudo começou?

Um grande abraço,
Natacha Oliskovicz

Roteiro

> Percurso pelo Caminho de Santiago de acordo com o diário de Daniela, com o dia e as distâncias que faltavam para a chegada a Santiago de Compostela. Assim você pode ir acompanhando quando quiser, à medida que as cidades, as vilas e os vilarejos forem citados nas lembranças, e saber exatamente onde ela estava durante o Caminho.

A chegada em Saint Jean Pied de Port (*domingo*)

1º dia • Saint Jean Pied de Port *até* Roncesvalles (*segunda, 778,5 km*)

2º dia • Roncesvalles *até* Zubiri (*terça, 753,4 km*)

3º dia • Zubiri *até* Pamplona (*quarta, 731,5 km*)

4º dia • Pamplona *até* Puente la Reina (*quinta, 710,6 km*)

5º dia • Puente la Reina *até* Estella (*sexta, 686,8 km*)

6º dia • Estella *até* Los Arcos (*sábado, 664,9 km*)

7º dia • Los Arcos *até* Viana (*domingo, 643,4 km*)

8º dia • Viana *até* Navarrete (*segunda, 625 km*)

9º dia • Navarrete *até* Nájera (*terça, 602,2 km*)

10º dia • Nájera *até* Santo Domingo de la Calzada (*quarta, 585,8 km*)

11º dia • Santo Domingo de la Calzada *até* Belorado (*quinta, 564,5 km*)

12º dia • Belorado *até* San Juan de Ortega (*sexta, 542,1 km*)

13º dia • San Juan de Ortega *até* Burgos (*sábado, 517,9 km*)

14º dia • Burgos *até* San Bol (*domingo, 491,8 km*)

15º dia • San Bol *até* Itero de la Vega (*segunda, 465,1 km*)

16º dia • Itero de la Vega *até* Villarmentero de Campos (*terça, 439,2 km*)

17º dia • Villarmentero de Campos *até* Calzadilla de la Cueza (*quarta, 414,9 km*)

18º dia • Calzadilla de la Cueza *até* Sahagun (*quinta, 387,7 km*)

19º dia • Sahagun *até* El Burgo Ranero (*sexta, 364,2 km*)

20º dia • El Burgo Ranero *até* Mansilla de las Mulas (*sábado, 346,1 km*)

21º dia • Mansilla de las Mulas *até* Leon (*domingo, 327,2 km*)

22º dia • Leon *até* Villadangos del Páramo (*segunda, 309,1 km*)

23º dia • Villadangos del Páramo *até* Astorga (*terça, 287,8 km*)

24º dia • Astorga *até* Rabanal del Camino (*quarta, 259,3 km*)

25º dia • Rabanal del Camino *até* Molinaseca (*quinta, 238,7 km*)

26º dia • Molinaseca *até* Villafranca del Bierzo (*sexta, 213,1 km*)

27º dia • Villafranca del Bierzo *até* O Cebreiro (*sábado, 182,5 km*)

28º dia • O Cebreiro *até* Triacastela (*domingo, 153,6 km*)

29º *dia* • Triacastela *até* Sarria (*segunda, 132,9 km*)

30º dia • Sarria *até* Portomarín (*terça, 114,2 km*)

31º dia • Portomarín *até* Airexe (*quarta, 91,5 km*)

32º dia • Airexe *até* Furelos (*quinta, 74,6 km*)

33º dia • Furelos *até* A Calle (*sexta, 56,3 km*)

34º dia • A Calle *até* Lavacolla (*sábado, 32,5 km*)

35º dia • Lavacolla *até* Santiago de Compostela (*domingo, 12,2 km*)

🐚 **Passeio em Santiago de Compostela** (*segunda*)

• Viagem de volta para casa (*terça e quarta-feira*)

7 horas

Daniela chegou de viagem há dois dias. Recentemente fez o Caminho de Santiago na Espanha, o que resultou em quarenta dias fora de casa. Gustavo, até então seu noivo, foi pegá-la no aeroporto na quarta-feira à noite, conforme combinado entre eles.

Na quinta de manhã, a primeira coisa que ela fez foi ir ao salão de beleza, perto de seu apartamento, para voltar a ser mulher. Fez sobrancelhas, cabelo, unhas e depilação. Assim que terminou tudo de que precisava, foi comprar algumas coisas que estavam faltando em casa, mantimentos de supermercado e da padaria.

Na sexta, com tudo organizado, Daniela foi almoçar na casa de seus tios e ficou por lá até a noite, matando a saudade de todos e contando tudo, na verdade quase tudo, sobre a viagem.

Hoje, sábado, Daniela acordou cedo, como de costume. Não tem planos de sair de casa, pois não precisa de nada. Quer mesmo é ficar sozinha e terminar de organizar as coisas da viagem. Tem que lavar a roupa, limpar a mochila e gostaria de mexer com as fotos. Acima de tudo, precisa colocar em ordem o que decidiu para sua vida.

Assim que sai da cama, vai até a cozinha fazer o café. Enquanto o espera ficar pronto, encostada no balcão, olha para sua mão, em especial para a marca da aliança, queimada do sol. Pensativa, lembra da conversa que teve com o ex-noivo na noite em que chegou de viagem.

Assim que as portas do desembarque internacional se abriram, Daniela viu Gustavo, que acenou para chamar sua atenção. Ela se lembrava de que nas últimas horas do voo tinha ficado apreensiva, pois já estava decidida: só tinha que encontrar uma oportunidade para conversar com o noivo.

Sabia que, dentro de alguns minutos, chegaria o momento de enfrentar a verdade. Como ele estava? Será que havia pensado neles também? Nas trocas de mensagens durante a viagem ambos estavam distantes, porém cordiais.

Quando se aproximaram, houve um beijo rápido e um abraço frio, como se fossem dois amigos. Havia algo de estranho entre eles. Para disfarçar, Gustavo perguntou:

— Quer que eu leve a sua mochila, Dani?

— Não precisa, já estou acostumada. Obrigada.

Em seguida caminharam para o estacionamento. Durante o trajeto do aeroporto até o apartamento dela, a mesma formalidade.

— Como foi o seu voo?

— Foi tudo bem, dormi a maior parte dele. E como estão as coisas por aqui?

— Normal, o de sempre.

— Que bom.

Dentro do elevador, um silêncio absoluto, pareceu uma eternidade o tempo que levaram do térreo até o quarto andar. Assim que ela abriu a porta e os dois entraram, Gustavo perguntou:

— Dani, você está muito cansada? Podemos conversar um pouco?

Já prevendo que o momento se aproximava, ela respondeu:

— Sim, claro. Eu só gostaria de tomar um banho rápido. Pode ser?

— Claro. Eu te espero.

— Obrigada. Já volto.

Enquanto tomava banho, Daniela se preparava para a conversa. Minutos depois sentou na poltrona, enquanto Gustavo estava no sofá, do outro lado da sala. Criando coragem, ele começou:

— Dani, eu pensei em nós também, e você estava certa. Nós precisávamos desse tempo. E realmente não estamos bem.

Ela assentiu e continuou ouvindo.

— Acho que nos distanciamos mesmo e, de certa forma, estamos acomodados.

— Eu também percebi isso — respondeu ela.

Até que Gustavo disse, sem fazer rodeios:

— Eu transei com outra mulher esses dias.

Daniela o encarou, surpresa com tanta objetividade, e seus olhos se encheram de lágrimas. Eram lágrimas de alívio, pois agora não se sentia mais tão culpada; podia tirar esse peso das costas. Ainda em silêncio, ela olhava para ele e o ouvia. Gustavo então se aproximou, sentou à sua frente, no cantinho da mesa de centro, e continuou:

— Me desculpe, Dani. Eu sei que combinamos que seríamos transparentes um com o outro e que, antes que qualquer coisa acontecesse, iríamos conversar. Mas aconteceu.

Daniela então respirou fundo e, olhando para suas mãos, em especial para a aliança, disse:

— Gustavo, você foi e voltou comigo. Em nenhum momento eu tirei a nossa aliança. Em todos os momentos eu pensava em nós também e, para ser sincera, na verdade muitas vezes eu adiava esse pensamento, porque eu sabia para onde levaria. — Respirando fundo, ela continuou: — Não seria justo não te contar também, e deixar você com esse peso. Eu beijei outro homem durante o Caminho, e com certeza isso vai ficar na lembrança, porque eu acredito de verdade que nunca mais vou vê-lo. Foi alguém muito importante para mim, dentro do meu processo de transformação.

Gustavo foi quem olhou para ela com surpresa agora.

— Me desculpe também, Gustavo.

Enxugando algumas lágrimas que começavam a cair, ela continuou:

— Acho que isso significa que realmente não temos mais nada, pelo menos como casal.

— Sim.

— Acho que nos distanciamos depois que passamos pela perda do bebê — ela acrescentou.

— Acho que sim. Desculpe. Não fui homem o suficiente para assumir. Fiquei com medo quando você engravidou. Não estava, e acho que ainda não estou, preparado para ser pai. Já você, é o que você quer, ser mãe.

— Sim.

— Não seria justo fazer você esperar, sendo que na verdade eu nem sei se vou querer ter filhos. Eu tenho certeza de que, quando você menos esperar, vai encontrar alguém que a ame e queira ter filhos também. Você vai ser uma excelente mãe, disso eu não tenho dúvida. — Gustavo também estava com os olhos cheios de lágrimas. — Você sabe que eu te admiro muito e gosto demais de você.

— Sim, e eu de você, Gustavo. Eu não estaria aqui se não fosse você. Que me trouxe de novo à vida naquela semana. Sou muito grata.

E os dois se abraçaram e juntos choraram. Haviam aprendido e crescido no tempo em que estiveram juntos. Tirando a aliança do dedo, ela a entregou para ele.

— Tome, acho que isto não me pertence mais. E também não precisamos prolongar muito esta conversa.

— Concordo, não precisamos. Eu só queria que você soubesse que sempre será minha grande amiga.

— Você também. Obrigada por tudo.

— Quer almoçar comigo?

Enxugando as lágrimas, ela respondeu:

— Eu combinei de almoçar com os meus tios.

— Sim, tenho certeza que eles estão com saudade. Vou deixar você se organizar por aqui.

— Só um minuto.

Daniela foi até o quarto, onde estava sua mochila, e pegou um presente que havia comprado para ele.

— Espero que você goste. É só uma lembrança, mas comprei com muito carinho.

Ele pegou o pacote.

— Obrigado, Dani. Vamos nos ver no decorrer da semana, então. Eu devo ter algumas coisas suas na minha casa.

— Tudo bem. Eu vejo por aqui também o que for seu, e separo.

— Combinado. Bom, então eu vou.

Quando chegaram à porta, se abraçaram de novo, um abraço demorado, e deram um último beijo.

— Vamos nos falando.

— Sim, vamos, sim.

Fechando a porta, Daniela pôde respirar fundo. Estava aliviada, pois a conversa tinha sido tranquila, apesar de tudo. E ela iria poder organizar suas prioridades dali para a frente.

7h30

Daniela agora é uma mulher solteira, e vai direcionar as energias para sua vida profissional. Voltou decidida, e já na segunda-feira vai pedir demissão do museu para ter o tempo de que precisa para começar a fazer o que de fato gosta.

Um relacionamento novo, quem sabe, mais para a frente. Voltando a organizar a mesa para seu café da manhã, um nome não sai de sua mente: Francesco. Como ele estará? Não conversaram por mensagem nesses últimos quatro dias, mas, sempre que pensa nele, um sorriso aparece em seus lábios.

...

Francesco é, na verdade, Giovanni Francesco Lorenzo Rossi, trinta e seis anos, mais conhecido como Giovanni Rossi, um cantor italiano, vencedor de vários prêmios na Europa, que continua em ascensão e a cada dia voa mais alto em sua carreira. Ultimamente está recebendo da gravadora propostas de se lançar no mercado internacional. Começará pela América do Sul, depois passará pela América do Norte e, antes de voltar à Europa, vai se apresentar na Oceania, na Ásia e na África.

Ele é extremamente disciplinado e perfeccionista, adora escrever e compor. Mas ultimamente não tem tido tempo, pois viaja sem parar com os shows pela Itália e em alguns países próximos.

Está finalizando uma turnê pela Europa com apresentações nas grandes cidades. Os dois últimos shows serão em Florença, onde mora, daqui a uns dias. Estão terminando de montar a megaestrutura na arena onde acontecerão os dois eventos.

Giovanni precisa de um tempo, e também de descanso, para pensar na vida pessoal, e no que aconteceu. Enfim, precisa agora pensar em si mesmo. Ele sabe que sua vida profissional está indo bem, mas sente um vazio quando chega em casa, por não ter alguém com quem compartilhar seus momentos.

Giovanni está se recuperando de uma depressão. Seu último relacionamento foi destruidor e deixou sequelas. Na verdade, ele não sabe se vai voltar a confiar nas pessoas, se vai voltar a amar. Foi quase um ano de pura mentira por parte dela. Ivana, a ex-namorada, o usou e manipulou para se autopromover.

Quando tudo veio à tona, Giovanni caiu na bebida, chegou a usar drogas e passou por um período de tratamento e reabilitação. Ele conseguiu superar tudo graças a sua família e a seu amigo e empresário Tony, que souberam lidar com a situação e dar o apoio de que ele precisava. Pouca coisa saiu na mídia, e, para quaisquer questionamentos, Giovanni contava que estava se preparando para os novos projetos.

Tony rapidamente diminuiu a agenda de Giovanni naquele momento, para que ele pudesse fazer as sessões de terapia. A rotina de trabalho foi aumentando de forma gradativa, até que ele foi capaz de voltar todas as suas atenções para a carreira. Meses depois, Giovanni estava se dedicando cem por cento aos compromissos e não parou mais. Mas agora precisa de uma folga, está chegando ao seu limite.

Giovanni vê que os próximos compromissos antes dos dois últimos shows seriam internos, reuniões com a gravadora e ajustes em alguns arranjos, e não pensa duas vezes. Lembra de uma conversa que tinha tido com seu amigo de infância, Guilhermo, há poucos dias. Guilhermo estava recém-chegado de uma viagem na qual percorrera o Caminho de Santiago. Foi com muito encantamento que lhe relatou como foi, o que viu e, sim, quanto andou.

Decidido, Giovanni deixa uma mensagem de WhatsApp para o empresário:

> Tony, volto em 40 dias. Não defina nada ainda com a gravadora sobre a carreira internacional. Preciso pensar melhor sobre esses novos desafios e refletir sobre como vou querer seguir com eles. Estou indo fazer o Caminho de Santiago. Podemos ir nos falando nos finais de tarde quando você quiser. Abraços.

Ele calculou quarenta dias, sendo trinta e quatro ou trinta e cinco exclusivamente dedicados ao Caminho. Apesar de saber que os homens conseguem fazer uma quilometragem maior que as mulheres, se optasse por percorrê-lo em menos tempo não teria intervalos para pensar, escrever e compor da forma que gostaria. Além disso, iria ficar mais exausto do que descansado. Então, preferiu seguir o mesmo cronograma do amigo.

Restam quatro dias para comprar o que precisa, e Guilhermo o ajuda nessa tarefa, sugerindo as melhores escolhas de equipamentos e acessórios e o ensinando a montar e desmontar a mochila.

Giovanni está animado e ao mesmo tempo um pouco apreensivo, com receio de ser reconhecido e de sua viagem não acontecer da maneira como ele planejou, afinal o Caminho é na Espanha, bem pertinho da Itália. Ele quer que seja uma experiência diferente, de aprendizado e de muita reflexão.

Mesmo assim, está confiante de que vai dar tudo certo. Guilhermo disse que as pessoas que fazem o Caminho são, em sua maioria, de países distantes e que, mesmo que sejam da Europa, o perfil dos peregrinos não tem muito a ver com o do público dele. Apesar de ser relativamente perto de onde mora, o Caminho passará mais por cidades pequenas, assim como vilas e vilarejos, do que por cidades grandes.

Como Giovanni normalmente não usa barba e se veste com elegância, a primeira coisa que fez foi deixar a barba crescer um pouco, o que não será um problema, pois ele a apara duas vezes por semana. Levará seus óculos de grau, que não usa muito em público, apenas para compor e gravar, assim como um boné, e está torcendo para não ser reconhecido com facilidade.

A menos de dois dias de começar literalmente o seu Caminho, Giovanni deixa algumas instruções para a senhora Pietra, a governanta de sua casa, dizendo que os dois podem se falar sempre que necessário.

E, não tendo mais tempo de ver outros detalhes, coloca tudo na mochila, conforme as orientações de Guilhermo, que, por sinal, achou divertido saber que vai ser cúmplice dessa escapadinha do amigo e que o levará às escondidas de carro para Saint Jean Pied de Port, o ponto de partida.

...

Daniela termina de tomar seu café da manhã, lava a louça e vai trocar de roupa. Assim que retorna para a sala, liga o computador para começar a mexer com as fotos. Enquanto o computador inicia, sentada onde está, começa a correr os olhos pelo seu apartamento, o que a faz lembrar de seus pais.

Daniela é órfã. Os pais sofreram um acidente de carro ao voltar de uma festa. Aos quatro anos, ela havia ido passar a noite na casa dos tios e depois disso nunca mais voltou para sua casa. Seu tio Augusto, casado com a tia Inês, era o irmão mais velho de seu pai, e, como são seus padrinhos de batismo, os dois assumiram a responsabilidade de criá-la junto com seus dois filhos, Marcelo e Juliana, os três mais ou menos da mesma idade.

O apartamento dela veio do dinheiro que seus pais deixaram, com a venda da casa e o seguro de vida de cada um, na época.

Ela é historiadora, e já está formada há dez anos. Trabalha no Museu de Arte Sacra em São Paulo, e é responsável pelo setor das visitas educativas monitoradas e guiadas, além de ser a arquivista principal, catalogando todas as peças que chegam ao acervo. Começou no museu como estagiária, no último ano da graduação, e se identifica bastante com a arte sacra.

Daniela também adora ler. Há livros espalhados pelo apartamento todo, de forma organizada, mas por toda parte. Sempre que consegue, ela dá suas escapadinhas para viajar e conhecer lugares novos, independentemente de onde seja, dentro ou fora do país. Programa as viagens com muito carinho e estuda tudo antes, para poder aproveitar ao máximo os lugares.

Assim que se formou, fez pós-graduação em museologia e, na sequência, mestrado em patrimônio histórico e cultural. De tempos em tempos escreve artigos para revistas especializadas na sua área de formação.

Está se dando conta de que talvez seu trabalho no museu não a motive mais, afinal faz sempre as mesmas coisas, todos os dias. Apesar de se sentir útil ao receber as pessoas nas visitas guiadas e ao organizar arquivos e documentos, Daniela quer mais.

É uma mulher feliz, apesar do que aconteceu há mais ou menos um ano, com ela e seu ex-noivo. Só está passando por um período de incertezas, o que é normal em certa fase da vida, depois de um período de relacionamento e de um tempo de formada.

O Caminho de Santiago mudou sua vida, e ela agora está disposta a recomeçar do zero. Assim que o computador liga, ela pega seu tablet e conecta os dois equipamentos para poder fazer as transferências de arquivos.

Enquanto espera, lembra que ainda não mexeu na mochila direito. Só tirou três sacolas de dentro dela e as deixou em cima do balcão. E ainda precisa lavar a roupa, que na verdade não é muita, assim como limpar melhor a mochila para guardá-la novamente, quem sabe para uma próxima viagem.

Ela se levanta e vai até o quarto, pega a mochila e a leva até a máquina de lavar. Separa o que é roupa e o que é acessório e, à medida que vai colocando as peças dentro da máquina, lembra de como conheceu Francesco. Começa a rir consigo mesma. Quem diria que aquele homem mexeria com ela? E, mais uma vez, Daniela abre um sorriso de felicidade.

No segundo albergue, em Roncesvalles, Daniela havia voltado da missa dos peregrinos. Subiu até o quarto e desceu com a bolsa de roupa suja, indo em direção à lavanderia. Assim que ligou a máquina, percebeu alguns bancos de madeira mais ao fundo da lavanderia. Escolheu um e foi caminhando devagar, pois estava toda dolorida, e se sentou. Ficaria ali por uns quarenta minutos, até lavar e secar tudo.

Por sorte tinha levado o livreto que havia comprado no dia anterior, junto com a vieira que amarrara em sua mochila, e, com calma, começou a folheá-lo. Escreveu seus dados na parte de dentro; tinha o hábito de fazer isso com todos os seus livros.

Passada meia hora, entrou na lavanderia um peregrino, caminhando devagar, provavelmente dolorido, e segurando suas roupas. Também já havia tomado banho e ficou olhando para as máquinas, de uma para outra, como se estivesse escolhendo qual usar.

Daniela deu uma olhada rápida, para ver quem havia entrado, e viu que era um homem alto, jovem, moreno, aparentemente bonito que estava usando óculos de grau. Pensou consigo mesma: "Que surpresa agradável. Depois de um dia longo e cansativo, uma recompensa". Deu risada para si mesma, pois olhar não tirava pedaço, mas ficou na dela, estudando o livreto e vendo como seria seu dia seguinte. Apesar de saber que o primeiro dia seria o mais puxado, verificou que o segundo teria descidas e subidas também.

Daniela percebeu que o peregrino continuava parado na frente das máquinas, ainda confuso, e ela de vez em quando dava uma olhadinha e ria para si mesma. Quando ele olhava para ela, como se estivesse criando coragem para pedir ajuda, ela fazia de conta que estava concentrada, mas por dentro se divertia.

Quando ele se virou para as máquinas novamente, ela decidiu perguntar em espanhol:

— Olá, precisa de ajuda?

Virando-se para ela, ele respondeu:

— Olá. Sim, por favor. Eu gostaria de lavar a minha muda de roupa de hoje e não sei como usar essas máquinas. Poderia me explicar como se liga?

— Sim, lógico.

Daniela se levantou, devagar, porque o corpo inteiro doía, foi até ele e educadamente perguntou:

— Suas roupas estão muito sujas ou apenas suadas da caminhada?

O homem ficou por uns segundos parado olhando pensativo para ela, que, junto com a pergunta, dera um sorriso lindo. Ela era jovem, bonita, tinha o cabelo loiro ondulado e olhos verdes. Até que ele voltou a si e à pergunta que ela educadamente havia feito.

Olhando para as roupas que segurava, ele mais uma vez, por alguns segundos, ficou pensando no que responder. Daniela, sem saber se ele tinha entendido, achou melhor refazer a pergunta:

— Suas roupas. Estão só suadas ou você sentou no chão e as sujou com terra durante o Caminho?

— Não me sujei, então só estão suadas, eu acredito.

Daniela retribuiu com um olhar amigável.

— Joia. Então faça como eu fiz com as minhas. Elas também estavam apenas suadas. Coloque dentro de uma máquina.

— OK.

— Veja, custa dois euros esse serviço, certo?

— Certo.

— Então coloque duas moedas de um euro aqui, aperte este botão para iniciar, gire este outro botão até aqui e aí é só aguardar o ciclo. Leva uns quarenta minutos.

— Certo. E aí é só tirar.

Daniela deu um sorriso divertido.

— Sim, o objetivo é usar a roupa daqui a um dia, certo? Então vai ser preciso tirar de dentro da máquina, para você levar de novo, dobrar e colocar na sua mochila.

O homem entendeu a brincadeira e, com um sorriso encantador, respondeu:

— Sim, o objetivo é usá-las daqui a um dia.

E dessa vez foi Daniela quem ficou parada olhando para ele. Tinha algo diferente nele, algo que lhe chamava a atenção. Os olhos eram castanho-escuros, o olhar era atencioso e carinhoso, o sorriso era lindo e cativante. Sem dúvida ele era mais bonito de perto, além de estar muito cheiroso do banho. Até que ela percebeu que era sua vez de falar, e então continuou:

— Certo.

Nesse meio-tempo, o ciclo de lavagem das roupas dela apitou, sinalizando que havia terminado e que já ia destravar a porta da máquina. Enquanto ela retirava suas roupas e as colocava na bolsa, o homem colocava as dele dentro da máquina que escolhera.

Tendo colocado todas lá dentro e fechado a porta, o peregrino estava pronto para dar início ao ciclo quando lembrou que precisava de dois euros. Começou a procurar nos bolsos, procurou de um lado da calça, depois do outro, e nada. Havia esquecido suas moedas dentro da mochila e só estava com notas.

Daniela então tirou duas moedas de um euro do bolso da calça e lhe entregou:

— Pegue aqui, eu te dou.

Olhando para ela, o homem retribuiu com um sorriso encantador e sincero que a fez quase desmaiar ali mesmo.

— Muito obrigado pela gentileza. De onde você é?

— Sou brasileira. Comecei hoje o Caminho, e você?

— Sou italiano. E também comecei hoje o Caminho. Meu nome é Francesco, e o seu?

— O meu é Daniela.

— Vai fazer em quantos dias o Caminho? — ele quis saber.

— Minha programação é fazer em até trinta e cinco dias. Vai depender do Caminho. E você? — ela respondeu.

— Eu também, talvez um pouco menos, mas não tenho nada definido. O Caminho vai dizer.

— Que legal, então provavelmente vamos nos encontrar novamente.

— Tomara que sim — respondeu ele, todo animado.

— Bom, já estou com as minhas roupas prontas, preciso terminar de me organizar. E vejo que está tudo sob controle por aqui também.

— Acredito que esteja tudo sob controle, sim. Obrigado pela gentileza de me ajudar. Vou ser eternamente grato.

E, com um sorriso tímido, Daniela se despediu dele:

— *Buen Camiño* para você amanhã, Francesco.

— Para você também, Daniela, e bom descanso.

7h40

Assim que liga a máquina de lavar, ela volta para o computador e, olhando para a agenda a seu lado, lembra que ainda não pegou a correspondência.

Ela se levanta novamente, pega uma caneta de dentro de uma das sacolas que tirou da mochila e sai pela porta. Descendo até o térreo, vai falar com o porteiro.

— Bom dia, seu Pedro. Como o senhor está?

— Bom dia, dona Daniela, eu estou bem. Como foi a sua viagem?

— Foi muito boa! Eu adorei.

— Que bom!

— Desci para pegar minha correspondência e aproveitar para entregar uma lembrancinha que eu trouxe para o senhor. Eu sei que o senhor gosta de ficar fazendo palavras cruzadas para passar o tempo, então, quando eu vi esta caneta, lembrei do senhor.

Seu Pedro pega a caneta das mãos dela e, com um sorriso, agradece:

— Você é muito querida, dona Daniela. Muito obrigado pelo carinho e pela lembrança.

— Imagina.

— Só um minuto. Vou pegar sua correspondência. Tem bastante coisa pra você.

Ele lhe entrega um volume considerável de contas, propaganda, jornais e duas revistas.

— Muito obrigada, seu Pedro.

— De nada. Precisando, estou por aqui.

Novamente em seu apartamento, Daniela coloca tudo o que trouxe em cima da mesa e separa rapidamente em três pilhas: uma de contas, outra de propaganda e outra para os jornais e as revistas. Vai mexer com isso mais tarde.

Assim que volta a se sentar na frente do computador, ela vê que a transferência de dados terminou, então já pode começar a mexer com as fotos. Abre a pasta da viagem de ida e vai vendo imagem por imagem, analisando para ver se alguma pode ser descartada. As fotos a fazem lembrar da conversa com sua amiga Regina sobre o Caminho de Santiago.

Regina mora no prédio do outro lado da rua, e elas se conheceram casualmente na padaria, pertinho de ambas, mais ou menos seis anos atrás, enquanto aguardavam seus pedidos. Como normalmente as duas se viam nos mesmos horários, uma amizade começou. Até que decidiram uma vez por semana, às terças-feiras, tomar café da manhã juntas antes de ir para o trabalho.

Eram sete da manhã de terça-feira. Assim que se sentaram, Daniela e Regina fizeram seus pedidos como sempre faziam. Regina percebeu certo desânimo em Daniela.

— Querida, o que foi? Aconteceu alguma coisa?

Pega de surpresa, Daniela respondeu:

— Nada, não, Regina, por quê?

— Não sei. Você parece um pouco triste, cansada, sem brilho nos olhos.

— Será? Acho que não. Deve ser passageiro.

Regina era mais velha que ela, tinha quarenta e seis anos. Advogada, era extrovertida, prática, dinâmica e muito objetiva. Tinha uma visão mais aberta sobre o mundo e também mais experiência que Daniela em diversos assuntos.

Ela então abriu sua bolsa e, para alegrar o início da manhã, entregou um presente para a amiga:

— Querida, antes que eu me esqueça. Eu sei que está chegando o seu aniversário e, como eu vou estar viajando, comprei um presente para você.

Daniela abriu um enorme sorriso.

— Regina, não precisava.

— Imagina, é só um livro. Eu sei que você adora ler.

Daniela abriu o pacote e leu o título: *O diário de um mago*.

— Regina, eu amei. Você sabe que eu tenho, e já li, outros livros do Paulo Coelho, mas esse, por algum motivo, acabei esquecendo. Vou começar a ler ainda hoje.

— Fico feliz que tenha gostado.

Daniela tinha uma grande admiração pela amiga e adorava conversar com ela. Regina tinha resposta para quase tudo. Então Daniela decidiu falar sobre o que a estava incomodando:

— Regina, como você soube que o Ronaldo era o homem perfeito para você?

— Ah, querida, como eu posso te dizer? Quando nos conhecemos, nós adorávamos ficar juntos, conversávamos sobre tudo, até que não pudemos mais negar o que sentíamos um pelo outro. E por incrível que pareça adoramos até o silêncio quando estamos juntos!

Daniela respondeu com um sorriso carinhoso, mas o olhar triste.

— Você e o Gustavo discutiram?

— Não. Mas eu não sei mais o que sinto por ele.

Nesse momento a atendente chegou com os pedidos das duas. Daniela e Regina agradeceram e, enquanto comiam seus lanches, continuaram conversando.

— Há quanto tempo vocês se conhecem?

— Acho que uns seis anos.

— Há quanto tempo vocês estão noivos?

— Quase um ano.

Daniela respondia cada uma das perguntas da amiga.

— Quantas vezes por semana vocês se veem?

— Ultimamente, uma ou duas vezes na semana.

— E o que você me diz sobre ele?

— Do Gustavo? Ele é fiel, atencioso, amigo, então...

— Sim, mas isso é suficiente pra você? São essas coisas que te motivam todos os dias?

— Eu já não sei mais, Regina.

— Querida, você e o Gustavo estão em uma fase de tomar decisões na vida. Vocês são jovens e querem o mundo.

— Acho que sim.

— Será que não é o momento de vocês darem um tempinho, só alguns dias, para pensar sobre vocês e sobre o que cada um quer? Veja, eu sei que, do jeito que está, pode ser que esteja confortável: vocês se gostam, se veem quando querem, mas e uma família? Será que você o vê como pai dos seus filhos?

Nessa hora veio à mente de Daniela o que havia acontecido com ela e Gustavo quase um ano antes, quando eram só namorados. Um assunto que não haviam compartilhado com ninguém, uma situação muito íntima. Os dois ainda não haviam anunciado a gravidez, pois estavam esperando passar os três primeiros meses para divulgá-la, quando ela sofreu um aborto espontâneo no início do terceiro mês. Juntos, eles enfrentaram esse momento de dor, frustração e tristeza.

Regina, vendo-a pensativa, continuou:

— Querida, será que vocês dois querem as mesmas coisas? Será que um não estaria atrapalhando o projeto de vida do outro?

— Eu não sei.

— Analise isso nos próximos dias. Veja o que mudou na vida de vocês dois depois que ficaram noivos. Às vezes fica só a amizade, uma grande amizade, mas no fim das contas cada um tem objetivos diferentes, quer caminhos diferentes, quer buscar as próprias realizações, seja na vida profissional ou na vida pessoal.

— Sim, pode ser.

— A vida nada mais é que um jogo, em que temos objetivos e metas a atingir. De vez em quando damos um passo com uma peça para chegar aonde queremos. Será que o Gustavo está no mesmo jogo que você? Será que você está no mesmo jogo que ele? Será que ele não está esperando uma jogada sua para poder se posicionar? Você já parou pra pensar nisso?

— Não. Nunca pensei nessa perspectiva.

— Como é que ele vai saber o que você quer se não falar, ou não demonstrar? Veja, não estou dizendo para você terminar com o Gustavo, muito pelo contrário; eu quero que você seja feliz. Eu sei que você gosta muito dele, mas e ele? Dê a ele a oportunidade de também pensar em vocês, e veja como ele responde. Se ele realmente gostar de você, vai rever seus conceitos e não vai medir esforços para tê-la ao lado dele.

Daniela refletiu por alguns minutos, depois respondeu:

— Sim, você está certa. Talvez seja isso mesmo. Eu vou conversar com ele. Precisamos nos decidir.

— Você é jovem, é inteligente. Não tenha medo de começar do zero. — E então, olhando para seu relógio, Regina disse: — Querida, olha a hora. Tenho um cliente daqui a pouco no escritório, e você tem que ir para o museu. Vamos nos falando. Se quiser conversar mais, me ligue, OK?

— Combinado.

Elas se despediram na sequência, e cada uma seguiu seu caminho. À noite, em seu apartamento, depois do banho e do jantar, Daniela começou a ler o livro que ganhou e foi se encantando com ele.

8h50

Selecionando algumas fotos no computador, Daniela ouve a máquina de lavar apitar, indicando que terminou o ciclo. Então vai até ela para pendurar as peças no varal. E nessa hora se lembra do dia em que decidiu fazer o Caminho. À medida que vai tirando as roupas da máquina, vai se recordando também de quando comprou cada uma delas, assim como os acessórios e a mochila.

.... ✦ ....

Daniela, que havia lido o livro que ganhara da amiga em dois dias, estava tão animada com o Caminho de Santiago que começou a pesquisar mais sobre o assunto. Digitou no Google: "Caminho de Santiago de Compostela", e diversos sites foram surgindo. Escolheu um e clicou nele.

Começou a ler e a conhecer mais sobre a história de Santiago de Compostela. Viu alguns depoimentos de pessoas que a deixaram ainda mais curiosa. Um, em especial, afirmava: "O Caminho começa, não quando você chega ao ponto de início, mas quando você decide fazê-lo".

Ela leu que o Caminho de Santiago de Compostela é declarado pela Unesco Patrimônio da Humanidade, e que é um dos três Caminhos de peregrinação mais conhecidos do mundo, ficando atrás do de Roma e do de Jerusalém.

Ficou sabendo também que o Caminho é percorrido desde a Idade Média, com o objetivo de chegar à cidade de Santiago de Compostela, na região da Galícia, na Espanha, onde se encontram os restos mortais do apóstolo São Tiago (ou Santiago, o Maior), que foi para a Galícia disseminar a palavra de Jesus Cristo. E que, independentemente de qualquer religião ou crença, as diferentes rotas espalhadas pela Europa congregam pessoas do mundo todo, de todos os tipos, idades e costumes.

Ela aprendeu mais sobre a questão da peregrinação em si, que é um Caminho muito místico, e que não necessariamente está atrelado à religiosidade, apesar de ter esse contexto principal, do apóstolo Santiago. Algumas pessoas o percorrem por esporte, por lazer, e outras o fazem em busca de autoconhecimento.

Ela se questionou: seria isso mesmo o mais oportuno a fazer? Viajar sozinha e ter esse tempo para mim, para me conhecer melhor?

Leu ainda que, nos Anos Santos em que o dia de Santiago cai num domingo, a Igreja Católica concede a indulgência dos pecados aos peregrinos que chegam a Santiago de Compostela no dia do apóstolo, celebrado em 25 de julho. Porém, só são consideradas verdadeiros peregrinos as pessoas que conseguem a emissão do certificado e que comprovam ter feito o Caminho, percorrendo no mínimo os últimos cem quilômetros a pé, ou os últimos duzentos quilômetros de bicicleta ou até mesmo a cavalo.

Essa comprovação costuma ser feita por meio dos carimbos na credencial do peregrino, um documento interno do Caminho, que dá preferência aos peregrinos nas hospedagens, como nos albergues municipais ou privados. Esses carimbos são diários, registrando o trajeto, além de proporcionar outros benefícios, por exemplo, na alimentação, com opções de refeições mais baratas — o que é conhecido como "menu do peregrino" e diferencia as pessoas de estarem fazendo a viagem não como turistas, mas como peregrinos.

Lendo diversas reportagens e vendo vídeos e fotos, Daniela começou a se ver já nessa viagem. Pronto, já estava decidida. Iria fazer o Caminho de Santiago. Só precisava resolver três pequenos detalhes:

1) Verificar no museu como estavam suas férias.

2) Conversar com Gustavo sobre a viagem.

3) Comprar as roupas e os equipamentos que as pessoas que haviam ido sugeriam. Ela não tinha absolutamente nada, nem mesmo a mochila.

Quando terminou sua pesquisa, Daniela sabia que, em termos gerais, a maioria dos peregrinos estava buscando se tornar uma pessoa melhor, libertando-se do peso na alma, do sofrimento, da angústia e do estresse. Principalmente, elas desejavam enxergar a vida sob outro prisma, encontrar a si mesmas. E era exatamente disso que ela precisava.

No dia seguinte, Daniela foi até o setor de recursos humanos do museu para verificar suas férias; fazia tempo que não tirava. Para sua surpresa, ficou sabendo que não só tinha um período de férias para tirar como já estava vencendo mais um.

Era o que ela precisava ouvir para começar o dia mais disposta e animada. Teria o tempo de que precisasse, e, como combinou com o RH, suas férias iriam começar a contar dali a vinte dias. Negociaram não duas férias, mas uma de trinta dias e parte da outra, de quinze dias.

Nesse mesmo dia, marcou um jantar com o noivo no apartamento dela. Quando Gustavo chegou, disse:

— Oi, Dani, eu trouxe um vinho. Vamos pedir uma pizza?

— Vou pedir, então.

— Quer que deixe o vinho na geladeira até vir a pizza?

Daniela sabia que precisava de um incentivo para a conversa que ia ter, então sugeriu:

— Não precisa. Vamos abrir e ir tomando.

— Tudo bem.

Enquanto Gustavo abria o vinho, perguntou:

— Me diga: como foi o seu dia no museu?

— Hoje chegou uma peça nova para catalogar. E apareceu um artigo para escrever.

— Bacana!

— E o seu dia no escritório?

— Tive alguns contratempos, nada muito sério, mas agora tudo resolvido.

— Que bom!

Foi aí que ela começou a perceber que realmente o relacionamento dos dois já não tinha mais encanto. Será que haviam se tornado mais amigos do que amantes? O que tinha acontecido com aquela paixão do início? Será que haviam mudado depois do que se passara com eles?

Será que conseguiriam dar a volta por cima, traçar novos projetos juntos e ser como no início, apaixonados um pelo outro? Seria necessário um tempo para recomeçarem, não do zero, mas com uma base firme e sólida entre eles?

Quando ficaram noivos, Daniela pensou que na sequência já começariam a falar sobre casamento ou pelo menos sobre morar juntos, e até agora nada; quase um ano havia se passado.

Ela reparou que já não tinha aquele friozinho na barriga quando o via, e as conversas quando estavam juntos eram banais. O que mudava era que, quando ela tinha um contratempo, ele não tinha, e vice-versa.

E foi aí que ela tomou coragem. Bebeu um gole grande de vinho e começou:

— Gustavo, o que você me diz de nós? Você está feliz?

Surpreendido pelas perguntas, ele respondeu com outra:

— Você conheceu alguém?

— Não, lógico que não. Eu não sei você, mas faz dias que estou pensando em ter um tempo para pensar em vários assuntos, pensar sobre o meu trabalho, o que eu quero para o futuro, e pensar sobre nós. Será que estou sendo a noiva de que você gostaria?

— Dani, pra mim você é perfeita.

— Eu ando meio desanimada e acho que isso está relacionado ao meu dia a dia no museu, e está me influenciando nos demais projetos que eu gostaria de fazer. E em nós também. Talvez se eu me reorganizar, começando pela minha vida profissional, eu volte a ser a Daniela de sempre, animada e mais feliz. Hoje, do jeito que está, quando chego em casa não quero fazer mais nada.

Gustavo continuou olhando para ela.

— Lembra como eu era animada quando comecei no museu?

— Sim, você não parava de falar do museu, e dos projetos internos.

— Então, já não me sinto assim há algum tempo. Eu venho pensando, por exemplo, se vale a pena continuar lá, ou começar alguma coisa nova. Tenho tantos planos, e o museu me toma muito tempo.

— O que você tem em mente?

— Eu ganhei um livro outro dia da Regina, do Paulo Coelho, *O diário de um mago*. Fala sobre o Caminho de Santiago. Gostei tanto do livro que fui pesquisar mais sobre o assunto. Eu conhecia o tema por cima, mas nunca tinha estudado mais a fundo.

— Sim, e...?

— Eu li que é uma viagem de introspecção, e, pelos depoimentos que as pessoas deixam nos sites, é uma viagem muito recomendada, e me deu vontade de fazer.

— E...?

— Você se importaria se eu fizesse essa viagem sozinha?

— Onde é, e em quanto tempo seria?

Daniela então deu mais um gole em seu vinho e continuou:

— Na Espanha, mais ou menos uns quarenta dias, contando ida e volta.

— Na Espanha! Quarenta dias! Mas as suas férias no museu não são tudo isso.

— Sim, eu sei, mas hoje cedo eu fui no RH ver como estavam as minhas férias e vi que não tirei a última, e que está vencendo a segunda.

Nessa hora Daniela queria se esconder. Tinha certeza de que ele iria começar a colocar empecilhos.

— OK, Dani. Se você acha que deve fazer... Se você acredita que nós precisamos desse tempo... Para mim, você já sabe, estamos bem.

— Vai ser bom pra nós dois, você vai ver. Eu só preciso me reorganizar.

Daniela se viu pensando: será que Regina estava com a razão sobre ela e Gustavo, será que estava cômodo para ambos? Depois que terminaram de comer a pizza, conversaram mais um pouco, tomaram o resto do vinho, e em seguida ele foi embora.

A decisão dela já estava tomada, ou seja, já estava iniciando o seu Caminho, mesmo ainda no Brasil. Ela sabia que dinheiro não seria problema, pois tinha suas economias, mas inicialmente não iria mexer nelas; estavam guardadas para outros planos. Ela iria usar a quantia que receberia pelas férias e o que ainda tinha do salário anterior, parcelaria as passagens aéreas de ida e volta e, com o restante, daria para comprar euros para levar.

Apesar de ser adulta e de morar sozinha, Daniela queria contar para seus tios o que havia decidido. Esperou o dia combinado para eles jantarem com ela no apartamento — eles vinham uma vez por mês — e, como a data estava chegando, iria comunicar sobre a viagem. Ela sabia que eles lhe dariam a maior força, pois sabiam que ela era responsável e que, se havia decidido ir, era porque estava tudo sob controle.

No dia seguinte, à noite, Daniela retomou as pesquisas e viu que realmente a proposta do Caminho não era tão cara. O Caminho defendia justamente o contrário: nada de luxo, nada de supérfluos, nada de extravagância. Seriam ela e sua mochila por trinta e quatro dias caminhando.

Definiu, dentre os diversos Caminhos de Santiago, o Caminho Francês, saindo da França, mais exatamente de Saint Jean Pied de Port, e cortando literalmente a Espanha de leste a oeste. Esse foi o percurso que mais a encantou nas pesquisas.

A questão seria o tempo: vinte dias para se organizar poderiam ser insuficientes, pelo menos da forma como ela queria. Animada, ligou para Regina.

— Oi, querida. Diga.

— Oi, Regina. Você está podendo conversar?

— Sim, lógico.

— Tenho novidades!

— Já estou curiosa.

— Li o livro em dois dias.

— Nossa, você não leu, você devorou, querida.

Daniela riu do outro lado da linha.

— Conversei também com o Gustavo.

— Que bom! Fico feliz!

— E vou fazer o Caminho de Santiago.

— Mas que coisa boa. Quando?

— Daqui a vinte dias.

— Como assim?

— É uma história longa, mas, enfim, vai dar tudo certo.

— Claro que sim! Tenho certeza de que você vai adorar. Vai ser muito bom pra você.

— Só estou um pouco apreensiva de viajar sozinha — ela admitiu.

— Querida, você até pode ir sozinha, mas nunca estará sozinha.

Daniela adorava ouvir os conselhos de sua amiga.

— Se dê a oportunidade de fazer coisas que ainda não fez. Saia da sua rotina diária, em que tudo é organizado e detalhado na agenda. O que tiver que ser, será. Deixe as coisas acontecerem. Tenho certeza de que você não vai se arrepender. Não descarte essa possibilidade.

Daniela começou a rir e respondeu:

— Você fala isso porque sabe que não vou sair muito da minha programação, não vou fazer nada do que possa me arrepender, ou seja, vou ser o mais discreta possível.

— Vai dar tudo certo.

Elas conversaram mais um pouco e então foram se despedindo:

— Bom, eu só queria que você soubesse. Beijos.

— Adorei as novidades. Beijos, querida.

"Deixar as coisas acontecerem" era tudo que realmente Daniela não se permitia, mas tinha poucos dias pela frente, na verdade algumas horas, pois suas pesquisas e a preparação seriam realizadas à noite no apartamento, depois do museu, e nos fins de semana. Ou seja, ela não teria muito tempo, então começou a pôr o plano em ação. Precisava ver o que realmente seria o mais importante para deixar acertado, e foi listando alguns itens:

1) Mochila, roupas e equipamentos, praticamente tudo.

2) Viagem de avião de ida e de volta, apenas essas duas datas já definidas, porque de como as coisas iriam acontecer por lá ela não tinha como ter certeza.

3) Confirmar pelo menos as duas primeiras hospedagens, uma em Madri e outra já no ponto de partida do Caminho, em Saint Jean Pied de Port. As demais seriam decididas conforme cada trecho percorrido.

Depois das passagens compradas de ida e volta, ela não teria como voltar atrás. Na verdade até teria, mas para ela a possibilidade de não conhecer e principalmente de não vivenciar o que tinha lido em suas pesquisas já estava descartada.

Daniela ainda leu sobre a preparação física e mental para o Caminho e sobre o peso ideal da mochila para carregar, tendo como referência dez por cento do seu próprio peso. Ela estava com cinquenta e dois quilos, então poderia levar apenas cinco quilos e duzentos, mas dentro desse peso final teria que desconsiderar o da própria mochila e dividir o restante entre roupas, equipamentos e acessórios.

Aprendeu sobre diversos tipos de mochila e entendeu que a ideal distribuiria esse peso. Aproximadamente setenta por cento dele seria concentrado nos quadris, evitando sobrecarregar os ombros.

Daniela leu também algumas recomendações sobre levar seu próprio saco de dormir. Apesar de os albergues fornecerem cobertores se fosse preciso, nada melhor do que deitar dentro do que é seu, por diversas razões e pela grande rotatividade de pessoas.

Ela se informou também sobre kit de primeiros socorros, remédios que precisaria levar e leu sobre como evitar e tratar bolhas nos pés. Com um calçado recém-comprado, sem tempo para amaciar, já poderia prever que a probabilidade de ter bolhas era grande.

Enfim, muitos detalhes, sobre os quais teria que continuar lendo e estudando durante a espera no aeroporto e durante a viagem de avião, sem contar o deslocamento de trem na Espanha e o último, de carro, até a França.

Como morava perto de uma loja de roupas e equipamentos esportivos, esperou o primeiro final de semana após sua decisão para ir às compras. Dentro da loja, com um checklist sugerido por outros peregrinos, item a item foi sendo colocado dentro do carrinho: tênis para a caminhada, bastão, mochila, saco de dormir, roupas, acessórios e assim por diante.

Olhando para seu carrinho de compras, ficou pensando: será que vai caber tudo isso dentro da mochila? Será que ela conseguiria caminhar com a mochila? E com esse pensamento veio um misto de ansiedade, medo e expectativa.

9h10

Quando termina de pendurar tudo, ela deixa o varal de chão perto da janela da cozinha, onde pega sol durante boa parte da manhã, abre a cortina e volta para o computador. Na hora em que vai mexer nas fotos do dia em que chegou em Saint Jean Pied de Port, lembra da ida para o aeroporto.

Gustavo havia feito questão de levá-la até o aeroporto, ajudando-a a fazer o check-in, a despachar a mochila, por causa de um canivete e dos bastões, e logo depois se despediu, não sem antes dizer:

— Eu vou estar aqui na sua volta e vou pensar em nós também. Busque o que você precisa. Se não quiser me ligar eu vou entender, mas me escreva para dizer que está segura e está tudo bem.

Daniela passou a mão pelo rosto de seu noivo e respondeu:

— Eu vou te escrever, sim.

Ela deu um beijo nele, e em seguida se despediram. Assim que ela entrou na sala de embarque internacional, foi procurar o portão correspondente. Sentada na sala de espera, Daniela olhou para si mesma e se perguntou se estava levando tudo de que precisaria. Não teria esquecido nada? Mentalmente, começou a listar o que estava vestindo, o que levava consigo e o que havia despachado na mochila.

Continuou pensando consigo mesma que de fato nunca levara uma bagagem tão reduzida em uma viagem. Iria passar quarenta dias fora com praticamente duas mudas de roupa, um kit de higiene pessoal, alguns remédios e acessórios. Nesse momento, começou a rir para si mesma. Ao mesmo tempo se sentia leve, os documentos e o dinheiro estavam com ela e não tinha que ficar se preocupando com mala nenhuma no aeroporto.

Lembrou que era exatamente sobre isso que tinha lido e conversado com sua amiga Regina. Sobre as duas lições ou os dois caminhos que teria pela frente: o primeiro era o caminho exterior, aquele que faria a pé, na maioria das vezes sozinha, mas, mesmo sozinha, em alguns momentos encontraria outros peregrinos que lhe fariam companhia. E, ainda que temporariamente tendo companhia, haveria momentos de silêncio e de reflexões individuais. O fato de carregar sua mochila e os próprios pertences materiais necessários para a viagem proporcionaria uma das primeiras grandes lições de vida: deixar para trás tudo que é supérfluo e viajar com o que realmente é necessário.

A segunda lição estaria ligada ao caminho interior que ela percorreria, o de abandonar o que se chama de lixo psíquico, acumulado ao longo dos anos: ressentimentos, preconceito, crenças antiquadas e julgamentos. Assim ela conseguiria abrir a mente para estar preparada para as diversas escolhas que teria que fazer ao longo não só do Caminho, mas de sua vida.

Ainda na área de embarque internacional, ela resolveu caminhar para ajudar a passar o tempo, segurando a jaqueta impermeável que já vestiria no avião, pois sempre passava frio durante as viagens. Reparou que algumas pessoas olhavam para ela com ar de curiosidade, o que a deixava desconfortável inicialmente, até que foi se acostumando.

À medida que se aproximava o horário do voo, Daniela ficava mais nervosa, pois não gostava muito de voar, e o fato de pensar que ficaria horas dentro de um avião a deixava apreensiva. No entanto, se outras pessoas conseguiam, ela também conseguiria.

O voo sairia de São Paulo perto das dez da noite. Já de início, assim que o avião entrasse em modo de cruzeiro, os comissários de bordo iriam distribuir o jantar, e ela poderia tentar dormir depois.

Dentro do avião e em pleno voo, Daniela pediu uma garrafa pequena de vinho para acompanhar o jantar, a fim de relaxar um pouco. Depois de saborear a comida e o vinho, ainda um pouco ansiosa, pediu uma segunda garrafinha para tentar pegar no sono. Ela queria poder dormir durante boa parte da viagem.

Na verdade queria dormir toda a viagem e acordar só em Madri. Então criou coragem e pediu à comissária de bordo a terceira garrafa. E pensou consigo mesma: "Tomara que eu não ronque alto, mas essa terceira garrafa é necessária". E riu sozinha.

A viagem de ida foi bem tranquila, mais ou menos dez horas de voo. Quando acordou, estavam a cinquenta minutos de Madri, praticamente começando os procedimentos de descida.

Já em solo, passando pela imigração, no terminal T4, encantou-se com o que viu da arquitetura do aeroporto de Barajas, considerado até então o quarto maior da Europa e o décimo do mundo, com suas curvas de aço coloridas em degradê, sustentando uma cobertura sinuosa e apresentando equilíbrio entre funcionalidade e estética.

Por conta do horário de chegada, ela acabou dormindo uma noite em Madri, o que veio a calhar, afinal as dez horas dentro do avião não tinham sido as mais confortáveis. Uma boa cama seria o ideal para descansar.

Assim que chegou ao hotel, lembrou de mandar uma mensagem para Gustavo, dizendo que tinha chegado a Madri e já estava no hotel reservado. Mandou uma para sua tia também.

No dia seguinte ainda restava um trecho a ser percorrido de trem até Pamplona, de aproximadamente três horas. Logo depois do café da manhã ela se dirigiu à estação de trem de Atocha. Não deixou de admirar a belíssima edificação *art nouveau*, considerada uma obra-prima da arquitetura ferroviária do século XIX.

A estação havia passado por reformas e ampliações, mas os sucessivos projetos que vieram na sequência preservaram grande parte da estrutura antiga. Foi construído até mesmo um jardim tropical, que deixava o ambiente interno agradável, muito bonito, cheio de plantas vindas de muitas partes, inclusive do Brasil.

Perto do horário de seu trem, Daniela se dirigiu à área de embarque e ficou surpresa com a pontualidade da partida. Assim que o trem parou à sua frente e as portas se abriram, ela entrou em um vagão e foi procurar pelo seu assento. Carregava consigo apenas a mochila. Depois que encontrou o número, colocou a mochila em um compartimento acima da cabeça, como os demais passageiros faziam, em seguida se sentou e ficou contemplando a paisagem.

Em três horas de viagem, chegou à pequena estação de Pamplona. Agora havia um último pequeno deslocamento, que seria feito de carro, então ela pegou um táxi e se preparou para mais ou menos uma hora de viagem até seu destino, Saint Jean Pied de Port.

A cidade era muito charmosa, pitoresca e convidativa, com características de uma vila medieval, que respirava o Caminho de Santiago. A cada olhar ela via vieiras, uma espécie de concha encontrada na região da Galícia, próximo a Santiago de Compostela. De acordo com o que ela havia estudado, a vieira era um dos símbolos mais importantes do peregrino, pois era pendurada ou presa às roupas e funcionava como prova de peregrinação em tempos nos quais não havia certificados. Os peregrinos a levavam de volta para suas cidades para comprovar que haviam chegado ao fim de suas peregrinações. Por ter um formato semelhante a uma mão, também era usada para ajudar a colher água das fontes que encontravam pelo caminho. Atualmente, as vieiras são penduradas nas mochilas dos peregrinos, ficando à vista de todos. Dessa forma é fácil identificar um peregrino de um mochileiro qualquer. Sendo assim, as vieiras se transformaram em marcações, que, nesse caso, a acompanhariam até Santiago de Compostela.

Foi aí que Daniela lembrou novamente de sua amiga Regina dizendo: "Você até pode ir sozinha, mas nunca vai estar sozinha". Além das vieiras, ela também seria guiada com outras marcações, que inicialmente tinham as cores da bandeira da França, vermelho, azul e branco, e assim que entrasse na Espanha passariam a ser feitas com setas amarelas.

Ela percebeu também diversas outras pessoas com roupas parecidas com as que usava, próprias para o Caminho. No aeroporto de São Paulo ela era uma das únicas com esse tipo de vestimenta, por isso despertara a curiosidade alheia, o que a havia deixado desconfortável. Em Saint Jean Pied de Port, entretanto, ao chegar em seu ponto de início, a sensação tinha sido outra.

A cidade fervilhava de peregrinos de todas as idades e nacionalidades, e Daniela se viu pertencendo àquela energia contagiante dos demais peregrinos, todos com o mesmo semblante, um misto de alegria e ansiedade. Como ela, no dia seguinte iriam iniciar seus Caminhos. Seja por qual propósito fosse, estariam juntos.

Como não conhecia o lugar, ela começou a observar tudo ao redor e reparou em uma movimentação maior de peregrinos subindo e descendo uma rua estreita, ainda mais charmosa. Percebeu que por ali poderia haver diversos albergues, incluindo o dela. Pegou seu tablet e confirmou o nome da rua. Para seu alívio, era a rua certa; agora bastava encontrar o número.

Rapidamente aproveitou para mandar uma mensagem para Gustavo e para sua tia também, dizendo que agora estava em Saint Jean Pied de Port, em segurança, e estava inclusive na rua do albergue.

Daniela estava em plena França e não sabia praticamente nada de francês; sentia-se melhor falando espanhol. Quando fez a reserva pela internet, diretamente no site do albergue recomendado por diversos peregrinos, tinha escrito um texto em português, copiado e colado no Google tradutor para o francês. Quando recebeu a resposta da confirmação por e-mail, em francês, usou o mesmo procedimento.

Subindo a rua, chegou a seu albergue. Daniela se identificou, e a proprietária que a recebeu a saudou em francês. No entanto, percebendo que a jovem não sabia muito de francês, a mulher continuou a conversa em espanhol e foi apresentando o lugar para ela. Além de aprender sobre o funcionamento do albergue, Daniela foi recebendo algumas orientações sobre como se comportar nos demais albergues por onde passaria.

— Querida, procure sempre saber o horário em que vão apagar as luzes. Alguns albergues fazem isso para que vocês possam descansar. Outros, além de apagar as luzes, fecham as portas literalmente. Ninguém mais entra e ninguém mais sai, certo?

— Certo.

— Aqui é o lugar dos calçados. Como ao longo do Caminho eles estarão mais sujos do que limpos, em todo albergue há um lugar específico para eles.

— Devo tirar os meus, então?

— Ainda não, fique tranquila. Seu calçado ainda está limpo. Você vai perceber quando estiver sujo nos próximos dias. Esses calçados são de peregrinos que já estão fazendo o Caminho há alguns dias.

— OK.

— Aqui é onde fazemos as nossas refeições, no seu caso o café da manhã. Como o trecho de vocês amanhã é longo e puxado, vamos estar com a mesa posta a partir das cinco horas, e normalmente fazemos um lanche para vocês levarem, certo?

— Certo.

— Aqui é uma pequena sala de convivência. Tem televisão, livros e revistas. Ali é a lavanderia, caso você precise lavar alguma coisa. E aqui do lado tem dois banheiros.

— Entendi.

— Vamos dar uma olhada na parte de cima. Temos mais quartos, mais dois banheiros e um terraço para estender as roupas.

— Certo.

— A maioria dos albergues municipais tem quartos grandes, chegando a ter mais de quarenta camas. Uns separam as mulheres dos homens e outros, não. Deixei você hoje neste quarto com um beliche e uma cama de solteiro. Você vai dividi-lo com duas outras mulheres, a Hailey, que é americana, e a Sofia, que é canadense, e que já chegaram. A sua cama é esta.

— Está ótimo.

— As mochilas ficam sempre no chão ao lado das camas ou em cadeiras, quando tiver. Evite colocar a sua em cima da cama. Elas normalmente estão sujas, por conta do pó, ou da terra mesmo.

— Certo.

— Assim que receber o número da sua cama, deixe em cima dela o seu saco de dormir, aí as pessoas saberão que a cama está reservada.

— Entendi.

— Cuidado com o barulho, despertadores. Cada peregrino tem seu ritmo para acordar. Normalmente o controle mais rígido nos albergues é na hora de dormir. Na hora de acordar cada peregrino se programa e se organiza, conforme o trecho que vai fazer no dia seguinte.

— Tudo bem.

— Vou deixar você se ajeitar por aqui. Fique tranquila, ninguém mexe nas mochilas de vocês. Cuide apenas do seu dinheiro, dos documentos e da sua credencial de peregrino.

— Ah, sim, ainda tenho que tirar a minha credencial. Cheguei e vim direto para o albergue.

— Não se preocupe, minha querida, a Oficina do Peregrino fica do outro lado da rua, subindo duas casas. É pertinho.

— Maravilha. Vou deixar as minhas coisas e vou até lá rapidinho, então.

— Tudo bem. Sinta-se em casa. Precisando de mais alguma coisa, eu fico sempre lá embaixo, certo?

— Certo, muito obrigada pela atenção!

Daniela deixou seu saco de dormir em cima da cama, conforme a orientação, e saiu em direção à Oficina do Peregrino. Quando entrou, ficou esperando uns minutinhos, e, antes de ser atendida, perguntaram de onde vinha, para saberem em qual idioma seria a conversa.

Na sequência foi direcionada para uma mesa e atendida em espanhol. Fez seu cadastro, recebeu mais orientações, pegou a credencial e teve seu primeiro carimbo, dos vários que viriam pela frente. Ela estava radiante por estar ali.

Recebeu também uma lista de todas as cidades, vilas e vilarejos por onde passaria, com suas respectivas quilometragens, albergues e pousadas, a quantidade de leitos e camas, a estimativa de custo de cada diária, além de informações adicionais, por exemplo, se ofereciam jantar, café da manhã, serviço de lavagem e principalmente telefones de contato, caso precisasse.

Outro papel trazia trinta e quatro gráficos de altimetria e mostrava as distâncias dos trechos por onde passaria, tudo muito bem organizado e atualizado de tempos em tempos. Era tudo de que precisava para estudar diariamente o trajeto do dia seguinte.

Com tudo em mãos, saiu da Oficina do Peregrino feliz da vida, olhando para baixo e guardando o material que recebera em sua bolsa a tiracolo. Nem percebeu que quase esbarrou em um homem de óculos que vinha à procura das mesmas informações.

Descendo a rua em direção a seu albergue, logo abaixo viu uma loja com artigos exclusivos para peregrinos e suvenires, a Boutique du Pelerin. Curiosa, entrou para conhecer o lugar, pois faltava uma coisinha para comprar: sua vieira, para pendurar na mochila. Ela se encantou com a loja toda, encontrou o que queria e também um livreto do Caminho Francês, com mais informações dos lugares por onde passaria. Como ele era pequeno e leve, achou importante tê-lo com ela e o comprou também.

Logo depois, notou que estava perto do horário do jantar. Decidiu procurar um lugar perto do albergue, jantou rapidamente e voltou para se preparar para o dia seguinte. Dentro do quarto, cumprimentou suas duas companheiras, em uma breve apresentação, amarrou a vieira na mochila, foi ao banheiro e programou o celular para despertar no modo vibratório. Entrou em seu saco de dormir e, apesar da ansiedade, tentou pegar no sono.

9h30

Daniela organiza as fotos em uma pasta que nomeou "Viagem de Ida e Chegada a SJPP". Animada, continua vendo mais fotos. Começa agora a ver as do primeiro dia do Caminho, o trecho de Saint Jean Pied de Port até Roncesvalles. E se lembra de como foi atravessar os Pirineus, de quando conheceu a Martina e de como era o albergue em que ficou.

....

O primeiro dia de caminhada começou bem cedo e nublado, para ansiedade de muitos peregrinos que iniciariam o Caminho naquela manhã, todos com o mesmo objetivo: chegar a Roncesvalles, logo ali, a cerca de vinte e seis quilômetros.

Daniela sabia que sair de Saint Jean naquela manhã significaria iniciar uma mudança em sua vida e começar uma nova história, cujo objetivo principal seria encontrar-se consigo mesma e, consequentemente, com as respostas que busca.

Logo à frente, após alguns minutos de caminhada, a primeira escolha teria que ser feita: haveria uma bifurcação, e, conforme as informações gerais, o tempo nos Pirineus era extremamente incerto. À medida que ela caminhava o tempo foi se abrindo e a maioria dos peregrinos optou por subir e cruzar literalmente os Pirineus, uma cordilheira que forma uma fronteira natural entre a França e a Espanha, trecho também conhecido como a Rota de Napoleão.

Esse percurso seria maior e consequentemente mais perigoso, com um desnível bem significativo, de aproximadamente mil e quatrocentos metros de altitude no ponto mais alto, diluído em vinte e um quilômetros, o que o tornava muito pesado e exaustivo.

A outra opção seria a Rota de Valcarlos, mais curta, mais baixa e menos perigosa, atingindo aproximadamente oitocentos e noventa e cinco metros de altitude e que acompanharia a estrada N-135, na região do vale dos Pirineus.

Juntos, sim e não, pois cada peregrino tem seu ritmo, até porque o Caminho de Santiago não é uma corrida para ver quem chega primeiro e quem pega a melhor cama. Ele deve ser desfrutado e apreciado, cada um à sua maneira, em busca do que procura.

Depois que você começa a subir, não espere outra coisa a não ser subir, subir e subir, e é nessa primeira parte do Caminho que você se pega pensando: "O que eu estou fazendo aqui?". Nessa hora Daniela se lembrou de uma banda que ela gostava de ouvir, Engenheiros do Hawaii, em especial a música "Até o fim", que dizia para não desistir, pois tinha chegado até ali, que as suas raízes estavam no ar, que a sua casa era em qualquer lugar e que voava sem instrumentos. Ou seja, era exatamente isso que ela estava sentindo, estava livre e, por isso, disposta a ir até o fim.

Nessa hora, para muitos, o corpo começa a dar sinal de cansaço, a respiração já não é a mesma, por causa da altitude. Mesmo que você tenha se preparado fisicamente para esse dia, é como se diz: *Treino é treino, jogo é jogo*.

Alguns trechos eram asfaltados, o que os tornava mais fáceis, mas em outros Daniela caminhou em um terreno íngreme e com muitas pedras, dificultando as escolhas de onde se apoiar para cada passo que precisava dar.

De tempos em tempos, Daniela se permitia fazer pequenas paradas para descansar, respirar fundo e continuar. Assim como muitos outros peregrinos, ela estava subindo com a ajuda de bastões, o que a todo momento a fazia se lembrar de agradecer por tê-los comprado.

Os bastões eram muito importantes como ponto de apoio, tanto nas subidas, para dividir o peso, como nas descidas, por incrível que pareça, segurando o peso do corpo somado com o da mochila e diminuindo o impacto nos joelhos.

Depois de cerca de cinco quilômetros de subida, Daniela passou por um albergue, o Refúgio Hotel Hunto, a mais ou menos quatrocentos e noventa metros de altitude. Mais adiante, após uns dois quilômetros de caminhada, passou por outro albergue, o Hotel Orisson, o último antes de chegar a Roncesvalles, a aproximadamente oitocentos metros de altitude, estrategicamente posicionado para dar suporte e apoio aos peregrinos.

Alguns peregrinos faziam a opção de subir os Pirineus em duas etapas, para não cansar o corpo, já no primeiro dia do Caminho. Outros faziam apenas uma rápida parada e davam continuidade à caminhada. Daniela aproveitou para encher sua garrafa quando encontrou uma bica de água potável para os peregrinos, e foi ao banheiro, pois não sabia se teria outro mais adiante.

A subida dos Pirineus, ao mesmo tempo que era cansativa, deu a Daniela a oportunidade de contemplar a natureza, algo tão simples, tão maravilhoso e reconfortante, mas que ela não praticava em seu dia a dia.

O silêncio permitia ouvir, em alguns momentos, o som das ovelhas que por ali pastavam e, muitas vezes, seu próprio coração. Daniela sentia a brisa fresca e pura em sua pele. Somadas a tudo isso, a sensação de paz e a certeza de estar, quem sabe, mais próxima de Deus.

Por ser um trecho cansativo e difícil, principalmente para um primeiro dia de caminhada, em que o corpo ainda não estava acostumado com o esforço dos pés, dos joelhos e com o peso da mochila, Daniela sabia que devia estar mais atenta. Tinha levado água e comida extra, o lanche que havia recebido do albergue consequentemente aumentava o peso da mochila, tornando sua caminhada mais longa do que de fato era.

Ela estava ficando cansada e com fome. Andou mais um pouco e em seguida encontrou um lugar para se sentar e descansar, perto de um dos marcos do Caminho, a imagem da Virgem de Biakorri. Mais ou menos doze quilômetros já percorridos, e a cerca de mil e noventa e cinco metros de altitude.

Nessa parada, ela tirou os tênis para relaxar os pés. Enquanto descansava, comia seu lanche e foi percebendo que o tempo começava a dar sinais de mudança. O vento estava ficando mais frio, sugerindo a possibilidade de uma garoa ou até mesmo de uma chuva. Sentindo essa mudança climática, ela achou melhor se agasalhar.

Como estavam no início do verão na Espanha, ela levara roupas mais leves e tinha sido pega de surpresa, por achar que a temperatura seria parecida com a de São Paulo. Lá em cima começava a sentir frio. Estava de manga comprida e jaqueta, mas a sensação de frio continuava, então teve a ideia de vestir por cima sua capa de chuva para se proteger melhor do vento.

No tempo em que ficou parada, viu passar por ela diversos peregrinos, de diversas idades, jovens e idosos, cada um em seu ritmo. A cada um que passava a energia era renovada, pelo simples fato de desejarem um ao outro um *Buen Camiño*.

Passados uns vinte minutos de descanso e de contemplação, Daniela começou a criar coragem para cumprir mais uma etapa. Calçou seus tênis novamente e, antes de colocar a mochila nas costas, pegou de dentro dela a capa de chuva e a vestiu.

Era uma capa grande, que a cobria e à mochila por inteiro. Ela não tinha prática em vesti-la, mas lembrou vagamente de como o vendedor a havia ensinado, vestindo-a por cima e não pelo lado, como normalmente se faz. De fato, tinha sido acertada a escolha de colocar a capa; o vento gelado não a incomodava mais.

Perto dela havia outra peregrina, na casa dos setenta anos, que também descansava um pouco e se preparava para continuar. As duas se olharam, se cumprimentaram e Daniela perguntou:

— Olá, boa tarde. Posso caminhar um pouco com você?

— Sim, lógico. Como se chama, querida?
— Eu me chamo Daniela. E você?
— Me chamo Martina.
As duas retomaram a caminhada sem parar a conversa.
— De onde você vem, Martina?
— Sou portuguesa. Moro no Porto. E você?
— Sou brasileira. Venho de São Paulo.

O fato de estarem juntas dava a sensação de segurança a ambas. E as duas iam encontrando distrações que deixavam o Caminho mais encantador ainda. Viram um refúgio de pedras, postas uma a uma, de forma bem primitiva, bem medieval.

Na sequência, passaram pela Cruz de Thibault, a mil duzentos e trinta metros de altitude, e provavelmente teriam já andado quinze quilômetros desde o início do dia. Pareciam estar começando a descer os Pirineus. Passaram na sequência pela fronteira entre a França e a Espanha, ou seja, desse ponto em diante a França ficava para trás, e dali para a frente o Caminho seguia pela Espanha.

Mais adiante viram outro lugar que podia ser usado em caso de emergência, o Refúgio Izandorre, esse mais contemporâneo, mais estruturado, com antena e até uma placa de energia solar.

Minutos depois, durante a descida, entraram no bosque de Roncesvalles, o que significava que estariam já mais ou menos perto do destino final desse primeiro dia de caminhada.

Pelos cálculos de Daniela, teriam andado já quase vinte e um quilômetros. O bosque, por sinal, era muito íngreme, e Daniela começou a sentir um desconforto nos pés. Ela percebeu que Martina estava começando a mancar, mesmo tendo o apoio dos dois bastões.

— Martina, está tudo bem com você? Me parece que está mancando mais do que antes.

— É essa descida, minha querida, assim tão íngreme. O meu joelho está sentindo.

— Sim, está difícil mesmo. Então vamos mais devagar, desça em zigue-zague. Acredito que faltem uns seis quilômetros para chegarmos ao nosso destino, e ainda temos tempo, já que aqui escurece mais tarde.

— Sim, se você não se incomodar de se atrasar um pouco.

— Imagina, vamos chegar juntas, assim vou saber que você chegou bem também. Quando você quiser parar para descansar, me avise.

— Tudo bem, vamos mais um pouquinho e paramos para descansar.

— Combinado.

Logo depois, elas decidiram parar; outros peregrinos decidiram descansar ali também.

Tendo descansado um pouco, Daniela e Martina continuaram seguindo e conversando, andaram e andaram, desceram e desceram, por mais ou menos uma hora, até que o bosque foi se abrindo novamente e elas começaram a ver o telhado do seu destino final, o Albergue Real Colegiata, em Roncesvalles.

A chuva que rodeava lhes deu tempo de chegar em segurança, cansadas, doloridas mas em segurança, e isso era o que importava. Como saíram literalmente do bosque, tiveram que dar a volta pelo albergue, que era enorme.

Olhando para a edificação, Daniela reconheceu alguns elementos decorativos na fachada em estilo gótico, bem marcantes em suas portas e janelas, até encontrarem a entrada da recepção para os peregrinos.

Assim que chegaram à entrada, ainda do lado de fora, as duas se despediram rapidamente e cada uma seguiu um percurso. Daniela, apesar de estar cansada, tirou algumas fotos, pois não sabia se no dia seguinte estaria chovendo ou não. Martina, por sua vez, já foi entrando para se organizar e descansar.

Depois que viu tudo o que queria do lado de fora, Daniela decidiu ir fazer seu cadastro de entrada. Recebeu as orientações gerais, deixou paga sua estadia, o jantar e o café da manhã e recebeu seu segundo carimbo.

Ainda na recepção, aproveitou para perguntar sobre o horário da missa para os peregrinos. Os que tinham participado deixaram recomendações para que todos recebessem essa bênção, independentemente da religião.

A estrutura desse albergue era bem diferente daquele onde ela pernoitara na véspera. Ele comportava um grupo bem maior de peregrinos. Na entrada havia um lugar exclusivo para os calçados, como a proprietária do outro albergue havia instruído. Era como se fosse um enorme closet, com um banco onde Daniela se sentou para tirar seus tênis com tranquilidade e guardá-los para retirá-los na manhã seguinte.

Assim que os tirou, verificou o desconforto que sentia. Conforme previsto, estava com uma bolha em cada pé. Daniela deu uma olhada rapidinho, mas iria cuidar delas depois do banho, antes de dormir.

Calçou em seguida seus chinelos e nesse momento teve a melhor sensação do dia. Já não tinha forças e sentia dores pelo corpo todo. Quando sentou ali, achou que não conseguiria se levantar mais. No entanto, ainda tinha que tomar um banho, lavar sua roupa, queria participar da missa e jantar. Assim, sem ter muita escolha, criou coragem e foi conhecer o lugar onde iria dormir.

Para sua surpresa, o número da cama que havia recebido quando deu entrada no albergue ficava no prédio dos fundos; até aí tudo bem, seria só uma caminhada a mais. O detalhe era que ficava no terceiro andar, o que significava que era preciso subir alguns lances de escada. Essa parte, sim, foi difícil, pois seu corpo todo doía.

Quando chegou ao terceiro andar, viu que ficava no sótão, um pavilhão enorme com aproximadamente quarenta camas, dispostas duas a duas, uma de frente para a outra, vinte camas de um lado e vinte do outro, separadas por um corredor central.

Veio o primeiro choque: homens e mulheres juntos. O choque era porque não era acostumada com isso. Mas ali era tudo tão normal, era tudo tão espaçoso, tão limpo, tão organizado, enfim, era diferente do que ela imaginava, e ela havia gostado.

Depois que deixou seu saco de dormir em cima da cama, sua mochila e alguns pertences próximos, se organizou para ir tomar banho. Ainda com o corpo dolorido, foi andando devagar e levou consigo, conforme as recomendações, suas roupas limpas em um saco leve de tecido, no qual colocaria as roupas sujas na volta do banho, seus documentos, seu dinheiro e sua credencial, que estavam dentro da pochete que usava.

Ao chegar perto dos banheiros, em um corredor no fundo do grande quarto, viu que de um lado ficava o banheiro das mulheres e do outro o dos homens. Quando entrou, notou que o banheiro tinha uma estrutura bem interessante que permitia com tranquilidade vários banhos simultâneos, assim como as demais atividades dentro de um banheiro, como escovar os dentes e usar o vaso sanitário.

Assim que entrou em seu box e fechou a porta, percebeu que havia espaço suficiente para pendurar suas coisas sem molhá-las. Ao procurar o registro do chuveiro, outra surpresa: não havia registro para abrir; as duchas eram acionadas por uma válvula de pressão, então era preciso apertar o botão para liberar água de tempos em tempos.

Daniela nunca tinha visto isso. Achou divertido e ao mesmo tempo o mais correto a oferecer aos peregrinos, pois estava relacionado à conscientização em relação ao desperdício de água, em decorrência do volume de pessoas de diferentes culturas que passavam diariamente pelo albergue. Tomou seu banho quentinho, depois de um dia longo de caminhada, de subidas e descidas, e, fazendo um cálculo rápido, se deu conta de que havia caminhado por umas dez horas.

Assim que terminou de tomar banho, viu que estava chegando o horário da missa, então desceu à procura da capela do albergue.

Depois da celebração, aproveitou para jantar e em seguida subiu novamente ao seu quarto, para pegar sua roupa suja, e desceu para encontrar a lavanderia.

Precisava lavar para deixar pronta, caso precisasse. No total, havia viajado com apenas duas mudas de roupa completas: a que estava usando depois do banho serviria para dormir e também para caminhar no dia seguinte. A roupa de hoje teria que estar limpa para usar no próximo dia, depois do banho, no albergue, para dormir e consequentemente para caminhar. Assim seria sua rotina nos próximos trinta e cinco dias.

9h50

Daniela cria a pasta de fotos do segundo dia do Caminho, o trecho de Roncesvalles até Zubiri. Nesse trajeto ela conversou novamente com Francesco. Pensando nele, ela abre um sorriso. E mais uma vez se pergunta: o que estará ele fazendo agora?

Nesse dia de caminhada, Daniela acordou às seis horas. Não lembrava de mais nada depois que entrou em seu saco de dormir, literalmente desmaiou, ao contrário do primeiro dia, quando custou a pegar no sono por causa da ansiedade. Não viu nem ouviu nada, mesmo com outras trinta e nove pessoas no mesmo ambiente.

Só lembrava que havia colocado o celular no modo vibratório, afinal tinha que cuidar para não incomodar os outros peregrinos.

Tomando coragem para se levantar, ela se sentou na cama, ainda sentindo muitas dores musculares, resultado do esforço da caminhada do dia anterior. Viu que outros peregrinos já se preparavam para ir tomar o café da manhã e de lá seguir seu Caminho.

O trecho seria menor, vinte e um quilômetros, com mais descidas do que subidas. Daniela, ainda sem prática de tirar as coisas da mochila e depois recolocá-las, demorou um pouco mais que o esperado, mas, assim que se organizou, desceu para tomar seu café.

Ela então tirou mais algumas fotos do lado de fora do albergue e do entorno, e em seguida começou seu Caminho, deixando para trás o Albergue Real Colegiata, em Roncesvalles.

Alguns minutos depois, deparou-se com a famosa placa que diz "Santiago de Compostela 790". Faltavam setecentos e noventa quilômetros de caminhada. Como fazem todos os peregrinos, ela parou para tirar uma selfie e continuou caminhando.

A sinalização do Caminho foi direcionando os peregrinos a andarem dentro de um pequeno bosque, bem próximo do asfalto, proporcionando maior segurança, em vez de andarem propriamente no acostamento.

À medida que ela caminhava, em alguns momentos o bosque se fechava em um túnel de vegetação, proporcionando ar puro e fresco, permitindo ouvir o canto dos pássaros já de manhã e ver belíssimas borboletas cruzando o Caminho dos peregrinos. Além disso, havia um silêncio absoluto, o ambiente ideal para todos fazerem suas reflexões.

Com mais ou menos uma hora de caminhada, Daniela começou a ver edificações mais à frente, e percebeu que o Caminho levaria os peregrinos a passar por um vilarejo chamado Burguete, na região de Auritz. Isso significava que havia caminhado cerca de três quilômetros desde a saída de Roncesvalles.

Daniela observou nesse vilarejo algumas construções do século XVIII, ainda com uma arquitetura característica francesa muito predominante, em decorrência da proximidade e das influências do país vizinho. Além de casas, havia igrejas e mercearias. Ela ficou contemplando as fachadas, uma mais charmosa que a outra.

Praticamente ao lado de Burguete estava outro vilarejo, Espinal, também muito charmoso e acolhedor. Além de casas, igrejas e lojas de conveniência, havia algumas praças. Uma praça pequena dava acesso a um bar parecido com um restaurante, que estava fechado por conta do horário, mas por sorte havia um banheiro público que estava aberto.

Daniela aproveitou para descansar em um banco e, antes de voltar a caminhar, foi ao banheiro. Depois colocou a mochila nas costas e deu continuidade ao seu percurso.

As setas foram guiando os peregrinos para fora desse vilarejo, e Daniela percebeu que a paisagem começou a ficar mais rural. Caminharam próximo do asfalto, e de repente a marcação do Caminho direcionou os peregrinos para outro pequeno bosque.

De súbito, ela ouviu uma buzina de bicicleta. Até então não tinha percebido, só agora se dava conta de peregrinos que estavam percorrendo o Caminho de bicicleta. Lembrou que havia lido sobre isso em suas pesquisas, mas, como ainda estava muito eufórica, só via os peregrinos a pé.

Percebeu também que depois de uma bicicleta sempre vinha outra ou outras, o que fazia os peregrinos caminhantes permanecerem de um lado do Caminho para que os ciclistas pudessem passar pelo outro.

E como qualquer peregrino, independentemente do modo de fazer o Caminho, continuavam todos com a mesma saudação, *Buen Camiño*, o que reforçava a energia de todos de tempo em tempo.

Daniela percebeu então que começava a subida. Ela e os demais iam em direção ao Alto de Mezkiritz, o que significava que já tinham percorrido aproximadamente, segundo seus cálculos, 8,35 quilômetros.

Mesmo sendo ainda de manhã, as subidas eram muito cansativas, e ela se dava o direito de fazer pequenas pausas para descansar um pouco, repor as energias e seguir em frente. Em uma dessas paradas, Daniela se pegou pensando novamente "O que estou fazendo aqui?". E chegou a pensar na possibilidade de voltar.

Mas o que seria voltar? Ela mesma se fez essa pergunta na sequência. Para muitos, voltar seria desistir, o que não estava nos planos dela. Apesar de às vezes lhe passar pela cabeça, essa possibilidade só seria aceita por algum motivo que fugisse do seu controle e a proibisse de continuar caminhando. Para outros, voltar seria ainda sim uma ida, não importando a direção.

Logo em seguida, ela estava em um lugar que tinha uma baixada, por onde a estrada continuava, e nessa parte mais baixa passava um pequeno riacho. Para não bloquear a passagem da água, foi feita uma passarela para os peregrinos, em formato de cubos de concreto, a mais ou menos sessenta centímetros de altura, a intervalos ou espaços equidistantes um do outro.

Caminhando mais um pouco, Daniela passou por uma ponte de madeira e seguiu bosque adentro com seus companheiros de caminhada.

Passado o pensamento de desistir e voltar, caminhando sozinha, Daniela foi tentando organizar as ideias e as respostas que estaria buscando, e começou a listar os temas: passado, presente e futuro; família, trabalho e lazer. Tudo meio misturado ainda, mas, enquanto caminhava, começou a mergulhar em suas reflexões.

A todo momento, quando não era ela quem passava por um peregrino, era um peregrino quem passava por ela, e então ela voltava a lembrar do que sua amiga Regina lhe havia dito: "Você até pode ir sozinha, mas nunca vai estar sozinha".

Estava se aproximando do horário do almoço, e, mais adiante, ela enxergou uma parada de apoio mais estruturada. Com certeza haveria alguma coisa para comer, beber e um banheiro. Ao entrar, ela se dirigiu ao balcão de atendimento e, quando estava pedindo uma tortinha de queijo e um suco, ouviu uma voz masculina:

— Pode deixar, eu pago para você.

Surpresa, ela olhou para o lado e viu Francesco, que a cumprimentou com um lindo sorriso e já estava fazendo seu pedido também.

— Não precisa, fica tranquilo.

— Imagina, não me custa nada. Ontem você fez uma gentileza, e hoje eu gostaria de retribuir.

— Então está bem, muito obrigada. Eu vou sentar ali. Se quiser sentar comigo, fique à vontade.

Assim que se sentou, e antes de começar a comer, ela abriu seu livreto para saber exatamente onde estava no trajeto. Viu que estava já em Bizkarreta-Gerendiain, e que tinha caminhado aproximadamente doze quilômetros. Fazendo uma conta rápida, estava mais ou menos no meio do percurso que cumpriria nesse dia. Em seguida começou a comer sua tortinha de queijo, pois estava faminta. Francesco se juntou a ela.

— E aí, conseguiu dormir? — perguntou ele, puxando assunto.

— Sim. Nossa, desmaiei. E você? Acordei às seis horas.

— Perdi a hora. Acordei já perto das oito. Aí tomei um café rápido e comecei o Caminho.

— Pelos meus cálculos, nós temos mais umas quatro horas de caminhada, pelo menos no meu ritmo — disse ela, com um sorriso tímido. Sorriso esse que despertou outro nele, deixando-a desconcertada. À luz do dia ele era ainda mais bonito e charmoso. E ele respondeu:

— Eu devo fazer em menos tempo.

— Sim. Se você saiu bem depois de mim e já está aqui, daqui a pouco você chega.

— Vai parar onde hoje? — ele quis saber.

— Em Zubiri.

— Eu também.

— O que te trouxe para o Caminho?

— Respostas, e, é lógico, conhecer o Caminho. E você?

— Eu precisava de um tempo também.

— O que você está achando do Caminho? Já conhecia a Europa? — ele perguntou.

— Não, o mais longe que eu tinha ido foi o México, especificamente a Cidade do México. Fui pra lá em uma viagem de pesquisa da faculdade, para conhecer a cultura maia e a asteca. E você? Você disse que é italiano. Mora na Itália?

— Sim, moro. Conheço algumas cidades maiores por aqui, mas esta parte do Caminho é novidade.

— Que delícia morar aqui na Europa. Tudo é pertinho!

— Sim, aí fica fácil de conhecer os lugares.

— Você viaja bastante? — ela quis saber.

— Sim, bastante, mas sempre é corrido.

— Que pena. É a trabalho?

— Sim.

Continuaram mais um pouco conversando sobre o Caminho, até que de repente Francesco reconheceu uma música sua tocando ao fundo. Uma música das antigas, mas era sua. Ele ficou um pouco inquieto, olhou para os lados e notou que havia bem poucas pessoas no estabelecimento. Receoso, se levantou e disse:

— Bom, vou seguir o meu Caminho. Adorei a sua companhia e a conversa. Espero encontrá-la novamente.

— Também adorei, e obrigada pela gentileza.

— Imagina. *Buen Camiño*.

— *Buen Camiño* para você também.

Daniela terminou de comer sua tortinha de queijo, tomou o restinho do suco, foi ao banheiro, voltou ao balcão, comprou uma água para completar sua garrafa e dois chocolates. Em seguida pegou a mochila e se preparou para voltar ao Caminho.

Caminhando sozinha e contemplando a paisagem encantadora à sua volta, ela foi tentando organizar as ideias novamente, evitando um assunto em especial. Então começou a rever seu tempo de faculdade, o que ela pensava na época e o que desejava para o futuro. Passou a se perguntar se seus planos iniciais, lá atrás, estavam sendo alcançados no presente.

Passou por mais um vilarejo, Lintzoain, também charmoso, como os dois anteriores, somando um total de 13,5 quilômetros já percorridos, conforme o seu livreto. Depois desse vilarejo, Daniela enfrentaria uma subida em direção ao Alto de Erro, dali a uns cinco quilômetros e logo depois uma descida, para então chegar a Zubiri.

Andou por mais duas horas e meia, subiu e subiu, pequenas subidas se comparadas às do dia anterior, e descidas. Quando se deu conta, deparou com um pequeno trailer vendendo comida, no meio do nada. Aproveitou para descansar um pouco, comprou um chá gelado e perguntou ao atendente quanto faltava para chegar a Zubiri.

O rapaz que a atendeu disse que tinha ainda uns cinco quilômetros pela frente, ou seja, nos cálculos dela, mais ou menos uma hora e pouco de caminhada. Seu corpo doía, ainda como reflexo do dia anterior, ela estava cansada e o ritmo já estava mais lento.

Depois de uma hora de descida, as marcações e as placas do Caminho sinalizavam a entrada de Zubiri. Para chegar à cidade, os peregrinos passavam por uma ponte medieval de característica românica, sobre o rio Haga, conhecida como Puente de la Rabia.

Apesar de ser uma descida, Daniela achou o último trecho um pouco perigoso, por causa das muitas pontas de pedras, assim como lascas e farelos de cascalho, o que deixava o chão escorregadio. Ali ela andou com mais atenção.

Quando passou pela ponte, pensou consigo mesma: "Que bom, cheguei!". Foram vinte e um quilômetros de caminhada, e ela agora iria procurar pelo albergue municipal, que tinha sido sua escolha inicial na noite anterior, quando se programava.

10 horas

Daniela deleta algumas fotos parecidas, e, antes de ver mais imagens, se levanta e vai até o varal. Ela o muda de posição para que o sol bata nas roupas do outro lado e volta para o computador. Abre uma nova pasta e a nomeia como "3º dia — Zuribi a Pamplona". Ela se lembra de ter conversado novamente com Martina de manhã bem cedo naquele dia. À tarde conheceu Juan e no fim do dia, depois de falar mais uma vez com Francesco, conheceu Sarah e Yuri.

Na manhã seguinte, Daniela já estava pegando o jeito de mexer na mochila, de tirar e colocar suas coisas, e dessa vez não perdeu tanto tempo quanto no dia anterior. Saiu do quarto em silêncio e foi calçar seus tênis do lado de fora.

Ali já estavam alguns outros peregrinos: um casal em torno dos quarenta anos e um senhor já na casa dos setenta. Esse último parecia ter mais energia e disposição que os demais. Todos se cumprimentaram, desejaram *Buen Camiño* e foram cada um iniciando seu dia de caminhada.

Bem perto do albergue, praticamente na esquina, Daniela encontrou uma cafeteria e entrou. Havia mais peregrinos lá dentro, e ela reparou que tinham deixado suas mochilas em um canto, no chão, logo na entrada, então deixou a dela também e foi em direção ao balcão. Fez seu pedido e, assim que o recebeu, se deu conta de que as mesas estavam ocupadas. Em uma mesa mais distante estava Martina, a peregrina portuguesa, que ela conhecera e com quem caminhara no finalzinho do primeiro dia, descendo os Pirineus.

— Bom dia, Martina. Posso me sentar com você?

— Bom dia, minha querida. Lógico que sim.

— Que bom vê-la novamente. Como está o seu joelho?

— Melhor, mas nas descidas eu o sinto bastante, então venho bem devagar em alguns trechos do Caminho. E você?

— Eu estou bem, só com algumas dores musculares ainda, mas já estão passando.

— Sim, o corpo vai se acostumando. Parece que hoje temos probabilidade de chuva no Caminho — comentou Martina.

— Sim, amanheceu estranho, eu também percebi. Já coloquei minha capa na parte de cima da mochila, bem fácil de pegar se for preciso.

Enquanto saboreavam seus cafés da manhã, as duas conversaram mais um pouco, e depois de uns vinte minutos Daniela disse:

— Martina, você não se importa se eu a deixar sozinha? Eu gostaria de tirar algumas fotos e na sequência começar o meu Caminho.

— Claro que não, fique tranquila.

— Obrigada pela gentileza de ter me deixado sentar com você. Espero encontrá-la novamente. Vá devagar e se cuide.

— Sim, devagar e sempre. Você também, minha querida, se cuide e *Buen Camiño*.

— *Buen Camiño*.

Tecnicamente o trecho seria mais tranquilo, teria mais momentos de descida e algumas subidas. Resumidamente, seria uma descida em direção a Pamplona, a cerca de vinte e um quilômetros.

Caminhando mais ou menos uma hora por uma região mais rural do que urbana, Daniela observou ovelhas pastando perto do Caminho, assim como percebeu montes de feno aglomerado, ora em círculos, ora em retângulos, dentro das propriedades vizinhas. Passou por riachos e córregos e viu muitas flores, das mais variadas cores. Pegou-se encantada com o que estava vendo e sentindo.

Em seguida, passou pelo vilarejo Ezkirotz, com uma igrejinha que estava em reforma, de características medievais, construída com pedras assentadas uma a uma. Viu um pequeno cemitério ao lado, e para sua surpresa, nessa igrejinha, mesmo em reforma, havia o carimbo para os peregrinos.

Ela tirou algumas fotos dentro e fora da igreja e reparou em uma cestinha para contribuições dos peregrinos, visando ajudar na reforma. Deixou sua doação ali, carimbou sua credencial e voltou para o Caminho. Andando mais um pouco pelo meio rural, o tempo todo ouvia um *Buen Camiño*.

As setas direcionaram os peregrinos para passar por outro vilarejo, Larrasoaña. Em razão do horário, muitos estabelecimentos estavam fechados, mesmo assim era um lugar bonito e encantador. Lembrando do que tinha estudado em seu livreto no dia anterior, Daniela já tinha percorrido aproximadamente cinco quilômetros.

A chuva se aproximava, e pelo jeito não escapariam dela. Dito e feito: de repente vieram os primeiros pingos, e os peregrinos que ela conseguia ver começaram a se proteger. Alguns, inclusive, já na saída de Zubiri, haviam coberto as mochilas com as capas individuais da própria mochila. No seu caso, a capa protegia seu corpo e a mochila ao mesmo tempo. Ela havia feito uma boa compra.

O dia foi chove não chove, o que significava tirar e pôr a capa várias vezes. No meio do dia ela já estava perita nesse movimento.

Completando nove quilômetros de caminhada, Daniela passava por outro vilarejo, Zuriain, e viu que logo à frente havia uma movimentação de peregrinos. Provavelmente mais uma parada estratégica para descansar e, lógico, ir ao banheiro.

Essa parada estava localizada ao lado de um riacho que tinha uma pequena cachoeira. Com essa vista maravilhosa, Daniela pôde parar e repor as energias.

Descansada, arrumou suas coisas e continuou seu Caminho. Em meia hora andando sozinha, percebeu logo atrás de si o peregrino idoso que conhecera no albergue pela manhã, na hora de colocar os calçados. Assim que ele a alcançou, os dois começaram a andar juntos, fazendo companhia um ao outro, e Daniela puxou assunto conversando em espanhol novamente:

— Ficamos no mesmo albergue hoje, não ficamos?
— Sim, mas em quartos separados.
— Como se chama?
— Me chamo Juan, e você?
— Me chamo Daniela. Você veio de onde?
— Sou da Espanha mesmo, moro em Madri. E você?
— Eu venho do Brasil. Então você já conhece Santiago de Compostela?
— Sim, já fui algumas vezes de carro, mas nunca tinha feito o Caminho, então me programei para fazer em duas etapas. Vou fazer a primeira etapa nessas duas semanas, e pretendo terminar daqui a um mês. Nesse meio-tempo, vou passar uns dias na casa da minha filha, ver os meus netos, descansar um pouco e continuar de onde parei.
— Entendi.
— E você, já conhecia a Espanha? — ele perguntou.
— Não, e estou amando tudo que eu estou vendo.
— E pretende fazer todo o Caminho?
— Se tudo der certo, sim.

Os dois foram caminhando juntos até chegarem a Pamplona. Juan contou que era viúvo, tinha setenta e quatro anos e, depois que se aposentara, de vez em quando, em vez de ir visitar um dos dois filhos, embarcava em pequenas aventuras, e essa era uma delas.

Passaram por Irotz, um vilarejo com casas charmosas. Daniela já começava a identificar mudanças nas características arquitetônicas em comparação com os vilarejos anteriores, onde as casas tinham mais detalhes e flores nas janelas. Agora a estética estava ficando mais limpa e sem muitos ornamentos.

Depois, à medida que se aproximavam da rodovia, ela viu que a sinalização do Caminho direcionava os peregrinos para um túnel estreito e comprido, para que eles pudessem passar para o outro lado em segurança.

Andando mais um pouco, Juan comentou que estavam quase chegando a Pamplona, que passariam por Villava, onde percorreriam uma ponte medieval, e na sequência veriam outro vilarejo, Burlada, e então já estariam praticamente na entrada da cidade.

Juan estava contando algumas histórias da região de Navarra, sobre a cidade de Pamplona e as famosas largadas das Festas de San Firmino, conhecidas pelas tradicionais corridas de touros, onde os animais são soltos e correm pelas ruas de Pamplona em direção à Plaza de Toros. Essa atividade encerra a semana de festividades em homenagem ao padroeiro da cidade. Por coincidência, faltavam alguns dias para a corrida acontecer, então provavelmente o lugar estaria começando a se organizar para o evento.

Entrando em Pamplona, Daniela percebeu que, apesar de ser uma cidade grande e de ter muitas informações visuais, a sinalização do Caminho estava bem organizada e as marcações guiavam os peregrinos em direção ao centro histórico, passando por uma ponte medieval, a Ponte da Madalena do século XII, e logo em seguida rodeando as muralhas da cidade antiga, do século XVI. Na sequência passavam em frente à Catedral de Santa Maria, construída no século XVII, até chegarem ao albergue Jesús y María, a primeira escolha dela. O edifício do albergue havia sido uma igreja no passado, reformada para atender os peregrinos como ponto de apoio do Caminho.

Quando chegaram em frente ao albergue, despediram-se. Juan foi se registrar, Daniela aproveitou para tirar algumas fotos rápidas e logo depois se registrou também. Ela pegou o número da sua cama e recebeu mais um carimbo em sua credencial.

Como estava relativamente cedo, ela foi tomar banho e, antes de se preparar para lavar as roupas, voltou até a Catedral de Santa

María para conhecê-la e tirar algumas fotografias. Caminhou pelo centro histórico em direção às muralhas e percebeu que as ruas eram estreitas, característica dos traçados das vilas medievais, e tinham edificações altas.

Depois de terminar seu passeio, Daniela encontrou um lugar para se sentar, fez seus registros no tablet e leu a anotação para comprar algumas coisas para o dia seguinte: água, frutas, barras de cereal e chocolate. Ela então foi procurar uma mercearia e entrou na primeira que viu.

Lá havia apanhado as frutas, a água e as barrinhas de cereal, e, quando estava no corredor dos chocolates, Francesco apareceu de repente:

— Boa tarde, Daniela.

— Oi, Francesco, tudo bem com você? Não te vi no Caminho hoje.

— Também não te vi, mas vi você conversando com um senhor.

— Era o Juan. Ele é muito querido! Viemos conversando já na última parte do Caminho.

— Fazendo compras para amanhã?

— Sim, quero levar umas frutas, umas barrinhas de cereal e uma garrafinha a mais de água.

— E esse chocolate, não vai ultrapassar o peso da sua mochila?

Daniela começou a rir e respondeu:

— Vou fazer o sacrifício de carregá-lo; é uma delícia. Comprei um desses naquela parada em que nos encontramos ontem, depois que você saiu, e adorei. E você, encontrou o que precisava?

— Sim, peguei duas frutas, água e um Gatorade.

— Que bom!

— Daniela, está quase na hora do jantar. Gostaria de comer alguma coisa comigo?

Ela olhou no relógio, viu que tinha tempo e aceitou o convite. Chegando ao caixa da mercearia, os dois viram que o atendente estava passando um aperto para atender um casal de surdos. Daniela perguntou se poderia ajudar, e o atendente disse que sim, pois não estava entendendo nada do que eles gesticulavam.

Daniela tinha um primo surdo e conversava bastante com ele desde a infância. Ela então ficou de frente para o casal. Sabia que teria um pouco de dificuldade, mas poderia tentar ajudá-los, e se apresentou.

Falando em linguagem de sinais, ela perguntou do que eles precisavam. O rapaz disse que estavam procurando uma farmácia, queria saber se tinha alguma por perto. Depois queriam achar um ponto de táxi para levá-los até a estação de trem.

Daniela se lembrou de que havia chegado àquela estação de trem uns dias antes e que depois havia tomado um táxi para Saint Jean Pied de Port, mas não saberia explicar se estavam perto ou longe. E virou-se para o atendente:

— Eles precisam passar em uma farmácia e depois gostariam de pegar um táxi para levá-los à estação de trem.

— Tem uma farmácia depois da esquina, mais ou menos no meio da quadra.

— OK.

Daniela indicou o caminho para eles. E na sequência perguntou ao balconista:

— Será que você poderia fazer a gentileza de chamar um táxi quando eles voltarem? Vou pedir para eles voltarem aqui depois da farmácia, aí você diz para o taxista que eles querem ir para a estação. Pode ser?

— Sim, lógico.

— Maravilha.

Francesco não entendeu nada do que estava se passando, mas ficou admirando a maneira como ela se comunicava com o casal.

Daniela explicou para eles sua sugestão e os dois aceitaram: iriam rapidinho até a farmácia e depois voltariam para tomar o táxi. O casal agradeceu a atenção dela, se despediu e seguiu para a farmácia.

O atendente também agradeceu a ajuda. Ela e Francesco então pagaram cada um as suas compras e saíram à procura de um lugar para jantar. No caminho, ele perguntou:

— Onde você aprendeu a língua de sinais?

— Eu tenho um primo por parte de mãe que é surdo. Quando nós éramos crianças, os primos se juntaram para fazer algumas aulas de Libras (Língua Brasileira de Sinais) para poder conversar melhor com ele. À medida que íamos crescendo e conversando, fomos aprendendo mais. Então, quase toda a família sabe um pouco.

— Que legal.

— Depois, na faculdade, eu tive uma disciplina de Libras, e fiz outros cursos para me aperfeiçoar quando comecei a trabalhar no museu. Sempre recebemos grupos de escolas com crianças surdas. Eu sou escalada para atendê-las, e aí vou conversando com elas junto com os outros alunos e mostrando o museu.

— Muito bacana!

— Em um dos cursos que eu fiz tinha uma língua meio internacional, conhecida como Gestuno, usada em conferências e viagens. Com esse casal eu tentei usar o que eu lembrava dela.

— Entendi. Não sabia disso.

Francesco ficou pensativo por uns minutos. Ele já havia passado por situações parecidas com fãs especiais, mas, diferentemente dela, não tinha se interessado em aprender. Decidiu que colocaria em seus planos algumas aulas de língua de sinais, pois todos merecem a mesma atenção, independentemente das necessidades.

Andaram mais um pouco e viram uma placa bem grande na frente de um estabelecimento, MENU DO PEREGRINO, e entraram. Foram se sentando e vendo o que havia no cardápio quando Francesco notou um casal que havia conhecido na outra noite, no albergue privado onde ficara. Eles se cumprimentaram de longe. Francesco perguntou a Daniela:

— Você se importa se eu chamar para jantar conosco um casal de peregrinos que conheci ontem no albergue em que eu fiquei?

— Lógico que não. Pode convidar, sim.

Então Francesco chamou o casal, que veio até eles.

— Gostariam de jantar conosco? Esta é Daniela, que eu conheci no albergue de Roncesvalles. E esses são Sarah e Yuri. Nós ficamos no mesmo albergue ontem.

— Nós aceitamos com muito prazer!

— Acabamos de chegar também, e nem pedimos ainda — disse Daniela.

Assim que se sentaram, Daniela, Sarah e Yuri pediram um vinho e Francesco pediu um suco, enquanto se decidiam dentro das opções do menu de peregrino. Depois que fizeram os pedidos, ficaram conversando, rindo e se divertindo. Sarah perguntou a Daniela:

— Acho que estamos no mesmo albergue. Você está naquele que era uma igreja?

— Sim, o que fica perto da Catedral, Jesús y María, certo?

— Isso, nós também estamos nele. Adoramos a estrutura.

— Sim, eu também gostei dele. Só não estou acostumada com os banheiros mistos, apesar de ser bem amplo, claro e organizado. É estranho para mim ainda tomar banho e saber que ao lado pode ter um homem. Mas, como eu disse, tudo bem organizado. As cabines dos boxes são grandes, então ali dentro temos espaço para pendurar a roupa, tomar banho, secar o corpo. Já saímos praticamente prontos. É muito prático mesmo — respondeu Daniela.

Sarah viu a aliança na mão dela e, animada, perguntou:

— Daniela, já marcou a data do casamento?

Ela olhou para sua aliança um pouco confusa, tocou nela e respondeu:

— Ainda não marcamos.

Daniela sabia que uma hora ou outra teria que pensar sobre ela e Gustavo.

Sarah, vendo a reação dela, quis tranquilizá-la:

— Fique tranquila, daqui a pouco sai o casamento.

— Há quanto tempo vocês estão casados? — Francesco perguntou aos dois.

— Quase quinze anos. Na verdade nos casamos tarde, aproveitamos tudo que tínhamos que fazer, estávamos resolvidos profissionalmente e agora curtimos a vida juntos sem preocupações.

Eles continuaram conversando. Na sequência chegaram os pedidos.

Quando terminaram a refeição, Daniela avisou:

— Nossa, já está na minha hora! Digo, na nossa hora! Eu não sei vocês, mas eu tenho que lavar uma muda de roupa, e precisamos descansar, porque amanhã vai ter uma subida.

— Sim, a subida do Alto do Perdão — disse Yuri, rindo.

— Nós também temos que ir. Vamos passar na farmácia antes de ir para o albergue.

— Tem uma farmácia depois da esquina, mais ou menos no meio da quadra — explicou Daniela.

— Perfeito! — respondeu Sarah.

— Então até amanhã. Espero vê-los novamente. *Buen Camiño* para vocês — disse Francesco.

— *Buen Camiño* para você também — respondeu Daniela.

Mais tarde, com a roupa lavada e seca, Daniela estava arrumando suas coisas e deu uma olhada no livreto para estudar o dia seguinte. Verificou a previsão do tempo, colocou o celular para vibrar no horário de sempre e viu que tinha uma mensagem de sua prima e de sua tia. Conversou um pouco com cada uma delas e em seguida escreveu para Gustavo também. Dois minutinhos depois, entrou em seu saco de dormir e logo pegou no sono.

10h15

Descansando um pouco a visão depois de horas no computador, Daniela olha para o lado e vê as pilhas de correspondência. Fecha o notebook, pega a pilha das contas junto com sua agenda e se senta no sofá. Abre uma a uma e vai anotando as datas de vencimento.

Depois que anotou tudo de que precisava, guarda todas as contas, segundo a ordem dos vencimentos, e volta para o computador. Cria uma pasta chamada "4º dia — Pamplona a Puente la Reina". Ela então se lembra de que nesse dia Francesco a pegou no colo e, mais uma vez, abre um sorriso ao pensar nele.

.... 🐚 ....

Nesse dia, enquanto caminhava à procura de um lugar para tomar seu café da manhã, Daniela tirou um monte de fotografias pela cidade de Pamplona, até que encontrou uma cafeteria e entrou. Havia outros peregrinos ali, porém nenhum conhecido, e tinha bastante espaço para se sentar. Ela escolheu uma mesa, deixou suas coisas e foi fazer o pedido no balcão.

Enquanto comia, deu uma olhada novamente em seu material de apoio, para revisar como seria o dia, e viu que o trajeto até Puente la Reina seria de aproximadamente vinte e quatro quilômetros. O problema seria subir o Monte do Alto do Perdão, considerado a parte mais difícil do Caminho.

Depois que terminou o café da manhã, Daniela começou seu dia e percebeu que as marcações direcionavam os peregrinos para uma região mais rural em direção a Cizur Menor, já no início da subida em direção ao Alto do Perdão. Ainda subindo, depois de mais ou menos seis quilômetros de caminhada, chegou a Zariquiegui, última cidade antes do ponto mais alto do dia.

Havia uma pequena área de descanso, com mesas e bancos de madeira para os peregrinos relaxarem um pouco. Daniela não fez diferente: procurou um canto, sentou e comeu uma das duas frutas que havia comprado no dia anterior. Ficou olhando para o horizonte, contemplando a paisagem.

Depois de descansar um pouco, colocou a mochila nas costas e seguiu seu Caminho, pois ainda restava um bom trecho até o Alto do Perdão, que seria uma subida íngreme e com muitas pedras. Ainda bem que ela estava com seus bastões para auxiliá-la, e de tempos em tempos se permitia fazer pequenas paradas para descansar, respirava fundo, repunha as energias e continuava caminhando.

Após mais ou menos uma hora de caminhada, Daniela e alguns peregrinos chegaram ao Alto do Perdão. Recuperando o fôlego e a energia, ela viu um monumento, uma escultura enorme em homenagem aos que caminhavam, que exibia uma caravana de peregrinos de distintas épocas em chapa de ferro. Ao fundo, em segundo plano, uma belíssima paisagem da vista lá de cima.

Daniela tirou várias fotos da escultura dos peregrinos, da paisagem e do entorno. Perto de onde estavam havia alguns aerogeradores, um equipamento que utiliza a energia do vento convertendo-a em energia elétrica, como se fosse um enorme ventilador, muito comuns naquela região alta por onde o Caminho passava, mas uma novidade para ela.

Depois encontrou um lugar para descansar, colocou a mochila no chão, tirou os tênis, tomou água, comeu a outra fruta e pegou seu chocolate. Sentada, reconheceu alguns peregrinos descansando perto dela, como o casal Sarah e Yuri. Do outro lado viu Hailey, a americana que conhecera na primeira noite em Saint Jean Pied de Port, também descansando. Eles se cumprimentaram de longe e cada um ficou onde estava, pois o cansaço era maior que a vontade de socializar.

Logo depois, Francesco chegou ao Alto do Perdão, tirou algumas fotografias, viu Sarah e Yuri e foi até eles. Eles conversaram um pouco, e o casal apontou que mais ao lado estava Daniela também. Francesco reconheceu a mochila dela, se despediu do casal e disse que iria ver como ela estava.

Chegando ao lado dela, Francesco apontou para o chocolate.

— Vejo que está bem acompanhada.

Com a boca cheia, ela olhou para o chocolate e começou a rir.

— Hum, sim, estou muito bem acompanhada. Eles são maravilhosos e valem cada euro. Ainda mais depois de uma subida como essa.

— Posso me sentar ao seu lado?

— Sim, lógico. Quer uma barrinha de cereal?

— Eu vou comer uma fruta que comprei ontem, obrigado. Na verdade, eu evito comer algumas coisas. Tenho alergia a amendoim e às vezes as barrinhas podem ter amendoins. Na dúvida, eu as evito.

Ficaram ali por mais uns vinte minutos, comendo cada um o que haviam levado e contemplando a paisagem. Francesco também tomou um pouco do seu Gatorade e, assim como ela, começou a criar coragem para iniciar a descida. Se a subida tinha sido difícil, a descida não seria diferente. Daniela calçou seus tênis de novo e ambos se levantaram, colocaram as mochilas nas costas, pegaram seus bastões e seguiram caminhando juntos.

Além do sol forte, a descida de mais de uma hora e meia era difícil. O Caminho inicialmente tinha muitas pedras grandes e soltas, o que dificultava ainda mais a caminhada dos peregrinos, e mais uma vez Daniela agradecia por estar com seus bastões.

Olhando para a frente, não dava para reconhecer que existia um Caminho, nem mesmo uma trilha oficial de peregrinos; parecia mais uma cachoeira que secara, deixando apenas os seixos grandes e soltos pelo Caminho.

Os dois caminhavam em silêncio, se concentrando apenas nos próximos passos, sem olhar muito adiante, escolhendo onde pisar e onde apoiar os bastões. Em certo momento, Daniela se descuidou, deu um grito e caiu no chão. Havia virado levemente o pé. Quando Francesco, que estava mais à frente, se virou para ela, a viu sentada no meio das pedras, no sol.

— Você se machucou, Daniela?

— Mas que descuido. Eu estava distraída e não percebi a pedra solta. Tentei me apoiar nos bastões mas não consegui.

— Espere aí que eu vou até você. Consegue se levantar?

— Acho que ainda não. Preciso de uns minutinhos.

— Então me deixe te ajudar.

Francesco tirou a mochila dela para que ela ficasse mais confortável, pegou os bastões, tirou sua própria mochila e colocou tudo junto em um canto, para não atrapalhar os peregrinos que passariam por ali. E, sem perguntar nada, a pegou no colo.

— Francesco, o que você está fazendo?

— Vou te colocar na sombra, para darmos uma olhada melhor no seu tornozelo.

Assim que a colocou sentada numa área mais fresca, Francesco pediu permissão para tirar o tênis dela. A princípio havia sido mais um susto do que algo preocupante. Não estava tão inchado, só doía um pouco.

Os demais peregrinos passavam por eles, paravam e perguntavam se precisavam de ajuda, e ela dizia que estava tudo bem, que já voltaria para o Caminho.

Daniela pediu a Francesco a gentileza de pegar dentro de sua mochila a bolsinha de remédios. Dentro dela havia um spray anestésico e um rolo de atadura de crepom, que ela iria enrolar no tornozelo para fortalecê-lo. Se precisasse, mais tarde, assim que chegassem a Puente la Reina, ela iria comprar uma tornozeleira para caminhar nos próximos dias.

Francesco a ajudou passando o spray, depois enrolando a faixa, e em seguida calçou o tênis nela e a levantou. Daniela viu que estava bem firme, agradeceu a ele pela ajuda e os dois continuaram o Caminho, agora com mais atenção.

Depois de um quilômetro e pouco de descida entre as pedras, e caminhando ainda em silêncio, Francesco perguntava se estava tudo bem, se ela queria que ele levasse por um tempo a mochila dela, ou algo que estivesse pesando muito, mas ela dizia que não, que estava tudo bem, e continuaram andando.

Terminada a descida íngreme, passaram por uma pequena cidade chamada Uterga, descansaram rapidamente e seguiram caminhando. Depois da tensão inicial da descida, o Caminho foi ficando mais fácil. Viram alguns campos de trigo e começaram a conversar com maior frequência. Francesco, vendo-a mais animada, apesar de estar andando devagar, puxava conversa.

— Eu vi que você tira muitas fotografias. Você é arquiteta?

— Não. Eu sou historiadora, mas me encanta a arquitetura de modo geral. Fiz meu mestrado em patrimônio histórico e cultural. É por isso.

— Que interessante.

— Gosto de olhar os edifícios, os monumentos e imaginar suas histórias, identificar suas técnicas construtivas, verificar as intencionalidades, o porquê das construções e o que elas podem ter representado na época. Os edifícios, por si sós, nos contam muitas coisas. Basta termos tempo para percebê-las e, por que não, conversar com eles.

— Nunca parei para pensar muito nisso tudo. Eu gosto dos edifícios antigos, já vi muitos, mas não com esse olhar.

— Essa viagem, para mim, tem vários objetivos. O principal, sem dúvida, é a busca que eu quero fazer em mim mesma, e assim poder encontrar as demais respostas sobre o que eu quero para o meu futuro, tanto profissional como pessoal. Já que estou aqui, aproveito para estudar também. O nosso patrimônio histórico no Brasil é bem diferente. Oficialmente nós fomos colonizados na virada do século XV para o século XVI. Então é um patrimônio bem mais jovem, e ver de perto o que eu estudei está sendo encantador.

— Entendi. Eu também estou de certa forma aproveitando para fazer duas coisas. Eu precisava de um descanso, organizar as minhas ideias e escrever.

— Por isso eu te vejo sempre com o seu tablet.

— Sim, ao longo do Caminho eu venho construindo as ideias e, quando paro, tento colocá-las de forma organizada.

— Você é escritor?

— Não, não sou. Só gosto de escrever e registrar. Quem sabe uma hora ou outra posso usá-las.

— Você devia escrever um livro, então. Não para ficar rico, só para poder dizer que já escreveu um livro, aí ficaria faltando plantar uma árvore e ter um filho. É como dizemos lá no Brasil.

— Por que escrever um livro, plantar uma árvore e ter um filho? E não outras coisas?

— Porque são exemplos de três coisas que sobrevivem depois que nós morremos. Pelo menos na ordem natural, o filho vive mais do que os pais. Dependendo da árvore, ela vive centenas de anos, assim como um livro; aquele conhecimento que você compartilhou, ou aquela história que você contou, fica perpetuada por muito tempo.

— Entendi. E você já fez um dos três?

Daniela não podia deixar de lembrar o que aconteceu, então respirou fundo e, com um sorriso triste, respondeu:

— Eu já plantei uma árvore.

— Então você está na minha frente — respondeu ele.

Afastando este último pensamento, ela continuou a conversa.

— Sobre as fotos, eu as tiro com o celular, e no fim do dia passo tudo para o tablet e organizo, registrando algumas informações em um relatório, para não esquecer do que eu vi. Força do hábito, coisa de historiadora.

— E entre os edifícios históricos, quais deles te atraem mais?

— Me encanta a arquitetura sacra. Ela é linda, cheia de detalhes, magia e, sim, muitos mistérios. O museu onde eu trabalho tem uma arquitetura do nosso período colonial, do século XVIII, mais especificamente de 1774. Ele é voltado ao estudo, conservação e exposição de objetos relacionados à arte sacra. Comecei como estagiária no último ano da faculdade e fui me encantando com a riqueza de informações e detalhes.

— E o que você ouve? Eu reparei que você de vez em quando está com fones.

— Bom, eu gosto de ouvir livros, então separei uns para colocar a minha leitura — ela faz aspas no ar — em dia aqui, assim vou ganhando tempo. Ouço quando não estou fazendo as minhas reflexões, e intercalo com algumas músicas de que eu gosto.

— Alguma música italiana?

— Não. Eu só trouxe músicas brasileiras, um pouco de MPB, nossa música popular brasileira, e um pouco de rock e pop nacionais também, para dar uma animada de vez em quando.

— Não trouxe músicas italianas porque não conhece ou porque não quis? — ele indagou.

— Não conheço muito. Só conheço as músicas que aparecem nos filmes. E você, conhece alguma música brasileira?

— Conheço um pouco, sim, mas só um pouco.

— Jura? Então vou me programar e, quando voltar para o Brasil, fazer uma playlist de músicas italianas. Vou selecionar com calma. Mas o que eu ouço quando entro nas igrejas é outro tipo de música, diferente das contemporâneas.

— E o que você ouve?

— Pode parecer loucura, mas eu trouxe uma playlist de músicas antigas, bem antigas. Tentei separar conforme as épocas, períodos e estilos que eu iria ver aqui.

— Sério? — perguntou ele.

— Sim, então, na parte desta viagem que está relacionada aos meus estudos, eu quis vivenciá-la de uma forma diferente, por isso eu coloco uma música antiga antes de entrar em uma igreja ou catedral. Você deveria experimentar. Algumas vezes, quando eu ouço e vejo o interior das edificações, é como se eu me transportasse para o passado, como se eu estivesse emergindo nesse universo, naquele tempo. É muito interessante. Algumas vezes eu consigo sentir os cheiros, e ouço alguns sons diferentes.

Assim que falou, Daniela começou a rir.

— Você deve estar me achando uma louca.

— Até acharia, mas, da forma que você fala, faz sentido, sim — Francesco respondeu.

— E qualquer dia desses vou ter a coragem de entrar em uma igreja e me deitar no chão, ouvir uma música e contemplar aquela perspectiva diferente. Ainda não fiz porque tenho vergonha. Sem contar que as pessoas ficariam olhando.

— E por que deitar no chão? — ele estranhou.

— Gostaria de ver o que sempre vemos de outra perspectiva. Nós percebemos o mundo apenas por uma perspectiva, e normalmente é aquela que a sociedade ou a igreja nos impõem, e dizem que é a certa. Então, se mudássemos ela de vez em quando, enxergaríamos ao nosso redor de forma diferente. De outro ângulo, apenas isso.

— Faz sentido.

— Eu só queria ver as mesmas coisas que já conheço por outra perspectiva, pelo menos as que eu estudei, só isso. Aqui no Caminho estou conseguindo, de pouquinho em pouquinho, fazer essa análise, ver os fatos que já me passaram de outro ângulo. Acredito que por conta do distanciamento, não só do tempo, mas do espaço, das pessoas — ela explicou.

— Sim. É que, quando estamos muito envolvidos, não conseguimos ver direito.

— Exatamente. Estou conseguindo ver que em alguns momentos faltou um pouco... não saberia dizer se seria maturidade ou apenas observação... para tomar as decisões que tomei no passado. Seria talvez algo parecido com a questão de escolher o melhor caminho dentre vários que nos aparecem pela frente — ela continuou.

— Sim, aqui mesmo é um exemplo. Existem vários Caminhos que levam a Santiago de Compostela; tem o Caminho no Norte, o Caminho Primitivo, o Caminho Francês, que estamos fazendo, o Caminho Português e assim por diante. Não tem como dizermos que um é melhor que outro — completou ele.

— Concordo. Por mais que algumas pessoas digam que é o Caminho Francês, por ser o maior e o mais tradicional. Como podemos afirmar isso? Eu não conheço os outros, espero um dia poder fazê-los, mas cada Caminho deve ter seus desafios, né? — ela filosofou.

— Com certeza.

— No Brasil, o nosso período colonial, porque éramos uma colônia de Portugal na época, também é conhecido como nosso período barroco, período esse que foi muito mais modesto e simples, e bem posterior ao de vocês aqui na Europa. Tivemos um artista em especial, conhecido como Aleijadinho, que fazia esculturas com diversos materiais. Ele trabalhava muito bem com pedra-sabão, uma pedra típica da região onde morava, no interior do país, fácil de manusear, apesar de trabalhar muito bem também com a madeira. Dá para fazer uma correlação com Michelangelo e seu trabalho com o mármore.

— Entendi.

— Em um de seus projetos, no Santuário do Bom Jesus de Matosinhos, na cidade de Congonhas, em Minas Gerais, interior do Brasil, ele fez um conjunto de esculturas em pedra-sabão dos doze profetas em tamanho real.

Daniela começou a rir e continuou:

— Olha eu falando demais.

— Pode continuar. Estou adorando te ouvir.

— É que está relacionada a essa questão de Caminhos, e me veio à mente, por isso me empolguei.

— Pode continuar.

— Então, no museu onde eu trabalho tem quatro réplicas, só que em bronze, desses profetas, e é muito interessante olhar para elas. O que mais me chama a atenção não é o fato de elas serem de tamanho real, mas a ilusão de ótica que ele criou em cada escultura. Ele trabalhou com uma técnica conhecida como anamorfose, que faz com que vejamos distorcidas ou deformadas as esculturas se sairmos do ângulo ou da perspectiva em que ele as criou. No ângulo certo as imagens são perfeitas, como se ele, ou a igreja, quisesse dizer que só existia um caminho que levava à verdade. Isso naquela época, lógico.

— Que interessante a história dessas esculturas e dessa simbologia — Francesco comentou.

— Sim, e, se nós pararmos para pensar, nem sempre nosso caminho é reto e objetivo. Às vezes temos algumas curvas, uns altos e baixos, e às vezes tropeçamos em alguns obstáculos ou situações que nos distraem fazendo que inicialmente saiamos do caminho, até que possamos voltar e nos colocar no eixo novamente e retomar o nosso caminho inicial. Ou seja, existem outras perspectivas, existem outros caminhos, uns são mais agradáveis e outros menos, mas todos levam para a mesma direção, desde que o objetivo continue sendo o mesmo.

— Eu concordo. Daniela; nesse tempo em que está fazendo o Caminho, você já pensou em desistir dele e voltar?

— Sabe que ontem mesmo eu me peguei pensando nisso e fiquei refletindo sobre voltar? Mas não pensei em voltar propriamente. Já me perguntei várias vezes o que estou fazendo aqui.

— Eu também.

E os dois começaram a rir.

Conversando, nem viram o tempo passar, caminharam mais um pouco, passaram por um vilarejo, Obanos, com características mais contemporâneas, mas ainda com traços medievais, e logo chegaram a Puente la Reina. Para alegria dela, o albergue que havia escolhido como primeira opção ficava já na entrada da cidade — o albergue de Peregrinos Sacerdotes del Sagrado Corazón de Jesús.

Quando se aproximavam, a placa do albergue chamou a atenção de Daniela: dizia que ali havia sido um hospital de peregrinos, e que de certa forma os atendia desde 1447.

— Que bom que chegamos. Agora vamos ver se tem lugar. Você também vai ficar aqui?

— Não, eu reservei outro. Vou seguir mais um pouquinho, deve ser aqui perto. Veja se tem lugar para você, eu te espero. Se não tiver, seguimos mais um pouco.

— OK.

Daniela então entrou e perguntou para o atendente se havia uma cama para ela, e na hora teve a confirmação. Ela fez um sinal para ele avisando que ficaria, mas já retornaria. Só iria se despedir rapidamente de um amigo.

Então voltou até Francesco, confirmou que tinha uma cama, agradeceu a ajuda e a companhia na caminhada e desejou bom descanso. Os dois se despediram, e na sequência Daniela se registrou em seu albergue.

10h35

Daniela descarta algumas fotos parecidas, e cria a pasta "5º dia — Puente la Reina a Estella". Ela se lembra de que nesse dia conheceu duas irmãs brasileiras e, mais uma vez, conversou com Francesco. Os dois foram jantar em uma pizzaria.

⁂

De manhã cedo, assim que terminou seu café, ela colocou a mochila nos ombros e começou seu Caminho. Viu que na caminhada desse dia passaria por umas quatro cidades pequenas, o que a deixava animada, pois era mais fácil encontrar um lugar para descansar, comer alguma coisa e ir ao banheiro.

O trajeto seria de aproximadamente vinte e dois quilômetros. Saindo de Puente la Reina, atravessou o rio Arga pela ponte medieval, que dava o nome à cidade, de características românicas do século XI, uma das mais lindas que ela tinha visto até então, e aproveitou para tirar muitas fotos.

Próximo a ela havia outros peregrinos, que também estavam iniciando seus Caminhos, porém ninguém conhecido ainda. Quando não era ela que passava por um peregrino desejando *Buen Camiño*, era outro que passava por ela.

Já se distanciando de Puente la Reina, as marcações foram direcionando os peregrinos para um trecho mais silencioso e calmo, no meio da natureza. Daniela começou então a retomar suas reflexões. Estava adiando pensar em seu relacionamento, então decidiu refletir sobre ela mesma, o que realmente gostava de fazer e o que gostaria de fazer dali para a frente.

Enquanto caminhava, percebeu pequenos detalhes deixados por outros peregrinos em alguns trechos, mensagens para os que viriam depois, como forma de incentivo e de carinho, como um desenho de um coração feito com pedras encontradas e juntadas pelo Caminho.

Logo em seguida, começou a avistar um pequeno vilarejo, Mañeru, onde descansou um pouco e entrou em um pequeno bar. Como ainda era cedo, pediu um cappuccino, comprou uma garrafa de água e na saída tirou fotos. Na frente de onde estava havia uma pracinha com uma igreja.

Depois de descansar, seguiu seu Caminho, ouvindo um pouco de um dos livros que tinha separado. E não muito tempo depois já começou a ver alguns telhados e a cúpula de outra igreja, sinal de que o segundo vilarejo por onde passaria, Cirauqui, estava se aproximando.

Entrando no vilarejo, de características medievais, com ruas apertadas e às vezes íngremes, Daniela foi se encantando com as fachadas das edificações. De repente, no meio da cidade, viu uma pequena passarela coberta, como se fosse um portal, e bem embaixo uma mesa com o carimbo para os peregrinos. Parou para colocar ela mesma mais um carimbo em sua credencial.

Mais adiante, as setas direcionaram os peregrinos para perto do asfalto. Passaram por cima de um viaduto, depois por baixo de outro. Então passaram por baixo de dois outros viadutos, um de concreto pré-moldado e outro mais curvo, de pedras, isso tudo para proteger os peregrinos na hora de cruzar as estradas movimentadas, pois eram de alta velocidade.

As setas conduziam os peregrinos para uma área mais rural. Daniela passou por mais algumas pequenas pontes e conheceu a calçada romana, um trecho revestido com pedras dispostas lado a lado, que poderia ter mais de dois mil anos.

Apesar de estar emocionada por pisar no lugar que vira em livros e filmes, essa calçada não era tão confortável de caminhar, pois as pedras não estavam dispostas de forma harmônica; tinham sido colocadas de qualquer jeito, e de vez em quando ela pisava em uma ponta e outra que ficavam para cima, o que lhe dava certo desconforto. Entretanto, à medida que caminhava pela calçada romana, foi tirando algumas fotografias.

Ainda caminhando em uma região rural, Daniela viu plantações de uvas e se lembrou de que desses vinhedos enormes saíam grandes vinhos que eram comercializados para todo o mundo, incluindo o Brasil. Entre subidas e descidas, voltou a caminhar próximo da rodovia, passando por baixo de viadutos suspensos de estrutura de concreto armado onde circulavam os automóveis de uma serra a outra.

Logo depois voltou a andar em uma trilha de terra batida, passou por uma ponte pequena de características medievais e foi seguindo até chegar ao próximo vilarejo.

Já perto da hora do almoço, Daniela estava na terceira cidade, Lorca, e encontrou um lugar para almoçar. Dessa vez pediu um prato de comida, pois estava com bastante fome. Assim que terminou descansou um pouco mais, refez as contas e viu que já havia caminhado cerca de catorze quilômetros. Voltou ao Caminho, tirando mais algumas fotos do vilarejo, e seguiu adiante.

Depois viu campos abertos, feno cortado em retângulos empilhados e foi seguindo a sinalização e as orientações do Caminho. Logo na entrada de Villatuerta, o quarto vilarejo, havia uma pequena ponte medieval também de característica românica sobre o rio Iranzu. Ela aproveitou para tirar mais fotos e viu a frente outra igreja, igualmente românica. Andou por uma trilha e seguiu adiante; o destino seguinte seria Estella, onde passaria a noite.

Daniela continuou andando, passou por uma ponte estreita e curva de madeira. Andou mais um pouco e começou a ver de longe o telhado de uma edificação grande já na entrada da cidade. Era de uma igreja que, conforme conseguiu identificar, tinha traços de dois períodos bem distintos, o primeiro românico e o segundo gótico, por causa dos arcos ogivais na fachada, assim como diferenças nos materiais utilizados.

Aproveitou para tirar mais fotos. Como não sabia a distância do albergue até ali, provavelmente não voltaria; ficaria mais para o centro histórico de Estella.

Andando mais uns minutinhos, encontrou o albergue Hospital de Peregrinos, que tinha em mente para passar essa noite. Era até então o mais simples em que ela ficaria, mas tinha tudo de que precisava: uma cama, banheiros e lavanderia, caso precisasse lavar suas roupas. E ficava bem localizado, próximo de uma praça, da encantadora Igreja de San Pedro e de lugares para jantar, quando fosse a hora.

Então Daniela deu entrada no albergue, recebeu seu carimbo e o número da cama e foi se organizar. Assim que conseguiu descansar um pouco, repôs sua energia e foi conhecer a cidade.

Quando deu o horário do jantar, ela estava na praça conversando com duas peregrinas, bem à vontade rindo com elas, quando Francesco se aproximou e cumprimentou as três.

— Boa tarde, Daniela.

— Olá, Francesco. Tudo bem com você?

— Sim, tudo bem.

— Essas são Karina e Natália. Elas são irmãs e brasileiras também. Esse é Francesco, da Itália.

Os três se cumprimentaram, e, quando Francesco estava para se despedir delas para deixá-las conversar novamente, Karina lembrou a irmã de que precisavam lavar as roupas e passar na farmácia. Como estavam hospedadas no mesmo lugar que Daniela, combinaram conversar novamente depois no albergue e assim se despediram, deixando os dois sozinhos.

— Você já jantou?

— Ainda não. Eu ia começar a organizar as minhas fotos, mas posso fazer isso depois. E você?

— Eu também não. Tem uma pizzaria na metade da quadra indo por ali. Gostaria de comer lá comigo?

— Pizza! Que delícia. Vamos, sim.

E assim os dois entraram na pizzaria, escolheram uma mesa e logo foram atendidos. Depois de darem uma lida no cardápio, decidiram que uma pizza apenas seria o suficiente para os dois, então Daniela pediu uma metade de Marguerita, e Francesco outra de Parmigiana. Para acompanhar, ela pediu uma taça de vinho e ele um suco de uva. Enquanto esperavam, ficaram conversando.

— Como está o seu tornozelo?

— Bem melhor, mas optei por colocar uma tornozeleira que eu comprei ontem, assim vou me sentir mais segura caminhando.

— Que bom. Não te vi pelo Caminho. O que você achou do dia de hoje?

— Achei bem interessantes os quatro vilarejos por onde nós passamos, ajudou o tempo a andar mais rápido. Não que eu não goste de caminhar dentro de bosques; é que eu tiro mais fotos nas cidades — respondeu ela, com um sorriso tímido.

— Sim, também gostei do trecho de hoje. Ajudou a distrair e a passar rápido mesmo.

Ela então comentou:

— Tomei um cappuccino maravilhoso de manhã, no primeiro vilarejo, Mañeru. Não sei se você chegou a parar lá. Foi mais ou menos no meio da manhã. Na frente desse bar tinha uma pracinha e uma igreja, e o Caminho as contornava.

— Eu me lembro sim dessa parte, mas não parei, segui adiante. Fui parar depois, quando já era mais ou menos a hora do almoço, em um estabelecimento, se não me engano La Bodega del Camiño.

— Eu também parei para almoçar lá, em Lorca, bem depois de você.

Nesse momento chegou a pizza. Ambos se serviram e continuaram conversando e rindo.

— Quando foi que você se interessou por fazer o Caminho? — ela perguntou.

— Na verdade, um amigo de infância com quem eu tenho contato até hoje tinha acabado de fazer. Quando ele chegou, foi até a minha casa, e estava tão animado que acabou me animando também. Quando eu decidi fazer, ele me ajudou a comprar a mochila e tudo de que eu poderia precisar usar. Isso foi há uns dez dias, eu acho. Ele me trouxe de carro, nós fizemos a viagem em catorze horas, e ele veio me contando mais detalhes e me dando mais dicas. E você?

— No meu caso não foi muito diferente em relação ao tempo. Decidi fazer o Caminho há uns vinte dias. Eu ganhei um livro de uma amiga, de um escritor brasileiro, Paulo Coelho, e o livro falava sobre o Caminho. Chama-se *O diário de um mago*.

— O nome desse escritor não me é estranho.

— Acredito que sim. Ele é um dos nossos escritores mais conhecidos mundialmente, tem muitos livros traduzidos em diversos idiomas.

— Então deve ser isso.

— Você gosta de ler?

— Gosto, mas leio muito pouco — respondeu ele.

— Eu adoro. Mas, voltando ao que você me perguntou, eu li esse livro em dois dias e comecei a pesquisar pela internet mais sobre o Caminho de Santiago. Quando me dei conta, estava chegando em Saint Jean Pied de Port.

— E seu trabalho no museu?

— Deu tudo certo. Para minha surpresa, eu tinha férias já vencidas e outras quase vencendo, então negociei trinta dias do primeiro período e quinze dias do segundo. Como já ia começar a contar as férias, defini o que seria mais urgente, como as passagens aéreas, depois as primeiras estadias, uma em Madri e a outra em Saint Jean Pied Port, e a compra dos materiais e equipamentos, já que eu não tinha nada.

— Eu também não tinha nada. Então nós somos dois loucos, pois o Caminho é bem puxado.

— Sim. Mas eu estou amando! — ela exclamou. — Mudando de assunto, você não fica muito nos albergues grandes e municipais. Por quê?

— Uma das coisas que o meu amigo me disse foi que os albergues privados ou as pousadas são mais tranquilas, com quartos menores e muitas vezes individuais. São um pouco mais caros, mas para mim valem a pena. Você deveria experimentar qualquer dia. Às vezes consigo banheiro no quarto.

— Nossa! Isso é o que chamo de luxo — Daniela respondeu e riu em seguida, voltando a falar: — Não posso reclamar. Até agora tive boas experiências com os albergues maiores e municipais onde passei, além de ter a oportunidade de conhecer pessoas de diferentes lugares.

— Sim, tem isso também.

— É que estou mais ou menos seguindo alguns depoimentos e recomendações que eu li e pesquisei na internet. O que me chama sempre a atenção é na hora de dormir. Existe uma espécie de sintonia entre os peregrinos. Às vezes no quarto já tem alguns peregrinos que estão dormindo, e os que precisam ainda se arrumar fazem tudo em silêncio, ninguém fala alto, só se ouvem cochichos. Quando eles precisam pegar alguma coisa dentro da mochila, usam a lanterna, na maioria das vezes do celular. E isso está sendo um grande exemplo para mim. Não nos conhecemos, mas todos se respeitam.

— Que interessante.

— Mas, dependendo de como transcorrerem os próximos dias, vou me dar a oportunidade de descansar em um albergue ou pousada privada, para conhecer.

Assim que terminaram de saborear a pizza, Daniela não conseguiu recusar um petit gateau e pediu um para ela. Francesco pediu outra sobremesa, e continuaram conversando.

— E o que está sendo mais difícil para você por enquanto? — perguntou ele.

— Sinto falta da minha cama e do meu travesseiro. Ainda não me acostumei a dormir em camas diferentes. E você?

— Eu já estou acostumado a dormir em camas diferentes. Para mim, é acordar cedo. Meus compromissos diários são mais tarde.

— Acordar cedo para mim é tranquilo. Eu começo cedo no museu.

Daniela então olhou em seu relógio e viu que estava na hora de voltar para se organizar e descansar. Os dois se despediram e foi cada um para seu albergue. Logo depois das oito ela já estava em seu quarto, dentro do saco de dormir. Antes de adormecer, aproveitou para mandar uma mensagem para Gustavo e para sua tia e colocar o alarme para o dia seguinte, no modo vibratório.

10h50

Daniela se levanta para girar o varal novamente e vê que algumas roupas já estão secas. Ela então as recolhe e abre espaço, reorganizando as que ficaram para terminarem de secar. Em seguida dobra as roupas que já estão secas e as deixa no sofá, no aguardo das demais.

Ela passa um pano bem úmido em sua mochila e a coloca no canto do varal, onde deixou um espaço. Pega um copo de suco da geladeira, e isso a faz lembrar novamente de Francesco e do dia em que passou uma situação engraçada com ele, no trecho do caminho de Estella até Los Arcos, e começa a rir.

Toda manhã, Daniela se animava só de pensar em como seria o Caminho, e no que ele poderia proporcionar a ela, pois estava vendo lugares lindos e belas paisagens. Nesse dia ela havia percebido que não tinha mais as dores musculares, seu corpo praticamente havia se habituado ao exercício diário, assim como ao peso da mochila, que em alguns momentos ela nem sentia mais nas costas, parecendo que fazia parte dela.

Enquanto saboreava seu café da manhã, pegou o celular para se certificar da previsão do tempo. Viu que chuva propriamente não haveria, mas o dia seria nublado, encoberto e a temperatura já estava mais baixa que a do dia anterior.

Pegou também seu livreto e estudou novamente o percurso. Teria um pouco de subida e descida, mas o trajeto passaria rápido. Ela inicialmente visitaria diversos vilarejos, assim como caminharia por grandes áreas de plantação de trigo, parreirais, e passaria também pela vinícola Bodegas Irache, onde existe a famosa bica de vinho ao lado da bica d'água. Havia chegado o dia de passar por essa bica, e ela estava animadíssima.

Daniela lembrou que, em suas pesquisas, havia lido que a vinícola disponibilizava diariamente uma grande quantidade de vinho tinto, para atender os peregrinos, não que eles fossem encher suas garrafas de água com vinho, mas porque a rotatividade de pessoas era muito grande.

Assim que terminou o café da manhã, ela colocou a mochila nas costas e começou o Caminho, se despedindo de Estella, tirando as últimas fotos por onde passava. Foi se direcionando ao vilarejo de Ayegui, a dois quilômetros dali.

Depois que passou pelo vilarejo, continuou seu Caminho e, andando sozinha por mais uns dois quilômetros, começou uma pequena subida em direção à região da vinícola, passando por grandes áreas de plantação de uvas. Na sequência, a tão esperada bica de vinho das Bodegas Irache.

Assim que chegou lá, fez a esperada selfie, pegou um pouco de vinho tinto para experimentar e mentalmente fez três brindes. Um por simplesmente estar ali, um pelas amizades que estava fazendo no Caminho e um a sua família e amigos no Brasil.

Aproveitou para abastecer sua garrafa com água, descansou mais um pouquinho, conversou com alguns peregrinos que por ali pararam e logo depois seguiu caminhando.

Continuando sozinha, sempre que um peregrino cruzava seu caminho havia a troca de saudação *Buen Camiño*. Daniela se pegou pensando na possibilidade de muitos peregrinos que ela estava encontrando poderem ter começado mais ou menos no mesmo dia que ela, cada um fazendo seu próprio Caminho, com suas programações de paradas e tudo mais. Alguns rostos eram conhecidos, mesmo que não tivessem tido a oportunidade de conversar, mas ocasionalmente se viam nas cidades e nos vilarejos, eventualmente nos mesmos albergues que escolhiam para dormir. Assim, ela se sentia caminhando entre amigos.

Passando por mais campos abertos e andando sozinha, ela colocou seus fones para ouvir um pouco de outro livro e foi adiante. De longe avistou um novo vilarejo, Azqueta, e isso significava que, passando por ele, teria percorrido aproximadamente oito quilômetros.

Passou pelo vilarejo e não parou, pois ainda não tinha fome e também não precisava usar o banheiro. Seguiu caminhando, guardou os fones e preferiu prestigiar e contemplar a paisagem e seus cheiros, afinal estava observando lindos campos com flores e plantações.

Daniela começou a subir em direção ao vilarejo de Villamayor de Monjardin, e sentiu também que o vento começava a ficar mais gelado. Chegando lá em cima, havia uma linda igreja de características românicas, com uma vista maravilhosa. Começou a fotografar do lado de fora, deu a volta nela e em seguida se dirigiu para a porta, pois estava aberta; queria conhecer o lugar por dentro. Depois voltou a seguir o Caminho e pensou consigo: no próximo vilarejo pararia para comer alguma coisa e ir ao banheiro.

A descida não era tão íngreme, mas Daniela sempre usava seus bastões. A estrada de terra batida, juntamente com mais plantações de uvas, campos abertos e muitas flores, deixava a paisagem ainda mais bonita. Voltando a caminhar sozinha, ela começou a reorganizar suas ideias e a pensar no museu e no que fazia dentre as diversas atividades.

Caminhando e fazendo suas reflexões, em alguns momentos ela ouvia uma buzina que a despertava de seus pensamentos. Eram peregrinos de bicicleta, que quando passavam gritavam *Buen Camiño*, e as energias eram renovadas.

Mais ou menos uma hora de caminhada e nada de vilarejo, Daniela parou rapidamente para rever seu livreto e viu que perdera as contas dos vilarejos em que passara. Dali em diante não haveria mais nenhum. A próxima cidade já seria Los Arcos, seu destino final.

Ela ficou um pouco apreensiva, pois começava a ficar com vontade de ir ao banheiro, nada grave; se precisasse encontraria um lugar para fazer xixi, mas se pudesse escolher é lógico que preferiria um banheiro mesmo, mas tudo bem.

Começou a se lembrar de como se fazia xixi agachada e caiu na risada. Puxando pela memória, a última vez que havia feito isso tinha sido na companhia de seus primos há uns cinco anos no Rock in Rio, depois de ter bebido umas cervejas.

Caminhando por mais uns dez minutos, sua atenção foi atraída para pilhas de feno. Dessa vez eram enormes pilhas em forma de retângulos. Ela parou para tirar mais fotos e avistou um trailer de comida no meio do nada, literalmente no meio do nada.

Animada, achou que poderia haver um banheiro por ali, mas ao se aproximar não viu nenhum. Como estava com fome, parou rapidinho para comprar alguma coisa quente, pois o vento cada vez mais gelado a estava deixando com frio.

Nessa parada, conhecia apenas Antonella, a peregrina chilena que conhecera no albergue de Roncesvalles, mas ela já estava de saída. As duas se cumprimentaram rapidamente, e Daniela foi ver o que tinha para comer e fez seu pedido. Chegou a pensar em seguir caminhando e comendo, mas o correto seria parar, sentar e descansar um pouco, e foi isso que fez.

Assim que terminou de saborear seu lanche, fez umas contas rápidas e entendeu que faltavam cinco quilômetros mais ou menos, em seu ritmo. Seriam quase duas horas caminhando. Ela então se levantou e voltou ao Caminho. Vinte minutos depois, quem se aproximou dela foi Francesco.

Como ele sempre saía mais tarde, porém andava mais rápido, costumava alcançá-la no trajeto na maioria das vezes. Quando não se viam, pelo menos ele chegava antes dela aos lugares de parada e descanso.

— Olá, Daniela, como você está?

— Oi, Francesco. Estou bem, e você?

— Eu também.

— Na verdade eu tinha esperanças de ter um banheiro quando avistei este trailer, mas não tinha. Estou ficando apertada.

Ele começou a rir.

— Você está rindo porque para você é mais fácil.

— Sim, bem mais fácil.

E os dois seguiram caminhando juntos e conversando. Francesco puxou assunto:

— Como é o dia no museu onde você disse que trabalha?

— Eu sou responsável pelo setor de arquivos, catalogando e registrando as peças novas. Cuido também do setor das visitas educativas monitoradas e guiadas.

— Que bacana!

— E de vez em quando escrevo uns artigos para umas revistas especializadas na minha área. Esta última parte, a dos artigos, não é pelo museu. Eu faço por conta e adoro! E sabe que hoje, no começo do dia, eu estava justamente pensando no que eu faço no museu? Acho que estou cansada de lá, talvez só um pouco desanimada. Eu gosto do que faço, conheço muitas pessoas, mas... Sabe quando falta alguma coisa?

Francesco, vendo certo desânimo nela, respondeu:

— Talvez você precise só definir a diferença entre gostar do que faz e fazer o que gosta. No meu caso eu literalmente faço o que gosto. Muitas vezes é corrido, cansativo, mas eu gosto muito do que faço.

— Sabe que você está certo? Vendo por esse lado, talvez eu tenha me habituado a fazer sempre a mesma coisa e acabei gostando do que faço. Não que eu esteja reclamando. Nossa, o museu me deu uma experiência maravilhosa, eu aprendo todos os dias. Mas vou voltar a pensar nessa questão, de gostar do que se faz ou fazer o que se gosta. Talvez esteja aí a minha resposta. Acho que ultimamente tenho gostado mais de escrever os artigos. Não sei, tenho mais liberdade.

E conversando o tempo foi passando, até que ele falou novamente:

— Como você está? Aguenta mais um pouco? Eu não queria te desanimar, mas não temos muitas opções de lugares para você fazer xixi. O campo está bem aberto.

— Sim, eu percebi.

Divertindo-se com a situação, ele continuou:

— Vou ficar atento e te ajudar a achar um lugar estratégico.

Os dois continuaram caminhando, e de vez em quando ele perguntava:

— Está tudo bem por aí?

Ela só olhava para ele bem séria e respondia:

— Vai se divertindo. O Caminho vai te dar o troco.

E de repente ele apontou e disse:

— Veja, acho que ali, passando aquela vegetação mais densa, naquele volume verde-escuro, pode ser um bom lugar. A visão é só de quem vem, e tem uns arbustos altos.

Assim que chegaram ao local que ele indicara, viram que não havia peregrinos caminhando tão perto. Francesco entrou no mato e notou que a vegetação era alta só nos primeiros passos e depois ficava baixa. Assim, decidiu que seria um bom lugar para ela, e retornou.

— Acho que você vai conseguir. O mato alto é só nos primeiros passos, OK? Me dê a sua mochila. Eu seguro enquanto você vai lá.

— Está bem, mas preste atenção se aparecer alguém. Não se atreva a me espiar e não converse comigo. Eu preciso me concentrar. — Pensando alto, ela disse: — Eu já nem lembro mais como se faz direito.

Francesco começou a rir.

— É bem simples. Baixe a calça, agache, faça xixi, levante, feche a calça e pronto, missão cumprida.

Daniela olhou séria para ele.

— Não vou nem te responder.

Rindo em seguida, ela então pegou do bolso lateral da mochila um pacote de lenços umedecidos, um saco plástico, colocou cada um num bolso da calça e foi entrando no lugar que ele havia inspecionado para ela. Mais ou menos um minuto depois, Francesco perguntou:

— Tudo bem por aí?

— Não fale comigo.

Francesco caiu na gargalhada. Depois de mais um minuto aproximadamente, ela, já pronta, saiu de onde estava dando um nó no saco plástico.

— Agora sim eu consigo andar por mais uns dez quilômetros.

Daniela amarrou o saco plástico no canto de fora da mochila e, logo que ele a devolveu para ela, os dois voltaram a caminhar juntos e continuaram conversando de tudo um pouco, sobre suas famílias, e assim foi passando o tempo.

— Como foi sua infância? — ele quis saber.

— Eu cresci com os meus tios. Meus pais sofreram um acidente de carro quando estavam voltando para casa de uma festa.

— Eu sinto muito.

— Eu tinha uns quatro anos. Só lembro deles por foto. Fui passar uma noite e acabei ficando para sempre na casa dos meus tios. E, como eles tinham dois filhos, cresci junto com minha prima e meu primo, somos da mesma idade praticamente. E você?

— Bom, eu cresci com os meus pais e tenho duas irmãs mais velhas. Atualmente moro sozinho, mas uma vez por mês nos encontramos e almoçamos todos juntos na casa dos meus pais.

— Que legal. Meus tios me deram tudo, e me criaram como uma filha. Mas sempre deixaram muito claro quanto os meus pais gostavam de mim. Sou muito grata a eles.

— Você mora com eles?

— Não, eu moro sozinha já faz uns seis anos. Mas nós moramos perto e nos vemos pelo menos uma vez na semana.

— Entendi.

Continuaram caminhando e conversando, e nem viram o tempo passar. Mais ou menos uma hora depois começaram a ver de longe Los Arcos, onde ficariam cada um em seu albergue e não se veriam mais naquele dia.

11h10

Assim que termina de ver as fotos desse dia, Daniela deleta algumas parecidas, coloca esse lote dentro de uma pasta e começa a olhar as fotos do outro dia, o trecho de Los Arcos até Viana, lembrando que era domingo e que caminhou menos do que tinha programado.

.... 🐚 ....

Nesse dia Daniela tinha o objetivo de ir até Logroño, onde caminharia aproximadamente vinte e oito quilômetros, se tudo desse certo. Assim que saiu do albergue, decidiu fazer algo diferente: sairia sem tomar café e comeria alguma coisa no Caminho. Viu que teria dois vilarejos próximos com aproximadamente uma hora e meia de caminhada, Sansol e Torres del Rio, e ainda estaria a tempo de tomar um bom café da manhã.

Com a mochila nas costas, começou seu Caminho e, por incrível que pareça, estava esperando encontrar Francesco, para contar como havia sido seu final de dia, a missa e a pizza diferente que havia experimentado.

Como era cedo, Daniela não quis ouvir nada; queria contemplar a paisagem e sentir os aromas do Caminho. E, caminhando sozinha, foi contemplando minuto a minuto. Depois de seis quilômetros, passou por Sansol, o primeiro vilarejo, muito charmoso por sinal, e que, apesar de pequeno, oferecia uma boa estrutura para os peregrinos: farmácia, bares e albergues.

Preferiu seguir adiante, pois sua parada oficial seria no próximo vilarejo. Havia apenas uma distância bem pequena entre eles, até Torres del Rio, onde tomaria o café da manhã e aproveitaria para descansar.

Assim que encontrou um lugar para comer, se deu ao luxo de passar meia hora ali. Tomou um cappuccino, comeu uma tortinha de queijo, depois comprou uma garrafa de água, foi ao banheiro e em seguida retomou seu Caminho.

Conforme havia lido em suas pesquisas, Torres del Río havia sido uma das cinco vilas de Los Arcos agregadas ao Reino de Castilla, entre 1463 e 1753. Seguindo o Caminho, passou por uma lindíssima igreja românica de planta octogonal, a Igreja do Santo Sepulcro, do século XII, que estava aberta. Daniela tirou várias fotos, tanto de fora como lá dentro.

Assim que terminou de conhecer a igreja, continuou a andar e percebeu que a sinalização direcionava os peregrinos a caminhar em uma trilha ao lado da rodovia, até que ela começou a perceber que, enquanto a rodovia cortava literalmente morros e serras, o Caminho de Santiago os fazia serpenteá-los, ora contornando de um lado, ora pelo outro, ora subindo ou descendo.

Caminhando mais um pouco, passou por mais plantações e campos abertos, depois passou na frente da Ermita de La Virgen del Poyo, onde viu um pequeno refúgio para os peregrinos descansarem com uma mesa e uns bancos, mas decidiu seguir caminhando.

A sinalização do Caminho direcionou os peregrinos para trilhas fechadas, com características já bem diferentes das dos primeiros dias, quando saiu de Roncesvalles. À medida que ia cruzando a Espanha, a paisagem se alterava, conforme o clima e a região.

Caminhando sozinha praticamente o dia todo, apesar dos demais peregrinos que por ela passavam e vice-versa, Daniela se pegou relembrando o que havia passado com ela e com Gustavo, a perda do bebê que tiveram. Mergulhando em seus pensamentos, pôde se distanciar dos fatos e começar a analisá-los de forma diferente.

Percebeu que foi daquele momento em diante que o relacionamento dos dois havia mudado. Mesmo ele a pedindo em casamento, eles haviam se distanciado, apesar de gostarem muito um do outro. Gustavo desde então não a procurava com a mesma frequência de antes, e sempre que a procurava era cauteloso.

Será que ele estava assustado com a ideia de ser pai? Será que tinha receio de que ela engravidasse novamente? E se engravidasse, como seria? Seria perigoso? E se acontecesse de novo, e se tivessem que passar por tudo novamente? Esses e outros questionamentos passaram pela mente dela.

Em algumas conversas sobre o assunto, Gustavo dava a entender que ainda não queria ter filhos; talvez estivesse dando um tempo para que ambos ficassem mais fortes. Entretanto, ela via o tempo passar e queria preencher sua vida com pelo menos um filho e se dedicar a ele.

O fato de saber que teria de fazer um ou vários tratamentos para poder engravidar novamente não seria a parte difícil; ela estaria disposta, e faria o que fosse possível. Só não tinha certeza se teria forças para passar novamente por tudo.

Mas então por que Gustavo a pedira em casamento? Tinha sido para distrair a atenção dela e animá-la? Sem se dar conta, ela havia aceitado por causa do ocorrido? Ou por que realmente queria se casar e formar uma família com ele?

Algumas lágrimas vieram enquanto ela andava. O Caminho permitia esse mergulho em seus sentimentos mais íntimos e tristes. Como mulher, Daniela se sentia fracassada, sentimento esse que ela carregava e escondia a sete chaves, disfarçado atrás de sorrisos e momentos de alegrias.

Caminhando por mais duas horas, ela começou a avistar Viana. Quando chegou, viu que a cidade estava literalmente vazia. Olhou no relógio e se deu conta de que eram quase três da tarde. Foi quando lembrou que os espanhóis têm o hábito de descansar das duas às cinco, a conhecida *siesta*. Até então não havia percebido, pois normalmente chegava um pouco antes desse horário e durante a *siesta* estava descansando nos albergues.

Inicialmente ela ficou apreensiva, pois estava com um pouco de fome. Tinha parado para comer apenas no café da manhã, porque viera fazendo pequenas refeições, enganando a fome, comendo uma barra de cereal, frutas secas e tomando água.

Daniela então se sentou em um banco na praça perto da igreja de Santa Maria e analisou seu material de apoio. Viu que faltavam dez quilômetros e decidiu refazer seu trajeto. Optou por fazer um percurso mais curto, de apenas dezoito quilômetros, para descansar o corpo. Então ficaria em Viana.

Sendo domingo, ficou com receio; se fosse em um dia da semana seria diferente, mas ela não sabia como se comportava o Caminho aos domingos. Ficar seria a melhor opção. Já estava na cidade, então seria questão apenas de encontrar um albergue. Revendo o material de apoio, começou a ver as opções.

Foi aí que percebeu que alguns padrões mais rígidos dela estavam mudando. Percebeu que se permitia rever seus planos e alterar suas rotas iniciais. Então veio à sua mente a fala da amiga Regina, sobre se dar a oportunidade de fazer coisas que ainda não tinha feito e deixar as coisas acontecerem. "O que tiver que ser, será." O Caminho estava ensinando a ela que nem sempre o que queremos conseguimos e às vezes precisamos abrir exceções ou ser mais maleáveis.

Ela começou a procurar por um albergue e, caminhando pela cidade, passou em frente a máquinas automáticas de refrigerantes e de chocolates. Para sua surpresa, ao lado havia uma máquina de lanches, sim, de lanches tipo hambúrguer. Começou a rir, primeiro porque nunca tinha visto isso, mas até que tinha vindo em boa hora; esperar até as cinco da tarde não seria fácil. Ela escolheu uma bebida e um lanche e, assim que pegou tudo de que precisava, guardou na mochila e seguiu adiante. Comeria no albergue, pois já deveria estar pertinho.

Em seguida encontrou o albergue, fez o check-in e recebeu mais um carimbo em sua credencial. Agora iria descansar um pouco e lavar sua muda de roupa.

Depois de descansada e banhada, e de ter cuidado das roupas, Daniela foi conhecer a cidade de Viana. Voltou à praça, tirou várias fotos, colocou seus fones e entrou na igreja de Santa Maria, construída no século XII. Lá ficou por quase uma hora, pois encontrou muitos detalhes para apreciar.

Depois encontrou outra igreja, essa em ruínas: a antiga Igreja de São Pedro, do século XIII, com características góticas. Ao lado dela havia um pequeno jardim com uma vista linda da cidade.

Ela tirou mais fotos e voltou para a praça principal na frente da igreja de Santa Maria, a fim de se organizar, registrar algumas informações do dia e esperar a hora do jantar. Havia visto que ao redor existiam bares e restaurantes, e perto do albergue não havia quase nada.

Assim que chegou o momento de jantar, escolheu um restaurante em frente à praça e entrou para fazer uma boa refeição. O jantar era de fato a refeição principal dos peregrinos.

Enquanto esperava pelo seu prato, concluiu que seu dia havia sido muito bom. Mesmo enfrentando um momento em que mergulhara em seus sentimentos mais tristes, percebeu que isso a fizera ver os fatos por outro ângulo e que estava mais forte em relação ao assunto. Lembrou também de tudo que vira, das fotos que havia tirado e estava ansiosa pelo dia seguinte.

Assim que saiu do restaurante, ela viu Francesco sentado. Ele ainda estava com a mochila, o que era estranho naquele horário, pois já devia estar banhado e escrevendo, ou indo jantar.

Viu também quando ele se levantou e foi até um carro que parou próximo dele. Um casal saiu do carro, e ela viu que conversavam.

Daniela ficou curiosa. Quem seriam? Seriam os pais dele? Ela queria ficar mais tempo observando. Francesco era sempre educado e atencioso com ela, mas não falava muito dele mesmo. Por quê? O que ele escondia? Até que ela se lembrou de que tinha que passar na farmácia e comprar duas frutas para comer no dia seguinte. Então, em vez de ir direto ao albergue, foi procurar esses lugares.

11h25

Começando a ficar com fome, Daniela percebe que já está na hora do almoço. Ela se levanta e vai até a cozinha. Algumas roupas estão quase secas, assim como a toalha de banho. Apenas o saco de dormir, a jaqueta, as duas calças e a mochila ainda ficaram no varal.

Ela termina de dobrar o que recolheu e, assim que o reorganiza, leva-o para a sala. Precisa de espaço na cozinha, pois vai começar a fazer seu almoço. Volta ao computador, o desliga e coloca uma playlist. Enquanto pensa no que vai preparar para o almoço, ela lembra do trecho que fez de Viana até Navarrete, do jantar que ela, Sarah, Yuri e Francesco fizeram no albergue uma noite. E mais uma vez, ao lembrar dele, abre um sorriso.

Antes de dormir, Daniela estudou como seria seu dia seguinte. Pela possibilidade de chuva, sua caminhada poderia ser mais lenta em virtude da adaptação com a capa de chuva, que precisaria ser colocada e tirada quando necessário. A respeito da distância, de aproximadamente vinte e três quilômetros, seria um pouco puxada, pois haveria uma subida na etapa final até chegar a Navarrete. Como no dia anterior havia feito menos de vinte quilômetros, seu corpo estaria mais descansado.

Saindo de Viana, diferentemente de outras vezes, o trecho do Caminho era asfaltado, o que para o horário da manhã cedinho não era puxado nem tão quente. Se fosse perto da uma da tarde, por exemplo, seria diferente; o asfalto quente passaria esse calor para os pés.

Ela passou por um túnel de concreto, bem colorido por sinal, onde havia grafites com característica de *street art*, com desenhos, inclusive, de uma grande vieira em homenagem ao Caminho de Santiago.

Andou praticamente a manhã inteira sozinha, fez pequenas paradas para descansar e logo em seguida começou a avistar Logroño, a cidade que fora sua primeira opção no dia anterior, antes da mudança de planos pelo receio de ser um domingo. Pensou consigo mesma que não era um problema não ter conseguido chegar ali no dia anterior; simplesmente não era para acontecer. E no fim das contas tinha sido até melhor, porque ela havia podido descansar, aproveitar a cidade de Viana, além de ter visto Francesco, mesmo que de longe.

Francesco já era parte de seu Caminho. Ela gostava muito de sua companhia, com frequência se flagrava pensando "Por que ele? Será que é um anjo que está cuidando de mim?". Rindo para si mesma, ela concluiu: "E que anjo lindo". Além de tudo!

Entrando em Logroño, viu que a cidade era bem maior que Viana e, à medida que caminhava, visitou diversas praças. Passando em frente à Igreja de Santa Maria de la Asunción, do século XV, não se conteve. O templo era lindo! Ela aproveitou para tirar fotos e também para fazer seu ritual, ouvindo música.

Daniela sabia que isso iria atrasá-la, mas valeria a pena. Já que estava ali, iria fazer certinho. Assim que terminou de tirar as fotos e de conhecer a igreja por dentro, viu do lado de fora uma movimentação de peregrinos e percebeu que havia um bar. Então decidiu fazer mais uma pequena parada para descansar, comer alguma coisa e ir ao banheiro. E depois continuou seu Caminho em direção a Navarrete.

Eram quase quatro horas da tarde. Apesar de a parada em Logroño na igreja e a chuva terem atrasado sua chegada, agora ela já estava onde queria. Ficou um pouco apreensiva, pois provavelmente nesse horário o albergue municipal, que fora sua escolha inicial, poderia não ter mais vagas.

Andando pela cidade em busca do albergue, avistou, vindo em sua direção, Francesco e Yuri, marido de Sarah, ambos já banhados e tranquilos.

Assim que se aproximaram, Francesco viu que ela estava chegando de seu Caminho, pois ainda estava com a mochila. Ele abriu um lindo sorriso e perguntou:

— Olá, Daniela, como você está? Aconteceu alguma coisa no Caminho?

— Oi, Francesco. Oi, Yuri. Não aconteceu nada. É que, passando por Logroño, decidi ficar mais tempo por lá, para tirar as minhas fotos, conhecer a igreja, essas coisas. — Ela se voltou para Yuri — Como está a Sarah?

— Está bem. Ela nos deu a tarefa de comprar algumas coisas, pois, como é feriado hoje na cidade, vamos fazer o nosso jantar no albergue. Enquanto viemos fazer as compras, ela ficou no albergue para lavar uma muda de roupa.

— Sei. Então vocês ficaram responsáveis por caçar a comida enquanto ela se dedica aos afazeres de casa. Já vi isso em algum período da história.

— Pois é, quem somos nós para mudar a história — disse Yuri, rindo.

— Pois é — respondeu ela, rindo para eles também.

— Você já encontrou o seu albergue? — perguntou Francesco, apreensivo.

— Ainda não. Estou à procura dele.

— Então por que você não fica no mesmo albergue que nós? A Sarah vai gostar de ver você novamente. E aí nós jantamos juntos — sugeriu Yuri.

— OK, até porque eu acho que, pelo horário, corro o risco de não achar mais vaga no albergue municipal. Onde vocês estão?

— Virando a esquina, no meio da quadra.

— Joia. Então eu vou indo, para me organizar. Nos vemos daqui a pouco. E não demorem com a caça.

Assim que encontrou o albergue, ela se registrou, recebeu seu carimbo, conseguiu um quarto individual e foi se ajeitar. Quando estava subindo a escada, encontrou Sarah, que descia.

— Oi, Sarah. Tudo bem?

— Tudo, e você, Daniela? Chegando agora?

— Sim, demorei um pouco em Logroño, mas valeu a pena, e a chuva me atrasou na última parte do Caminho. Encontrei o Francesco e o Yuri ainda há pouco. Estavam indo comprar algumas coisas. Disseram que hoje é feriado aqui, certo?

— Sim, vamos fazer macarrão e salada para o jantar. Você janta conosco?

— Janto, sim, será um prazer.

— Ótimo. Ainda não decidimos as funções. Combinamos de fazer sorteio, mas agora, em dupla, fica mais fácil: a dupla que cozinhar não limpa depois, combinado?

— Combinado. A que horas vocês ficaram de começar?

— Às sete. Tudo bem para você?

— Tudo bem. Vou tomar um banho e descansar no quarto. Como não vou lavar nada, vou aproveitar e levantar as pernas.

— Eu também, por isso mandei os meninos irem comprar os ingredientes. Vou ligar a máquina e, durante o ciclo, vou voltar para o quarto e colocar as minhas para cima também.

Riram as duas, e, olhando para o relógio, Daniela disse:

— Tudo bem. Um pouco antes das sete eu desço e nos encontramos na cozinha?

— Certo, até daqui a pouco.

— Até.

Depois do banho, Daniela conseguiu descansar por uma hora. Assim que deu o horário, seguiu em direção à cozinha do albergue para encontrá-los. Entrando na cozinha, viu os três rindo e conversando e se aproximou deles.

— Do que vocês estão rindo?

Sarah explicou:

— Como vamos fazer sorteio para sermos justo com todos, eu acabei de comentar que quem for sorteado com o Yuri para fazer o jantar vai fazer praticamente tudo sozinho, porque o Yuri só sabe fazer pipoca.

E todos caíram novamente na gargalhada. Daniela se sentou junto a eles e colocou o livreto a seu lado. Havia levado para estudar o percurso do dia seguinte, caso eles não tivessem chegado.

— Então vamos ao sorteio. Os dois primeiros nomes fazem o jantar. Os outros dois limpam a bagunça, certo?

— Certo — disseram.

Sarah colocou o nome de todos em um copo e tirou o primeiro:

— Francesco!

Daniela aproveitou que os homens começaram a conversar entre si e não perdeu a oportunidade de fazer um comentário com Sarah:

— O Francesco não tem cara de quem sabe cozinhar também. Quando nos conhecemos, lá em Roncesvalles, não sabia ligar a máquina para lavar a roupa. Já pensou se o Yuri é sorteado agora?

— Daria para fazer um documentário: *O Caminho ensina tudo* — respondeu Sarah, e elas caíram na risada. Pegando o segundo papel com nome, Sarah abriu: — Daniela!

— Ufa! — exclamou Yuri. — Não será dessa vez que vocês vão me ver na cozinha.

Todos caíram na risada.

— OK, então vamos lá. O que vocês compraram? — perguntou Daniela.

— Compramos espaguete, bacon, alho, ovos, parmesão e pimenta-do-reino.

— E para a salada?

— Compramos tomate, alface, cebola, milho, pepino, cenoura e azeitona sem caroço. Sal e vinagre tinham aqui.

— Tudo bem.

Indo para perto do fogão e da bancada de preparo, assim como da pia, Daniela sugeriu para Francesco:

— Você fica encarregado da salada, pode ser?

— Não. Pode deixar que eu fico responsável pelo macarrão e você pela salada.

Daniela parou e ficou olhando para ele.

— Você está dizendo que sabe fazer macarrão?

— Sei, e faço o melhor macarrão lá de casa. Você vai experimentar o melhor espaguete à carbonara da sua vida!

— Ei, o que vocês estão conversando aí baixinho? Não estão combinando de sujar tudo que virem pela frente, né?

— Não, Yuri. Estamos dividindo as funções, já vamos começar.

— Que bom!

— Todos gostam de macarrão al dente? — Francesco quis saber.

— Sim — disseram.

— Então mãos à obra. Vamos abrir os trabalhos.

Pegando uma panela alta, Francesco colocou água para ferver.

— Daniela, nós compramos vinho. Quer uma taça?

— Eu aceito, sim, obrigada, Sarah.

— E você, Francesco?

— Vinho, não. Eu peguei um suco para mim. Se puder colocar em um copo e deixar aqui pertinho, eu agradeço.

— OK.

Enquanto Daniela separava e mexia os itens da salada, Francesco ia fazendo o mesmo com os itens do espaguete à carbonara. A cozinha era um pouco apertada, mas um não atrapalhou o outro. Estavam em sintonia: enquanto um lavava alguma coisa, o outro cortava; enquanto um mexia de um lado, o outro arrumava do outro.

Conversando e rindo os quatro, a comida foi sendo feita, e Sarah perguntou a Daniela:

— O que você mais gostou do Caminho até agora?

— Essa resposta é difícil para ela. Ela é historiadora — retrucou Francesco.

— Eu estou gostando de tudo, e você?

— Eu também.

— Alguém sabe quantos quilômetros nós já caminhamos? — perguntou Yuri.

— Eu ia fazer essa conta, mas, se você quiser, olhe no livreto que eu deixei em cima da mesa. Tem as distâncias.

Sarah e Yuri pegaram o livreto e começaram a folheá-lo.

— Onde você comprou, Daniela? — Sarah quis saber.

— Comprei em Saint Jean Pied de Port, junto com a vieira que estava faltando colocar na minha mochila, bem pertinho do albergue onde fiquei na primeira noite.

Enquanto Sarah e Yuri olhavam o livreto e faziam os cálculos, Daniela e Francesco iam preparando o jantar. Assim que lavou as verduras e os legumes, Daniela foi cortando e montando a salada, e nesse meio-tempo Francesco foi dando sequência ao seu preparo.

Ele colocou as gemas dos ovos em uma tigela, junto com o queijo parmesão, temperou com sal e pimenta-do-reino, misturou bem e deixou de lado. Depois esfregou o alho no fundo da frigideira, colocou azeite e levou ao fogo.

Em seguida, fritou o bacon até começar a dourar, por uns quatro minutinhos. Vendo-o concentrado, Daniela disse:

— Estou orgulhosa de você. — E começou a rir.

— Um italiano que não sabe fazer uma massa não é um italiano.

E os dois começaram a rir. Nesse meio-tempo, Francesco viu que o espaguete já estava ficando no ponto dentro da água quente e o escorreu, separando uma xícara da água para usar depois. Juntou a massa na frigideira e misturou até o espaguete ficar bem envolvido com o bacon, depois retirou a frigideira do fogo.

Pegou o pote que tinha as gemas e os demais ingredientes que havia deixado em um canto e acrescentou meia xícara à água do cozimento.

Bem nessa hora, Daniela ficou olhando para ele, que explicou:

— Esse é o segredo. As gemas serão cozidas devagar, assim não vamos ter ovos mexido. Como está a sua salada?

— Termino em dois minutos.

Francesco misturou o molho ao espaguete e adicionou mais água do cozimento que ainda tinha, até que o molho ficasse brilhante e homogêneo. E pronto. Colocou na mesa, junto com o parmesão e a pimenta que sobrou, assim cada um colocaria a quantia que preferisse. Em um segundo estavam todos na mesa.

— Vamos registrar o momento. Uma foto — disse Sarah, pegando seu celular. E ela comentou depois de clicar: — O espaguete e a salada ficaram lindos.

Todos riram. Daniela, ainda rindo, pediu:

— Sarah, manda essa foto pra mim, por favor.

— OK, me passa o seu número.

Daniela ditou o número de seu celular para Sarah. Assim que terminaram de jantar, foi a vez de Sarah e Yuri assumirem a cozinha. Mais ou menos meia hora depois, estava tudo limpo. Conversaram mais um pouco até que Daniela perguntou:

— Preciso saber quanto ficou para cada um, para a gente dividir os gastos.

— Então convença o Francesco a dizer quanto foi, porque ele pagou tudo e não quer dividir — replicou Yuri.

— Sério?! Mas não é justo! — ela protestou.

— Não foi nada, não precisam se preocupar. Faço questão.

Eles ficaram conversando por mais uns quinze minutos, e Sarah começou a se despedir.

— Gente, adorei o nosso jantar, mas precisamos nos organizar para amanhã.

— Eu também adorei. Vamos combinar de fazer novamente na próxima vez que nos encontrarmos.

— Fechado.

— Ótimo.

— Bom descanso para vocês e *Buen Camiño*.

— *Buen Camiño*.

11h40

Enquanto espera o arroz e o molho ficarem prontos, Daniela pensa na salada que vai preparar. Separando o que precisa, ela se lembra do dia, do trecho de Navarrete até Nájera em que conheceu outra peregrina, Emily, o mesmo dia em que caminhou com Sarah e Yuri. E a conversa animada que teve no jantar com as duas irmãs brasileiras.

Daniela acordou no horário de sempre e começou seu ritual diário. Depois de se organizar, foi tomar o café da manhã e em seguida iniciou seu Caminho. O trecho desse dia seria curto, de acordo com o que tinha visto na noite anterior. Até Nájera seriam aproximadamente 16,4 quilômetros. Ela já havia percorrido, conforme os cálculos de Sarah e Yuri, 178,7, então faltavam 602,5 quilômetros. Isso a deixava animada ao se lembrar da placa em Roncesvalles: "Santiago de Compostela 790".

Provavelmente Daniela faria esse tempo de caminhada em cerca de cinco horas. Seria uma distância bem tranquila, literalmente para aproveitar a paisagem, pois ela não tinha pressa nenhuma em chegar a Santiago de Compostela.

Na verdade, ela queria chegar lá, queria conhecer a catedral, o entorno, mas ao mesmo tempo desejava aproveitar ao máximo todos os momentos do Caminho.

Daniela amava estar ali, se sentindo tão livre. Ela se lembrou do que Regina havia dito sobre se "permitir conhecer outras pessoas, outras culturas, fazer uma viagem sem roteiro, sem horários e sem compromissos".

Estava, sim, conhecendo outras pessoas, outras culturas, mas a parte do "sem roteiro" era cumprida apenas parcialmente. Isso porque era preciso pelo menos ter uma ideia de como seria o dia seguinte, para se preparar um pouco. A porção do "sem horários" era obedecida em parte também: quanto mais cedo começasse a caminhar, mais fresco seria o Caminho, e mais cedo podia chegar aos destinos finais. Quanto ao "sem compromissos", diariamente, tirando um ou dois dias em que não conseguiu, ela se impunha o compromisso de registrar tudo o que tinha visto para não esquecer de nada. Essa era a parte do estudo que estava aproveitando para fazer, um hábito de historiadora que havia adquirido na faculdade e aperfeiçoado no museu.

Colocando na balança essas questões, Daniela considerou que, como estava fazendo em parte as coisas sugeridas pela amiga, estava aproveitando a viagem, assim como seu tempo e sua vida.

Ela caminhou sozinha em algumas horas da manhã, ouviu um pouco de um livro, depois algumas músicas e parou para descansar em um lugar aberto, arborizado, com bancos e mesas. Nessa parada conheceu outra peregrina, Emily, da Nova Zelândia, mais ou menos da sua idade.

Emily era professora de economia. Tinha iniciado o percurso em um local mais distante, de Navarrete, e iria mais longe também nesse dia. As férias na faculdade não haviam permitido que ela dispusesse do mesmo tempo que Daniela, por isso ela chegaria antes a Santiago de Compostela, se tudo desse certo. Depois de descansarem, as duas seguiram juntas caminhando e conversando. Emily explicou como estava calculando seu avanço no trajeto:

— Comecei de Roncesvalles e, como só consegui trinta e quatro dias, contando com a vinda e a volta, tive que eliminar um trecho. Pelos meus cálculos, tenho que manter uma média de quase trinta quilômetros por dia. Mas isso é maleável... Se não der, não deu, eu me organizo para voltar em outro momento, mas gostaria de conseguir finalizar. E você?

— Eu consegui quarenta e cinco dias. Tenho uns dias a mais que você, então achei que conseguiria manter uma média muito próxima da sua, mas uma coisa é imaginar, outra é estar aqui.

— Sim, é bem diferente. Sem contar que passamos por lugares lindos e não temos vontade de sair deles.

— Nem me fale.

— Então você iniciou de Saint Jean Pied de Port? — Emily perguntou.

— Sim.

— E como foi passar pelos Pirineus? Dizem que é lindo.

— Lindo, não, é fantástico. Cansativo também, mas vale a pena. Se não me engano foram vinte e sete quilômetros, e acho que caminhei naquele dia umas dez horas. Mas lá em cima a vista é sensacional, e tem uma energia enorme.

— Que legal. Quem sabe em uma próxima oportunidade eu faço esse trecho.

Uns quarenta minutos depois, Francesco reconheceu a mochila de Daniela, notou que ela estava acompanhada de outra peregrina e foi aos poucos se aproximando das duas.

Passando por elas, cumprimentou Daniela, mas percebeu que elas estavam em uma conversa animada, cheia de risadas. Então desejou *Buen Camiño* para as duas e seguiu caminhando.

Elas continuaram conversando, mas Daniela sabia que Emily precisava manter seu ritmo, e ela estava começando a sentir um desconforto nos pés; provavelmente seria uma bolha nova.

— Emily, eu vou parar de novo ali naquela área de descanso. Acho que uma bolha está se formando, quero verificar. Se for, já vou fazer uma proteção. Eu sei que você vai mais longe hoje e não quero te atrapalhar; eu estou em outro ritmo. Adorei conversar com você. Espero que consiga chegar até Santiago.

— As bolhas não escolhem dia, né?

— Verdade.

— Quer que eu fique com você? — Emily se ofereceu.

— Não precisa, obrigada. Tenho tudo de que preciso e, se for uma bolha, deve estar no começo, então já faço uma proteção e cuido dela depois, quando chegar em Nájera. É lá que eu vou parar hoje.

— OK, então eu vou seguir o meu Caminho. Também adorei conhecer você, e espero que consiga chegar a Santiago. *Buen Camiño* para você!

— *Buen Camiño*, Emily!

Então Daniela encontrou um banco para deixar sua mochila e outro para sentar e olhar seu pé. Tirou o tênis, depois a meia. Sim, era o início de uma bolha. Ela pegou um pedaço de algodão, passou um pouquinho de uma pomada que havia levado e prendeu com esparadrapo para ficar firme.

Aproveitou para descansar também, tomar água. Estava começando a calçar a meia quando viu Sarah e Yuri se aproximando.

— Olá. Vão parar um pouco para descansar?

— Não, descansamos agora há pouco. Vamos seguindo, venha junto. O Yuri acredita que já passamos por Ventosa.

— Sim, aproveitei para olhar no meu material de apoio e já passamos. A próxima cidade agora será Nájera. Vocês vão parar lá? — Daniela quis saber.

— Não, a princípio a nossa ideia é esticar um pouquinho mais até Azofra, daí amanhã vamos caminhar menos. Estamos fazendo assim: um dia caminhamos mais longe, no outro mais perto e aproveitamos para lavar a nossa roupa. Você vai ficar em Nájera?

— Sim, eu preciso lavar umas roupas e organizar o meu material, as fotos que eu tiro, essas coisas. E também tenho que ver a bolha que me apareceu agora. Coloquei um algodão para proteger; assim que chegar no albergue eu cuido dela.

— O Francesco passou por nós. Deve ter passado por você também.

— Sim, ele me passou agora há pouco, só deu um oi e continuou. Eu estava caminhando e conversando com outra peregrina que conheci na primeira parada que eu fiz para descansar. Ela está em outro ritmo, porque tem a programação bem apertada, então tem que tentar manter uma média, diferente da minha. Eu não quis atrapalhar mais, porque ando devagar.

— Entendi — disse Sarah. — O legal do Caminho é que cada um tem o seu ritmo, né?

— Sim. Oficialmente eu só tenho definida a minha data de volta, que está lá para a frente, então eu consigo fazer trechos menores de vez em quando. Hoje, como temos um pouco de subida, vou pegar leve.

— Mas amanhã também tem subida.

— Sim, por isso quero descansar hoje. Não tive muito tempo para me preparar fisicamente, então, chegando mais cedo nas cidades e vilarejos, aproveito para descansar e conhecer o máximo que consigo. Amanhã quero ver se vou até Santo Domingo de la Calzada.

Caminhando e conversando, nem viram o tempo passar. Mais ou menos duas horas depois estavam entrando pela ponte de Nájera. Sarah e Yuri ainda iriam percorrer uns cinco quilômetros, então aproveitaram para descansar, comeram alguma coisa e se despediram de Daniela, que foi procurar um albergue.

Daniela ficou na dúvida se iria tentar um albergue municipal ou privado. Não pôde deixar de pensar que, tendo ficado em um privado na noite anterior, teve maior intimidade, algo de que sentia falta. No fim das contas, não seria uma opção ruim. Se bem que dividir o quarto não estava sendo tão ruim; pelo contrário, era uma experiência boa também.

Perguntando aqui e ali por um albergue privado, recebeu uma indicação. A mulher que a atendeu disse que tinha um lugar, uma espécie de apartamento que fora arrumado para receber peregrinos, e perguntou se ela gostaria de conhecê-lo.

Era de fato um apartamento. No lugar que seria a sala, como era um espaço grande, havia cinco camas enormes com um bom espaçamento entre si, algo diferente dos albergues que Daniela vira até então. Sem contar que os colchões eram bem convidativos. Tinha até lençóis nas camas e um jogo de toalhas para cada uma delas. Daniela pensou "que luxo" e riu sozinha; fazia tempo que não via lençóis, pois os albergues municipais não disponibilizavam. Na verdade eles entregavam um kit de lençol descartável, que o peregrino mesmo colocava na cama e depois descartava.

Além das cinco camas, o apartamento tinha dois banheiros completos, cozinha, lavanderia e mais três quartos com cama de casal — naturalmente o preço por eles era maior. Daniela não se importaria de dividir seu espaço com mais quatro pessoas, a sala era grande. Ela então decidiu ficar, já que o lugar prometia uma boa noite de sono.

Enquanto ela avisava que iria ficar, que estava tudo ótimo, entraram no apartamento as duas irmãs brasileiras que Daniela havia conhecido em Estella.

— Olá, meninas, tudo bem com vocês?

— Tudo, e com você? Que surpresa te reencontrar por aqui — uma delas respondeu.

— Também estou feliz por revê-las.

— Vai ficar aqui?

— Sim, estava confirmando isso agora mesmo — Daniela informou.

— Que legal, nós também.

As três já ficaram e foram ocupando o quarto. Daniela escolheu a cama mais afastada, e enquanto se organizavam iam conversando. Depois que descansou, e antes de sair, ela fez um curativo no pé e saiu para conhecer a cidade, que por sinal não era tão grande, mas tinha seu charme. Conheceu a Igreja de Santa Cruz, do século XVII, construída em 1634, de característica românica, por fora, e por dentro decorada com retábulos de dois períodos distintos — um neoclássico e outro rococó.

Assim que tirou fotos da igreja e do entorno, Daniela seguiu conhecendo a cidade. Caminhando mais um pouco, deparou com uma edificação que parecia um castelo, uma espécie de fortaleza. Era o Monasterio de Santa María la Real, do ano de 1052. Estava fechada naquele horário, então ela fotografou o entorno também.

Em seguida voltou para perto da ponte, onde havia uns bares e restaurantes, tirou fotos dela e foi procurar um lugar para sentar, verificar seu tablet e quem sabe já ficaria por ali para jantar, pois estava bem pertinho do apartamento.

Uma hora e pouco depois, já finalizava suas anotações e havia conseguido organizar boa parte das fotos que estavam atrasadas. Daniela então viu Francesco do outro lado, escrevendo e pelo jeito bem animado, pois estava concentrado. Viu também as duas irmãs passeando e tirando uma foto de cada uma atrás de um painel de um peregrino desenhado que dizia: "Peregrino Soy, a Santiago Voy". Ela riu da diversão das duas. Até que elas se aproximaram.

— Oi, Daniela, já jantou?

— Ainda não. Estava terminando as minhas anotações e fazendo uma horinha. Vamos jantar juntas?

— Se você não se incomodar...

— Imagina!

— Temos mais uma companheira no quarto. É uma peregrina da Alemanha. Pareceu ser gente boa — uma das irmãs comentou.

— Que legal! — respondeu Daniela.

Em seguida chamaram a atendente e cada uma fez seu pedido. Para acompanhar a refeição, pediram uma garrafa de vinho. Ficaram batendo papo e riram muito, principalmente das mochilas dos peregrinos e de como cada um levava suas coisas.

— Teve um dia em que nós estávamos caminhando e vimos um peregrino com um pão grande, tipo uma baguete, no lugar da garrafa de água, aquele bolso lateral da mochila. O pão estava enfiado lá, sem nenhuma proteção — uma delas contou.

E todas caíram na gargalhada.

— Eu vi uma mochila com quase tudo pulando para fora; não sei como as coisas não iam caindo pelo chão. Eu dou um jeito de colocar tudo dentro e fechar bem — Daniela comentou.

— Nós também. A vantagem de caminhar em dupla é que uma ajuda a outra a se cuidar, ver se está tudo em ordem, se a mochila não está torta, por conta da má distribuição do peso.

— Sim, tem isso ainda — disse Daniela. — Eu vi outro dia um peregrino que, depois que montava a mochila, colocava ela no chão. Se ela não caísse para nenhum lado, era porque estava OK. Daí eu comecei a fazer o mesmo.

— Isso é legal. Vou começar a fazer também — afirmou uma das irmãs.

— Nossa! Todo dia aprendemos alguma coisa! — disse a outra.

— Verdade!

— Sem contar que tem cada mochila bonita…

— Sim, é muito interessante isso. São muitos modelos.

— Mudando de assunto, outro dia vi um peregrino, até jovem por sinal, caminhando de kilt — comentou Daniela. — Eu achei um pouco estranho, porque, até onde eu sei, o kilt é uma roupa mais formal. Mas tudo bem, se ele se sentia à vontade, quem sou eu pra falar alguma coisa contra?

— Nós vimos esse peregrino. Também nos chamou a atenção.

— Depois eu fiquei pensando: não podemos julgar se a roupa é formal ou informal para fazer o Caminho. Não sabemos o motivo do Caminho para ele e por que está fazendo de kilt, né?

— Claro, cada um tem seus motivos.

— Deixa eu perguntar pra vocês outra coisa — Daniela continuou. — Lá em Los Arcos, quando nos vimos na missa, que por sinal foi linda…

— Nós também adoramos.

— Vocês viram aquela propaganda de uma pizza diferente, quase em frente à igreja?

— Nós vimos. Como era mesmo o nome?
— Cruji Coques — respondeu a outra irmã.
— Isso. Vocês experimentaram?
— Comemos depois da missa. Achei muito gostosa! Você também provou?
— Eu experimentei, mas foi antes da missa.
As refeições foram servidas, e elas prosseguiram com a conversa.
— Daniela, você está com saudade de casa?
— Sim, mas estou adorando tudo por aqui. Sinto falta de dormir na minha cama... Esse troca-troca toda noite foi difícil de me acostumar.
— Mas vale a pena. Afinal, as camas estranhas significam que nós estamos cada dia em um lugar diferente e a cada dia vendo coisas novas.
— Com certeza.
— Eu demorei para pegar prática em tirar as coisas da mochila e colocar de volta, mas agora já estou craque.
— Eu também apanhei, mas agora praticamente já deixo ela pronta para o dia seguinte. Se precisar sair correndo, é só agarrar o meu saco de dormir e colocar a mochila nas costas.

Depois que terminaram de jantar, conversaram mais um pouco e viram que já estava na hora de dormir. Então, cada uma pagou sua conta, e voltaram juntas para o quarto. Daniela rapidamente procurou por Francesco, queria ver se ele ainda estava por lá. Descobriu que estava. Ainda no mesmo lugar, comendo enquanto escrevia.

Meio-dia

Assim que termina de preparar o almoço, Daniela abre espaço para comer no balcão. Tira as sacolas dali e as coloca na mesa, perto do computador.

Sendo pequeno, o apartamento só tem uma mesa, que serve para fazer refeições e trabalhar. O balcão é usado para refeições rápidas. Enquanto almoça ela se lembra do dia, do trecho de Nájera até Santo Domingo de la Calzada, em que caminhou bastante tempo ao lado de Francesco. Ela estava bem animada, e ele a pegou cantando e dançando durante o percurso. Nesse mesmo dia, ela conheceu no albergue duas peregrinas ciclistas.

······································· ✦ ·······································

Daniela iniciou seu Caminho um pouco mais cedo, e encontrou muitos outros peregrinos, provavelmente por dois motivos: primeiro, poderiam estar relacionados ao fato de terem que caminhar um trecho maior nesse dia. E, segundo, o tempo era bem mais fresco nesse horário. Isso a agradava muito.

Daniela iria rever sua programação nos próximos dias. Teria que acordar mais cedo. Teria que se deitar mais cedo também, mas isso não era problema, já que estava ali para caminhar e não para curtir as noites nas cidades e vilarejos.

Ela passou por uma área com morros de terra beirando o Caminho, notou que algo se mexia e fixou o olhar. Foi então que viu alguns esquilos — ou coisa parecida — passeando perto de suas tocas.

Nesse trecho do Caminho, viu a sinalização para indicar a distância até Santiago, que era feita por meio de totens. Faltavam quinhentos e oitenta e dois quilômetros até Santiago de Compostela.

Dando continuidade, Daniela agora via áreas de plantações de uvas, enormes parreirais e campos bem abertos de cereais. O vento da manhã passeava livremente entre os peregrinos. Daniela se encantava com tudo que via e com tudo que cheirava. Havia áreas com flores ao longo do Caminho.

A sinalização então direcionou os peregrinos para um trecho de asfalto mais plano, e a paisagem se mostrou diferente daquela dos últimos dias. Ela estava para entrar na terceira região das quatro por onde o Caminho passaria. Já havia passado por Navarro, estava em La Rioja e iria entrar em Castilla y Léon. Lá no finalzinho, mais próximo de Santiago de Compostela, entraria na região da Galícia.

Daniela estava sozinha, mas sempre via outros peregrinos ao longo do trajeto. Assim que ouviu buzinas de bicicleta, passou a andar rente à vegetação, para liberar mais espaço para os ciclistas.

Passando novamente por campos abertos e vendo as flores sempre por perto, Daniela pensou em seu trabalho no museu mais uma vez. Ela se lembrou do que Francesco dissera sobre fazer o que se gosta e gostar do que se faz. Refletindo com mais calma, cerca de uma hora mais tarde tinha tomado sua decisão sobre o museu.

Completando dez dias de Caminho, Daniela tivera tempo para pensar em diversos assuntos. Alguns ainda precisavam ser retomados e outros já estavam bem definidos; o museu era um deles. Ela acordara animada, disposta a tomar decisões; tudo parecia mais fácil nesse dia.

Logo à frente, ainda em um trecho de terra batida, Daniela viu uma parada, uma área de descanso com árvores, bancos e mesas. Outros peregrinos estavam ali, rostos conhecidos ou não, mas nenhum com quem já tivesse conversado. Ela encontrou um banco, cumprimentou quem estava perto e aproveitou para tomar água, comer seu chocolate e descansar.

Quando voltou a caminhar, Daniela decidiu ouvir música. Cheia de energia, escolheu a playlist de rock nacional que tinha preparado exclusivamente para a viagem e seguiu cantando. A lista tinha sucessos a partir da década de 1980, o melhor do rock nacional, na sua opinião.

Francesco vinha logo atrás e de longe reconheceu a mochila de Daniela. De pouquinho em pouquinho, foi se aproximando dela e percebeu que estava animada, praticamente dançando enquanto andava. Ele riu. Cada vez mais perto dela, começou a ouvi-la cantando também.

Envolvida na batida da música, não se deu conta até que Francesco apareceu ao seu lado.

— Olá! Está animada hoje!

Tirando os fones, ela respondeu:

— Oi, Francesco! Sim, acordei bem! O dia está lindo, não está?

Ele olhou para cima e respondeu:

— Sim, temos sol, e um pouco de vento. O que você está ouvindo?

— Minha playlist de rock nacional. Meus clássicos das décadas de oitenta, noventa e dois mil.

— Sei. — Rindo, ele continuou: — Posso ouvir um pouco?

— Lógico. Vou colocar para você essa que eu estava ouvindo. É uma das minhas preferidas.

Daniela colocou a música no início e passou os fones para ele. Enquanto ouvia, Francesco ficou pensando "quem diria que ela gosta de rock". Depois de quase um minuto, devolveu os fones para ela.

— A batida é boa e parece que a letra é interessante também. Gostei. Quem canta?

— A música original é de uma banda que se chama Legião Urbana, mas eu gosto da versão que outra banda fez, que se chama Jota Quest. Essa é mais recente, foi gravada em um show deles.

— E qual é o nome da música?

— "Tempo perdido."

— E do que ela fala?

— Como eu posso te explicar? Fala sobre a dualidade entre ter e não ter tempo. Sobre acordar, dormir e não ter controle sobre o que acontece. Fala também sobre ser jovem e não poder aproveitar a vida por conta das condições que nos são impostas desde cedo.

— Entendi. Seria mais um discurso político?

— Sim, de certa forma. Esse era bem o estilo desse compositor. As músicas dele sempre faziam alguma crítica à sociedade.

— Polêmico?

— Às vezes.

— Entendi — disse Francesco. — Mas acho que essa sua animação não é só de hoje. Eu vi você conversando com duas peregrinas ontem.

— Sim, eu encontrei novamente as duas irmãs brasileiras, e por sorte nós ficamos no mesmo lugar. Eu segui o seu conselho de procurar um albergue privado. Não que eu não goste de ficar nos albergues municipais. Aliás, hoje vou ficar na Abadia Cisterciense. Você tinha que ver o de ontem... Tinha até lençol na cama, um jogo de toalhas, e o colchão era ótimo. Devo até ter roncado.

Francesco começou a rir.

— Imagino! De vez em quando se dê esse luxo. Fique tranquila que não é pecado.

Daniela riu e continuou:

— Você devia ter ficado conosco ontem.

— Eu estava bem concentrado com as minhas coisas, meu projeto estava fluindo, vamos dizer assim, e parecia que era uma conversa de meninas entre vocês.

— Nós até tivemos, mas é óbvio que, se você estivesse lá, teríamos falado de outras coisas. Elas são superanimadas, e foi bom para matar um pouco a saudade de casa.

— Como é a sua casa no Brasil?

Ela começou a descrever:

— Eu moro em um apartamento. Ele é bem pequeno, mas é perfeito para mim. É bem localizado, fica a uma quadra do metrô, então estou relativamente perto de tudo. Na verdade ainda estou pagando por ele, mas já passei da metade, então eu sinto que ele é mais meu do que da construtora.

— Entendi.

— Meus pais me deixaram um pouco de dinheiro, da venda da nossa casa e do seguro de vida deles, e os meus tios foram administrando essa quantia. Eles usaram uma parte para os gastos que tiveram comigo, por exemplo, escola, roupas... E a outra parte ficou rendendo. Só me contaram dessa poupança quando eu completei vinte anos. Aí eles passaram tudo para o meu nome, para eu administrar como quisesse. Foi uma surpresa, eu nem imaginava. E aí nós decidimos que eu usaria um pouco para a faculdade e o restante para o meu futuro.

— Que legal que conseguiram administrar bem, e que você fez bom uso desse dinheiro. Já é um começo, e é seu.

— Sim, não sou rica, mas tive uma boa ajuda, e tudo que eu faço com esse dinheiro é algo que me deixa mais próximo dos meus pais.

— Que bom.

— Na verdade eu só mexi numa parte do que estava guardado para a faculdade, porque eu consegui uma bolsa em um dos processos seletivos que nós temos no Brasil. Assim, o dinheiro continuou rendendo. Como eu sempre trabalhei, todo mês eu coloco um pouco mais na poupança.

— Isso é importante.

— Então, quando veio a oportunidade do apartamento, conversei com meus tios e nós conseguimos dar uma boa entrada. Assim que eu me mudei, fiz uma reforma. A arquiteta deixou bem do jeito que eu queria, bem prático e dinâmico. Deu para abrir a parede de um dos dois quartos, então ampliei a sala e pedi para ela fazer uma cozinha gourmet. Ficou fechado só o meu quarto mesmo. E, como só tem um banheiro, ele ficou sendo o lavabo social e o meu banheiro. Ela projetou de uma forma que tem acesso de quem vem da sala e outro acesso do meu quarto.

Daniela não parava de falar do apartamento:

— Pedi para deixar duas paredes com tijolinhos aparentes, para combinar com os móveis antigos que eu compro de vez em quando. Também tenho muitos livros, muitos mesmo. Até em sebos eu costumo comprar. Sem contar a minha biblioteca digital.

— O que são sebos?

— No Brasil, é um tipo de livraria, que vende livros antigos e usados. Às vezes eu encontro umas relíquias com preço bem bacana.

— Você recebe muitas pessoas no seu apartamento?

— Não, só a família e alguns amigos, os mais íntimos mesmo. E não são muitos.

— Entendi.

— E a sua casa, como é?

— É um pouco maior que a sua.

Francesco não teve coragem de confessar que a sua casa tinha cinco suítes, um estúdio, uma sala enorme com três ambientes, duas cozinhas, uma integrada com a sala de jantar e outra funcional, para as refeições do dia a dia, biblioteca, varanda, área de lazer, sauna, academia, pista de caminhada no jardim, piscina com água quente, quadra de tênis e por aí vai. Sem contar a casa no litoral italiano e o veleiro.

— O normal, quartos, sala, cozinha, essas coisas. E a senhora Pietra é quem organiza a minha bagunça.

— Eu tenho a dona Maria. Ela vai a cada quinze dias, até porque eu fico mais fora do que dentro, só volto de noite para dormir. Mas ela me ajuda bastante.

— A senhora Pietra vai em casa mais vezes. Quando ela vê que está acabando a comida, providencia tudo. Eu também fico boa parte do tempo fora.

Francesco achou desnecessário contar que a senhora Pietra era a governanta e que sob seu comando ficavam a equipe da limpeza, a dos jardineiros, o piscineiro, o motorista e os guardas da guarita.

— Eu vi que você estava mancando ontem, quando chegou com a Sarah e o Yuri — ele comentou.

— Comecei a sentir um desconforto no pé direito logo depois que você passou por mim, quando eu estava conversando com a Emily, que conheci ontem. Parei para olhar logo em seguida, e era uma bolha. Como estava no início, coloquei uma proteção para não piorar e depois do banho, com calma, cuidei melhor dela.

— E hoje, como está a sua bolha?

— Bem melhor. Fiz outra proteção só para desencargo de consciência.

Os dois começaram a avistar Santo Domingo ao longe. Passaram por uma estrada de terra batida com descidas e subidas leves, sempre em direção à cidade, que não saía da vista.

Fizeram cerca de seis quilômetros em uma hora e meia e nem viram o tempo passar. Já dentro da cidade, a sinalização os conduziu até o centro histórico. Tinham demorado para chegar porque estavam rodeando Santo Domingo. Com o olhar mais atento, Daniela percebeu que a paisagem urbana foi mudando. O traçado das ruas começou a ficar mais estreito, como nos vilarejos ou nas vilas medievais. Tudo indicava que os albergues estariam mais perto. Mais ou menos no meio da segunda quadra, Francesco parou e apontou para uma placa:

— Acho que esse é o seu albergue.

— Oba, então já cheguei. Você vai procurar outro?

— Eu reservei outro, vou ver se o encontro. Qualquer coisa eu volto neste.

— Certo. Obrigada pela companhia. Vamos descansar e depois conhecer a cidade. Até mais, então. Se não nos virmos, tenha um *Buen Camiño* amanhã!

— Vamos dar uma volta, sim. Bom descanso. Se não nos virmos, *Buen Camiño*!

Daniela entrou em seu albergue, ganhou mais um carimbo, foi se organizar e descansar. Francesco seguiu em busca do seu albergue.

O dela era uma edificação do século XVII e fazia parte de uma ala do monastério das monjas cistercienses. Era um pouco escuro e parecia um labirinto. Era diferente, mas ela gostou porque tinha tudo de que precisava: banheiro, cama e uma cozinha comunitária. Seu quarto era um dos primeiros e tinha seis beliches. Dessa vez Daniela ficou com a cama de cima.

Depois do banho, mais descansada, ela estava se preparando para conhecer a cidade. Precisava comprar as coisas da sua lista: frutas, água, chocolate, xampu e protetor solar. Quando desceu a escada para ir passear, encontrou duas peregrinas italianas chegando de bicicleta.

As três rapidamente conversaram. Daniela estava curiosa:

— Posso fazer uma pergunta?

— Claro.

— Eu vejo vocês de bicicleta pelo Caminho e queria saber quantos quilômetros vocês fazem por dia.

— Depende do trecho, mas tentamos manter uma média entre cinquenta e sessenta quilômetros. Os homens fazem mais. Eu e a Beatrice tentamos manter essa faixa.

— Nossa, então vocês devem chegar a Santiago de Compostela na semana que vem, né?

— Isso mesmo.

— Que legal! Bom, vou deixar vocês subirem. Devem estar cansadas e eu preciso comprar umas coisinhas. Foi um prazer conhecê-las. *Buen Camiño* para vocês amanhã!

— O prazer foi nosso. *Buen Camiño*.

Daniela saiu do albergue para dar início ao seu tradicional passeio. Ao longo de ruas estreitas com belíssimas edificações altas, ela passou por uma praça e no fim da rua do albergue deparou com a igreja, a Catedral de El Salvador. Sua construção começou no século XII e terminou no século XIV. Fizeram uma reforma importante no século XVI. Isso tudo ela leu na placa de informações. Os elementos predominantes do lado de fora eram do estilo românico, mas também eram visíveis elementos góticos. Lá dentro havia um retábulo, e o coro tinha características renascentistas.

Assim que terminou de passear pelo entorno, depois de já ter visto tudo, Daniela foi fazer suas compras, afinal estava chegando o horário do jantar. Com sua sacola já abastecida, encontrou um lugar para sentar na praça e começou a registrar o que precisava. Mais tarde jantou sozinha e voltou para o albergue para se organizar para o dia seguinte. Antes de dormir, mandou uma mensagem para Gustavo.

12h50

Assim que termina de almoçar, Daniela lava a louça e verifica o varal. Ela recolhe as duas calças, a jaqueta e o saco de dormir, deixando a mochila mais um pouco para arejar. Dobra as peças que acabou de tirar e as deixa em cima da pilha, junto com as outras. Mais tarde pegaria a mochila.

Sentada agora na frente do computador, ela tira de dentro de uma das sacolas, com muito cuidado, os quatro documentos que trouxe da viagem: a credencial do peregrino, com todos os carimbos dos lugares por onde passou, um certificado de meio do Caminho, outro documento que registra a distância final percorrida e, claro, a Compostela.

Com o computador ligado, ela deixa os documentos em cima da mesa e volta a mexer com as fotos de outro trecho em que caminhou, de Belorado a San Juan de Ortega, dia esse em que ela literalmente participou de uma missa.

Como havia decidido acordar mais cedo, Daniela passou a programar o celular para vibrar mais cedo, assim poderia aproveitar melhor o dia, caminhar com um tempo mais fresco e assistir ao nascer do sol.

Ela saiu sozinha do albergue e logo viu outros peregrinos iniciando seu dia. Todos seguindo em frente, cada um o seu Caminho.

Despedindo-se de Belorado, o destino do dia estava a 24,5 quilômetros. Era o vilarejo de San Juan de Ortega. Também haveria uma grande subida, então Daniela faria uma parada maior no último vilarejo antes de iniciá-la.

Cerca de meia hora depois da partida, o sol começou a aparecer no horizonte. Daniela gostava de contemplar esse momento único, repleto de energia. Ela estava em um trecho de terra batida, já na área rural, com campos bem abertos com diversas plantações. Eram muitas as tonalidades de verde que Daniela via pelo Caminho.

Entre pequenas subidas e descidas nessa primeira parte, Daniela seguiu sozinha e começou a refletir sobre sua vida. Já havia tomado sua decisão sobre o museu. Agora precisava começar a pensar no que fazer assim que a comunicasse. Ela então passou a listar mentalmente as coisas de que mais gostava na área da História e de Patrimônios.

Na segunda metade do trajeto, avistou uma parada. Estava começando a ficar cansada, então resolveu ficar um pouco por ali. Foi em direção a uma mesa com bancos, tirou a mochila, comeu seu chocolate e tomou água. Bem pertinho dali havia alguns aerogeradores. Mas ela não se demorou muito porque, segundo a última placa, faltavam aproximadamente dez quilômetros. Isso daria duas horas e meia de caminhada no seu ritmo.

Já de volta à estrada, viu uma enorme descida ao longe. Quando chegasse lá embaixo, no vale, teria que subir praticamente a mesma distância na continuação do trajeto. Parecia uma montanha-russa.

Ela riu da sua comparação e refez seu cálculo, já que o percurso não seria tão fácil. Nas descidas ela andava devagar para não machucar os joelhos; e na subida também ia devagar, com pequenas pausas para recarregar as energias. Sem ter muitas escolhas, Daniela respirou fundo e continuou.

Chegando à parte mais baixa, ela fez uma rápida parada antes de dar início à subida que viria pela frente. Nessa hora Daniela não conseguia pensar em nada, apenas se concentrava em um passo de cada vez, buscando forças para chegar no alto daquela ladeira. Pensou em Francesco nesse momento; se estivessem juntos, o tempo passaria mais rápido.

Começando a subir com a ajuda de seus bastões, Daniela se lembrou da sugestão que dera a Martina no primeiro dia de caminhada, quando estavam descendo os Pirineus: ela iria caminhar em zigue-zague para poupar o fôlego.

Tempos depois avistou San Juan de Ortega, um vilarejo estrategicamente posicionado para atender os peregrinos. A cidade tinha apenas um albergue, em uma parte do mosteiro, com sessenta e oito camas e um restaurante tipo bar ao lado para as refeições. Havia também uma igreja.

Entrando no vilarejo, Daniela seguiu na direção do albergue, se registrou, ganhou mais um carimbo em sua credencial e foi descansar. Como o lugar não tinha grandes atrativos, ela iria aproveitar para lavar roupa e depois iria à missa.

Já descansada, Daniela viu que o horário da missa estava se aproximando e foi até a igreja que ficava ao lado do albergue. Tinha características românicas e traços góticos, por causa da rosácea acima da porta. Mesmo não tendo muitos adornos, era uma rosácea.

Ainda do lado de fora, ela identificou na porta de entrada um grande arco com várias arquivoltas lisas que se apoiavam em um enorme capitel decorado com desenhos de vegetais. O tímpano, a parede semicircular que fica logo abaixo dos arcos que arrematam o vão superior da porta, normalmente é a área mais ocupada por pequenas esculturas, que nesse caso tinha duas linhas que emolduravam um quadro com três escudos sem armas.

Entrando na igreja, Daniela se encantou com o que viu. Era pequena, mas muito acolhedora. Como havia poucos peregrinos esperando pela missa, ela foi tirando suas fotos e ouvindo sua música.

Mesmo sendo pequena, a igreja tinha vários elementos interessantes. No centro, um lindo baldaquino gótico, que a placa de identificação dizia ser de 1462. Sua estrutura arquitetônica era de calcário branco, um trabalho primoroso.

Contornando um dos dois grandes pilares da igreja para examinar o retábulo que ficava ao lado, Daniela percebeu que havia acesso na base dos pilares por meio de uma escada em semicírculo. Provavelmente as escadas levavam à cripta da igreja, mas a entrada no piso estava vedada com uma grade.

Em pouco tempo Daniela começou a perceber a movimentação de um homem de meia-idade no altar; a cerimônia já iria começar, então ela foi se sentar.

Sem ter o que fazer, ela fez um cálculo mental e chegou à conclusão de que caberiam não mais que oitenta pessoas por missa. Distraída, ela olhou para o seu lado no banco e viu um livreto de capa vermelha. Na capa estava escrito, em seis idiomas, Missa de Peregrinos.

O livreto trazia o roteiro da missa, em seis colunas de idiomas diferentes. Daniela notou que a parte das respostas dos fiéis estava sempre em latim.

O senhor que arrumara o altar vinha cumprimentando e conversando com alguns peregrinos. Quando Daniela se deu conta, ele estava ao seu lado.

— Boa tarde. Você vem de onde?

Ela sabia que ele não se referia ao último vilarejo em que havia dormido, mas sim ao seu país de origem.

— Boa tarde. Sou do Brasil.

— Que maravilha. Seja bem-vinda, minha filha. Como você se chama?

— Obrigada. Eu me chamo Daniela.

— Você poderia nos dar a honra de participar da missa, lendo esta parte do texto aqui? Ele apontou para o livreto, na coluna escrita em português de Portugal.

— Sim, será um prazer.

— Ficaremos muito felizes.

O homem foi em busca de mais participantes. Cada um ficaria responsável pela leitura de um pequeno trecho, sempre no idioma do respectivo país de origem.

Na hora programada, o senhor que havia conversado tão gentilmente com os viajantes vestiu a batina. Ele era o padre, que, com um controle remoto, colocou uma música para iniciar a missa.

Mais ou menos quarenta pessoas estavam na igreja, praticamente todos peregrinos. De tempos em tempos o padre pedia que um peregrino iniciasse a leitura em voz alta do trecho combinado. Logo chegou a vez de Daniela.

A missa durou quase uma hora. A cada trecho que era lido, toda a igreja respondia em latim. Daniela se emocionou com a mensagem.

No fim da celebração, o padre fez uma bênção especial para os peregrinos, e ela pensou nos momentos bons que estava vivenciando, e também se lembrou da família e dos amigos que haviam ficado no Brasil.

Na saída da igreja, ela estava tocada pelas palavras acolhedoras e encorajadoras daquele padre que cuidava de toda a cerimônia sozinho.

13h10

Começando a ver as fotos do trajeto de San Juan de Ortega até a cidade de Burgos, Daniela se lembra de que nesse dia conheceu peregrinos vindos de São Paulo, como ela. Não pôde conter uma gargalhada quando se lembrou de que esse foi o dia em que perguntou para Francesco se era gay. Alguns dias depois disso ela teria uma prova de que não era.

.... ⬥ ....

Daniela sempre deixava tudo pronto na noite anterior, então, assim que acordou, pegou o saco de dormir e a mochila e desceu para a área comum na parte de baixo do albergue. Foi lá que terminou de se preparar. Deu mais uma olhada em seu material de apoio e viu que caminharia uns vinte e seis quilômetros, com mais descidas do que subidas.

Como de costume, ela viu a previsão do tempo também. Esse dia seria incerto: a chuva que ameaçava cair fazia dias podia cair a qualquer momento. O tempo ficaria mais nublado. Ela então comeu uma fruta, e agora sim tudo pronto. Fechou sua mochila, se despediu de quem ficava para trás e partiu para começar seu Caminho o quanto antes, ansiosa pelo que veria nesse dia.

Caminhando por um trecho de asfalto entre campos abertos, mais adiante ela começou a enxergar outro vilarejo. Como o dia estava nublado, o nascer do sol foi mais discreto, mesmo assim não deixou de ser encantador. E por algum motivo Daniela pensou em Francesco novamente, por onde estaria, se estaria bem. Ela não o via desde o dia anterior, e sentia falta da sua companhia.

A subida começou a ficar mais íngreme. Daniela caminhava entre árvores em um terreno cada vez mais pedregoso, tanto que em alguns momentos chegava a machucar os pés. Mas, como ela ainda estava no meio do trajeto, não seria hora de parar. Então diminuiu o ritmo para escolher melhor por onde pisar e continuou caminhando.

Quase chegando à parte mais alta, Daniela passou por uma cruz de madeira e na sequência, com vista para o horizonte, aproveitou para fazer uma parada. Vendo a cidade de Burgos em toda a sua extensão, ela pensou: "Tão perto e ao mesmo tempo ainda longe".

Ela tirou fotos, tomou um gole de água e começou a descida, novamente com o apoio dos bastões, que eram fundamentais nas subidas e principalmente nas descidas. A paisagem era bem ampla, com poucas árvores e sempre com Burgos adiante. Daniela não via a hora de chegar; estava contando os minutos para visitar a catedral da cidade, que conhecia por fotos.

Parou para descansar um pouco, pois estaria se aproximando do momento da escolha que teria de fazer. Sentada e estudando com mais calma seu material de apoio, ela observou que, se optasse por contornar o aeroporto de Burgos pela direita, passaria por uma área mais industrial e comercial com muito asfalto, o que seria de certa forma monótono e consequentemente mais cansativo.

Se optasse pelo segundo caminho, passaria pelo outro lado do aeroporto, com áreas menos industriais, mas também com asfalto. Ela seguiria pela rodovia N-120. As duas rotas tinham praticamente a mesma distância.

Olhando para o mapa com mais atenção, ela entendeu que, se escolhesse a segunda rota e continuasse reto por alguns metros a mais, chegaria a um grande parque fluvial e caminharia por dentro dele, até, lá na frente, voltar a encontrar os dois caminhos iniciais, já bem perto da Catedral de Burgos. Haveria uma distância maior nesse caso, sim, porém com menos asfalto, mais áreas verdes e sombra. Além disso, seria mais bonito e silencioso, na companhia da natureza, dos pássaros cantando e com o rio a seu lado — o mesmo rio, Arlanzón, que cruza Burgos, passando bem perto da Catedral.

Daniela falou para si mesma que sempre existem escolhas a serem feitas, caminhos mais fáceis, outros mais difíceis, uns mais curtos e outros mais longos. E nem sempre os mais fáceis e os mais curtos são os mais prazerosos. Muitas vezes as rotas mais difíceis e longas são aquelas que trarão bons momentos, mesmo que cansem mais. E foi isso que ela fez: optou por caminhar mais para conhecer o grande parque.

Outros peregrinos escolheram fazer o mesmo trecho, afinal um peregrino nunca está sozinho. Em pouco tempo ela passou pelo vilarejo de Castañares. Faltariam agora uns dez quilômetros, que seriam percorridos em meio à natureza.

Daniela andou por uma ponte azul em arco sobre um riozinho, depois continuou por um trecho de terra e na sequência entrou no grande parque, caminhando por áreas com muitas árvores e bastante sombra. Assim que avistou uma área de descanso, decidiu parar um pouco e tomar água. Apesar de o dia estar nublado, ela queria reforçar o protetor solar porque ele também funcionava como repelente de insetos.

Outros peregrinos aproveitaram para descansar também. Ela encontrou um banco por ali, sentou com calma, pegou sua garrafa de água, tomou um gole, comeu uma barra de cereal e procurou seu protetor solar.

Nesse meio-tempo, ouviu dois peregrinos ali perto conversando em português, e resolveu se enturmar.

— Olá, vocês são brasileiros?
— Somos!
— Jura? Que legal! De onde?
— Somos de São Paulo, capital. E você?
— Eu também! Que mundo pequeno! Começaram de onde?
— Começamos de Roncesvalles. E você?
— Eu comecei de San Jean Pied de Port. Eu me chamo Daniela.
— Eu sou Eduardo, e ele é o Henrique. Viemos juntos.
— Que bacana!

Eduardo, vendo o protetor solar, perguntou:

— Posso te pedir uma gentileza?

— Lógico.

— O seu protetor tem repelente?

— Tem, sim.

— Você me empresta um pouco? Eu queria passar nos braços e no rosto. Estou com receio dos mosquitos.

— Sim, claro. Estou reforçando por isso mesmo.

Ela passou o tubo para eles.

— E aí, estão gostando do Caminho?

— Sim, eu mais que o Henrique. Ele só reclama.

— Não reclamo, não, é que é puxado mesmo.

— Sim, é superpuxado — concordou Daniela. — Eu venho devagar, mas é pesado mesmo assim. Vocês vão até Burgos hoje?

— Vamos ficar no albergue municipal. Dizem que é muito bom.

— Parece que sim. Também quero ficar nele.

Começaram a comentar sobre os lugares que frequentavam em São Paulo e nem viram o tempo passar. Daniela percebeu que eram um casal. Depois de uns dez minutos de conversa, quem veio se aproximando foi Francesco. Ele havia escolhido a mesma rota.

Francesco na verdade escolhera esse percurso por ser mais discreto. Em pouco tempo ele estaria entrando em uma grande cidade e estava apreensivo, não queria ser reconhecido. Até o momento seu plano estava dando certo.

Daniela abriu um lindo sorriso assim que o viu.

— Olá, Francesco, tudo bem?

— Oi, Daniela.

— Estes são Eduardo e Henrique. Eles são brasileiros, acabamos de nos conhecer.

— Muito prazer.

— O Francesco é italiano. Nos encontramos pelo Caminho várias vezes.

— Aliás, por falar em Caminho, precisamos voltar — disse Eduardo.

— Sim, ainda falta um pouco, mas já estamos bem pertinho — respondeu Daniela.

Enquanto se organizavam para voltar a caminhar, Daniela percebeu que Henrique ficava olhando para Francesco e começou a rir consigo mesma. Francesco era um homem bonito, alto, forte e tinha presença. Mesmo não querendo, ele chamava atenção.

— Então vamos combinar de jantar juntos, já que estaremos no mesmo albergue — propôs Eduardo.

— Combinado. Eu devo chegar depois de vocês. Normalmente eu descanso um pouco, passeio pela cidade e aí sim vou jantar.

— Nós também.

— Então até depois.

E assim os dois recomeçaram o Caminho, deixando Daniela e Francesco a sós. Ela não perdeu tempo.

— Acho que você fez sucesso. Eu vi como o Henrique ficou te olhando. Acho que foi por isso que o Eduardo quis sair logo.

Francesco entendeu e respondeu com um sorriso.

— Sem graça.

Bem-humorada, ela perguntou:

— Você não é, certo?

E ele respondeu rápido:

— Não sou. Nada contra, mas não sou. Disso eu tenho certeza.

Daniela achou engraçada a resposta dele.

— Quer descansar um pouco?

— Eu precisava só dar uma olhada no meu pé. Acho que tem uma pedrinha me incomodando.

— Eu te espero.

Deixando a mochila de lado, Francesco sentou e tirou sua bota de caminhada, bateu no canto do banco e não viu nenhuma pedrinha. Na dúvida, resolveu tirar a meia também e descobriu que uma bolha pequena começava a se formar entre os dedos.

— Acho que você está com uma bolha pequena.

— Pois é. Vou fazer uma proteção rápida e cuidar dela depois do banho.

Francesco tirou de sua mochila uma bolsinha com remédios. Pegou algodão e esparadrapo. Quando estava pronto para prender o esparadrapo, ela disse:

— Espere um pouco. Tenho uma pomada boa para aliviar. Depois você coloca algodão e o esparadrapo.

Daniela retirou de sua bolsinha a pomada e entregou para ele. Francesco passou um pouquinho entre os dedos e cobriu com o algodão e o esparadrapo.

— Pronto, agora sim. Não deve incomodar até eu chegar no albergue. Muito obrigado pela pomada.

— Imagina.

— Da minha parte nós podemos ir.

— Então vamos.

Daniela colocou a mochila nas costas, e os dois começaram a andar.

— Como foi o seu dia ontem? Acabamos não nos vendo — ele comentou. — Onde você parou para dormir?

— Em San Juan de Ortega, e você?

— Eu segui mais uns três quilômetros e parei em Agés.

— Eu tomei o café da manhã em Agés. Ontem não conseguia andar mais, então não pensei duas vezes. Em San Juan tinha tudo que eu precisava, ao lado do albergue tinha um restaurante, então eu fiquei por lá mesmo. E eu fui à missa, que por sinal foi fantástica.

— Legal, mas por que nós não nos encontramos no Caminho? Normalmente eu te encontro nesse horário, já chegando.

— Provavelmente porque estou saindo uma hora mais cedo.

— Sério?

— Sim, é bem mais fresco, e eu ainda vejo o sol nascer. Você devia experimentar um dia desses. É lindo.

— Quem sabe eu levanto cedo qualquer dia.

— Eu pensei que pegaríamos chuva hoje. Estou acompanhando faz dias a previsão e estava torcendo para não chover. Queria tirar muitas fotos de Burgos.

— O dia está estranho... A chuva deve vir mais no final do dia. No aplicativo estava mostrando que amanhã vai chover o dia todo.

— Será? Já pegamos pequenas pancadas de chuva pelo Caminho, mas andar o dia todo com chuva vai ser bem radical. Vamos ter que andar no barro.

— Sim. Se estiver chovendo desde cedo, você vai caminhar amanhã?

— A princípio sim, a não ser que tenha relâmpagos e trovões. Se for só uma chuva, eu caminho, sim. A minha capa é bem grande, cobre a mochila toda. Deixa eu verificar a previsão no meu celular.

Daniela tirou o telefone do bolso da perna da calça e confirmou a informação:

— Sim, verdade, vamos ter companhia amanhã, pelo jeito. Aqui está mostrando que deve começar hoje por volta das oito da noite. São 68% de probabilidade de chuva, e aí só tem o símbolo da chuva até amanhã, terminando às cinco da tarde — ela informou. — E você, vai andar com chuva?

— Pensando pelo seu lado, sim. A minha capa não é tão grande, é tipo um poncho, mas cobre boa parte de mim e da mochila. Vai ser mais demorado andar, porque o barro vai ficar preso na bota, e com isso o percurso fica bem mais cansativo, por causa do peso. Mesmo assim, se a chuva estiver tranquila, eu venho também.

— De repente a previsão pode mudar um pouco.

— Mudando de assunto — disse Francesco —, me conta: já decidiu alguma coisa sobre o seu trabalho no museu?

— Sim, já decidi, e você estava com a razão. Eu vou pedir demissão.

— Sério? E o que você vai fazer?

— Ainda não sei. Ontem mesmo estava pensando no que eu gosto de fazer, mas acho que vou deixar meu currículo no IPHAN, que é o nosso Instituto do Patrimônio Histórico e Artístico Nacional, e no IHGSP, que é o Instituto Histórico e Geográfico de São Paulo. Acho que é isso que eu vou fazer. Voltar para a área da pesquisa historiográfica.

— Tenho certeza de que vai dar certo.

— Tomara. E você, está conseguindo as suas respostas e o tempo de que precisava?

— Já deixei algumas coisas bem definidas com o que eu quero para a minha vida.

— Que bom! Fico feliz. E nas suas férias, o que você gosta de fazer? — ela perguntou.

— Gosto de ficar em casa.

— Sério? — ela estranhou.

— Sim.

— Você tinha dito que viajava bastante a trabalho.

— Bastante mesmo.

— Entendi.

— Você está programando alguma viagem em especial? — ele quis saber.

— Eu amo viajar. Não gosto muito da parte de andar de avião, então normalmente eu durmo para o tempo passar mais rápido.

— Eu já me acostumei em viajar de avião. Às vezes durmo, às vezes não. Mas a sua próxima viagem seria para onde? — ele insistiu.

— Eu estava pensando em começar a me programar para conhecer a Grécia. Você já conhece?

— Mais ou menos. Se não me engano tem uma viagem de navio, um cruzeiro, dizem que é muito bom. Fica ali pelo mar Egeu, entre a Grécia e a Turquia. Você já fez algum cruzeiro?

— Não — ela respondeu. — Deve ser lindo esse passeio entre a Grécia e a Turquia, mas na verdade eu também não sou muito fã de navio.

— Sério?

— Sim, eu prefiro meus pés em terra firme. Me convide para qualquer outra coisa, mas de navio eu teria que pensar bem. Você viajaria de navio?

— Já andei de barco menor... Não é tão ruim assim.

Francesco continuava achando melhor não comentar que possuía um veleiro.

— Na verdade eu pensei em fazer alguns outros Caminhos por aqui mesmo, claro, em outras oportunidades. Eu teria que me programar com mais calma — ela contou.

— Eu a princípio não tenho nada em mente para as férias. Como eu disse, se eu ficar em casa, já vou estar feliz da vida.

— Eu também — respondeu ela. — Se não der para viajar, não tem problema. Eu adoro o meu apartamento mesmo.

E assim o tempo foi passando. Eles caminharam por uma ponte meio medieval, passaram na frente de uma área de camping dentro do parque e logo na sequência foram vendo que a sinalização do Caminho os direcionava para a cidade, onde os Caminhos se encontravam e seguiam em direção ao centro histórico.

— Como está o seu pé?

— Está tranquilo até agora. Acho que a sua pomada ajudou.

Na entrada de Burgos, começaram a ver as primeiras edificações, e Daniela passou a tirar fotos. Como estavam longe da catedral, ela tinha certeza que não voltaria a essa área.

Vendo uma paisagem que achou bonita, ela levantou o celular, parou e esperou que Francesco terminasse de passar para fazer o registro. Percebendo isso, ele fez questão de permanecer no lugar, olhou para ela e abriu um sorriso. Daniela riu também e fez um sinal educado para que ele saísse da frente. Francesco respondeu, bem-humorado:

— Eu pensei que você quisesse tirar uma foto minha.

Daniela tirou a foto, mostrou a imagem para ele e respondeu:

— Veja que lindo ficou. Eu queria pegar aquele edifício com o fundo.
— Sim, ficou bonito. Você fez curso de fotografia?
— Tive umas dicas em uma disciplina do meu mestrado em patrimônio histórico e cultural.
— Que legal! Então as suas fotos devem ficar sempre muito bonitas.
Com um sorriso tímido, ela respondeu:
— Eu pelo menos gosto.
Os dois retomaram o trajeto até a catedral, e Daniela perguntou:
— Você vai ficar no albergue municipal?
— Não. O meu é um pouco mais para a frente.
Caminhando praticamente no centro histórico de Burgos, passaram por uma ponte com estátuas de ambos os lados e seguiram na direção de um grande portal que se abria em uma enorme praça, e no meio dela estava a Catedral de Burgos.
Francesco viu o impacto daquela imagem na expressão de Daniela. Ela estava maravilhada com a magnífica arquitetura do século XII, de características góticas.
— Nossa, que linda! — exclamou ela.
— É bem bonita mesmo.
— Me fez lembrar os castelinhos que eu fazia com a areia bem molhada na praia. Eu ia construindo as torres uma a uma, colocando areia mais líquida em cima do que já estava seco e pronto. — Enquanto falava, Daniela fazia o gesto com as mãos. Francesco achava interessante o fato de ela sempre associar o que via com alguma lembrança.
Olhando para o relógio, ela disse:
— Maravilha. Já chegamos e são três horas. Vamos procurar os nossos albergues e descansar. Você precisa cuidar da sua bolha para depois passear.
Orientados pela sinalização, os dois subiram uma escadaria e caminharam por uma rua na parte de trás da catedral. Uns trezentos metros à frente, na mesma rua, encontraram o albergue municipal.
— Acho que encontramos o seu — comentou Francesco.

— Parece que sim. Tem certeza de que não gostaria de ficar? Está pertinho de tudo.

— Tenho, sim. O meu deve estar um pouco mais para a frente.

— Então tudo bem. Mais uma vez obrigada pela companhia e bom descanso. E cuide dessa bolha.

— Eu que agradeço pela pomada. Vou cuidar, sim.

— Quer ficar com ela?

— Não precisa. No caminho deve ter uma farmácia. Vou ver se encontro alguma parecida.

— Então, bom descanso.

— Para você também. Curta a sua música dentro da catedral e boas fotos.

Daniela sorriu em resposta. Francesco continuou o percurso à procura do seu albergue. Ele buscava sempre uma hospedagem mais distante do movimento, para assim poder descansar e escrever.

13h40

Ao ver as fotos do outro dia, do trecho de Burgos até San Bol, Daniela se lembra de ter chovido durante todo o trajeto. Foi o dia em que dividiu o quarto com Francesco e os dois jantaram com Martina. Ela começa a rir da brincadeira que as duas fizeram com ele.

.... 🐚 ....

Choveu praticamente a noite toda e quando o celular vibrou, às cinco e meia, ainda não tinha parado. Daniela reparou que muitos peregrinos tinham preferido esperar mais um pouco, na esperança de a chuva amenizar com o nascer do sol.

Ela decidiu fazer o mesmo e programou o celular para despertar dali a uma hora. Assim que acordou, saiu atrás do café da manhã.

Por sorte, bem na frente do albergue havia um bar. Ela atravessou a rua rapidamente e pegou um cappuccino. Assim que sentou, deu uma estudada em seu material para rever o plano para esse dia. A ideia seria caminhar cerca de vinte e um quilômetros até Hornillo del Camino, se tudo desse certo.

Assim que terminou o cappuccino, ela guardou seu material de apoio, comprou uma garrafa de água, duas barras de cereal, um achocolatado e deu início ao Caminho, que prometia emoções diferentes, já que seria iniciado debaixo de chuva.

Daniela demorou um pouco para sair de Burgos, pois a cidade era grande. Mais ou menos uma hora depois, em um trecho de terra batida. Nessa parte do Caminho não havia barro, porque o chão era bem compacto. Mesmo assim, a terra estava bem molhada e com muitas poças de água. Ela passou por um pequeno parque com uma área de descanso para os peregrinos com uma mesa e bancos — que agora estava vazia. Logo à frente haveria um vilarejo.

A sinalização orientava os peregrinos a caminhar perto da rodovia, ainda uma estrada de terra batida. Daniela seguiu caminhando, passou por um viaduto em cima de uma pista de alta velocidade, depois por baixo de outro viaduto pequeno e em seguida por baixo de outro com uma estrutura de concreto armado.

Entrando em Tardajos, uma cidadezinha com características medievais, ela passou por um pequeno monumento de pedra, um marco do Caminho, com o nome do vilarejo. Pouco depois encontrou um bar aberto e resolveu entrar nele para descansar e conferir seu material de apoio.

Ela pediu um café com leite e foi se sentar. De acordo com seu livreto, já havia caminhado cerca de onze quilômetros, mas, em decorrência da chuva, seu ritmo estava mais lento. Estava mais cuidadosa; tinha medo de escorregar e se machucar.

Voltando a caminhar na área rural, ela iniciou uma subida, devagar e sempre, escolhendo onde pisar. Na parte mais alta a vista era linda. Dava para avistar Hornillos del Camino, vilarejo onde gostaria de parar. E então começou a descida naquela direção.

Um ou outro peregrino passava por ela, e apesar do dia chuvoso Daniela viu alguns de bicicleta, geralmente em dupla, e pensou: "Que coragem a deles, pedalar nessa chuva!".

Em Hornillos del Camino, a missão agora era encontrar o albergue. Na primeira opção, que seria o albergue municipal, Daniela não teve sorte; apesar de não ter visto muito movimento pelo caminho, o lugar já não tinha camas disponíveis. O jeito seria recorrer a um albergue privado.

O albergue seguinte também estava cheio. Ela pediu uma indicação ao atendente, que lhe disse que haveria mais um, explicando como se fazia para chegar. Daniela agradeceu a indicação e seguiu adiante.

Na terceira e última opção, porém, também não havia mais lugar. Esse albergue tinha poucas camas, e elas já estavam ocupadas. Então ela perguntou qual seria a distância até o próximo vilarejo, San Bol, e o atendente respondeu que seria de mais ou menos cinco quilômetros.

Daniela olhou em seu relógio. Eram quase três horas, portanto cedo ainda. Tinha comida consigo e chegaria lá em pouco mais de uma hora. Agradecendo novamente pela atenção, ela voltou a caminhar, torcendo para dar tudo certo.

Francesco vinha logo atrás dela. Havia perdido a hora de manhã e, devido à chuva, não pôde acelerar o ritmo. Ele vinha pensando em Daniela, querendo saber como estaria e se havia se instalado em algum albergue. Fazendo uma conta rápida, e conhecendo o estilo dela, ele achava que ela não percorreria mais de vinte quilômetros naquele dia. Assim que chegou a Hornillos del Camino, onde esperava encontrá-la, ele foi procurar um albergue.

Tal como Daniela, Francesco não encontrou lugar na primeira opção de albergue privado. Começou a se preparar para tentar outro, mas, antes de sair, perguntou ao atendente se uma peregrina brasileira com o nome de Daniela teria conseguido uma vaga; o rapaz, atencioso, verificou o caderno de entradas e disse que não, nenhuma peregrina brasileira dera entrada naquele dia. Francesco agradeceu a gentileza e seguiu em busca de outro albergue.

No segundo, teve a mesma resposta de Daniela, e novamente perguntou por ela. A resposta foi a mesma. Francesco agradeceu e seguiu para o albergue municipal.

Lá chegando, também não encontrou vaga e não teve notícias de Daniela. E então Francesco começou a ficar incomodado. Vendo sua preocupação, o homem que o atendeu disse:

— Há mais ou menos uma hora passou por aqui uma senhora, com uns sessenta e cinco anos, e meia hora depois passou uma mulher mais jovem. Ela estava com uma capa de chuva que cobria a mochila toda.

Francesco se animou ao ouvir o detalhe da capa. Poderia ser Daniela. Ele agradeceu a informação e seguiu caminhando. Não demorou muito tempo para ver, mais à frente, um peregrino caminhando. De longe ele não distinguia se era um homem ou uma mulher, mas usava uma capa grande. Ele então acelerou o passo.

Passo a passo, foi diminuindo a distância. Quando estava mais perto, conseguiu identificar Daniela e ficou aliviado. Estava tudo bem com ela; só não havia encontrado um lugar para dormir ainda. Daniela, perdida em seus pensamentos e na expectativa dos próximos acontecimentos, não se deu conta da chegada de Francesco.

— Como está a chuva por aí?

— Oi, Francesco! Que susto! Nem percebi você chegando. Eu estava aqui pensando e torcendo para conseguir um lugar no próximo vilarejo. Pelo jeito você também não conseguiu.

— Acho que as pessoas preferiram parar mais cedo hoje.

— Pois é, e agora que lembrei: hoje é domingo. Tinha esquecido desse detalhe.

— Verdade.

— Até que não é tão ruim caminhar na chuva. A única coisa de que não gostei foi que não consegui tirar muita foto.

— Sim.

Francesco deu um sorriso solidário. Ele sabia o quanto ela gostava de fotografar seu caminho.

A chuva começou a dar uma trégua, foi diminuindo pouco a pouco a ponto de poderem baixar o capuz das capas. Os dois seguiram caminhando. O trecho de agora tinha mais barro e poças, então eles estavam atentos ao chão.

— Como está o seu pé?

— Amanheceu melhor, mas com essa chuva ele ficou encharcado e escorregando. Isso está me incomodando. Assim que der, vou olhar.

— Acho que já estamos bem pertinho do próximo vilarejo. Se chama San Bol.

Dito e feito: logo à frente passaram por uma pilha de pedras com uma cruz vermelha de Santiago e uma plaquinha ao lado informando ALBERGUE DE SAN BOL A 700 METROS. Os dois se animaram, afinal já estavam bem cansados, e tudo indicava que Francesco tinha bolhas nos pés.

Seguindo as setas, andaram na direção do albergue, que ficava um pouco afastado do centro. À medida que caminhavam por San Bol, iam vendo que o lugar era de fato bem pequeno e provavelmente só teria uma opção de albergue. Assim que chegaram, deixaram as capas molhadas na porta e entraram para perguntar. A resposta não foi boa. Suas poucas camas estavam todas ocupadas.

Os dois agradeceram a atenção e antes de sair, desanimados, perguntaram ao atendente qual era a distância até o próximo vilarejo.

— O próximo é Hontanas e fica a mais ou menos cinco quilômetros. Se vocês tiverem sorte, esta semana o senhor Alejandro começou a oferecer alguns quartos da casa dele para os peregrinos. A casa dele é grande e a hospedagem o ajuda a mantê-la. Fica depois da esquina, no meio da quadra.

Daniela e Francesco agradeceram pela informação e foram atrás do tal endereço. Ao verem a placa POUSADA PARA PEREGRINOS, se animaram com a possibilidade de encontrar um lugar para passar a noite.

Deixando as capas de chuva molhadas na porta, entraram.

— Boa tarde. O senhor teria um lugar para nós?

Sorridente, o homem respondeu:

— Sim, tenho um quarto com uma cama de casal.

Daniela e Francesco responderam juntos:

— Um quarto com uma cama de casal?

— Sim, vocês não estão juntos?

Os dois responderam em coro novamente:

— Não!

— Bem, eu até tinha dois quartos, mas agora há pouco chegou uma senhora, uma peregrina. Chegou um pouco antes de vocês.

Os dois se olharam e foram até a porta para conversar. Francesco sugeriu:

— A chuva já parou. Fique você aqui que eu sigo adiante.

— Lógico que não! Você andou o mesmo que eu e também deve estar cansado, sem contar que deve estar com bolhas. Não somos crianças; vamos dividir o quarto, cada um dorme dentro do seu saco e pronto. Tudo bem?

— Tudo bem para você? — questionou Francesco.

— Da minha parte sim. Vamos tomar um banho, ver se conseguimos secar as nossas roupas, comer alguma coisa e descansar.

— Certo.

Os dois avisaram o dono da casa que ficariam com o quarto, sem problemas.

— Maravilha. Vou levar vocês até lá. Fica aqui na parte de cima, é esse com a sacadinha virada para a rua. Mas antes eu gostaria de confirmar com vocês: nós oferecemos jantar e café da manhã; é coisa simples, mas é feito com muito carinho. Gostariam de incluir?

— Sim, eu gostaria.

— Eu também.

Assim que se registraram, o senhor que os atendeu pegou uns jornais debaixo do balcão e entregou a eles.

— Coloquem jornal dentro dos calçados de vocês. O jornal vai puxar a umidade. Ponham um pouco agora e depois troquem antes de dormir. Amanhã vai estar melhor para vocês caminharem.

Os dois agradeceram. Em seguida, foram conhecer o quarto. Depois que subiram a escada e entraram no corredor, o dono da casa explicou que havia dois banheiros no fundo, um para as mulheres e outro para os homens. No quarto, Daniela perguntou:

— O senhor teria uma máquina de lavar?

— Infelizmente não, só temos dois tanques.

— Tudo bem, obrigada!

— Vou deixar vocês se organizarem por aqui e vou incluir o nome de vocês na lista do jantar. Ele vai ser servido às sete horas. O café da manhã começa às seis, certo?

— Certo, obrigada!

— Obrigado!

Dentro do quarto, Daniela olhou para cima e comentou:

— Maravilha, temos ventilador de teto! Então já temos tudo de que precisamos.

Os dois olharam para a cama e começaram a rir. Francesco perguntou:

— Você tem algum lado preferido para dormir?

— Eu prefiro ficar deste lado, perto da porta, porque amanhã eu devo sair primeiro. Tudo bem para você? — ela respondeu.

— Então eu fico do outro lado.

— Certo. Vou pegar as minhas coisas e tomar um banho. Já volto.

Daniela retornou depois de quinze minutos. Francesco estava se preparando para ir também quando ela perguntou:

— Você se importa se eu fizer uns varais para pendurar as nossas roupas?

— Não me importo. Precisa de ajuda?

— Não. Está tudo sob controle.

Quando Francesco voltou, caiu na risada.

— Nossa, parece um acampamento de escoteiro. O que mais você traz nessa mochila?

— Se você continuar rindo, vou desmontar a sua parte e amarrar você com o que sobrou do barbante — ela respondeu, divertida.

— Tudo bem, não está mais aqui quem falou.

Os dois continuaram arrumando suas coisas.

— Como está o seu pé? — ela quis saber.

— Não muito bem.

— Posso dar uma olhada?

— Sim, veja. Fui premiado hoje.

Ela fez uma careta.

— Verdade, não está nada bom. Conseguiu comprar a pomada ontem?

— Não.

— Então vou te dar a minha de novo, vai aliviar bastante.

— OK, mas primeiro vou descer, comer e só na hora de dormir vou fazer um curativo melhor.

— Quer que eu traga comida para você?

— Não precisa, eu desço devagar.

Quando chegaram à sala de jantar, para surpresa de Daniela, a peregrina que estava hospedada ali era Martina, a portuguesa que ela havia conhecido no primeiro dia.

— Oi, Martina!

— Oi, minha querida! Que chuva hoje, não?

— Choveu demais.

Logo depois apareceu Francesco, andando bem devagar.

— Esse é o Francesco. Ele ficou em Roncesvalles no mesmo albergue que nós, e sempre temos nos encontrado de lá para cá, ora no Caminho, ora nas cidades.

— Boa noite.

— Boa noite, meu jovem.

— Francesco, essa é Martina, uma pessoa maravilhosa. Eu a conheci descendo os Pirineus.

Martina, sem graça, convidou os dois para sentar com ela. Logo em seguida entrou o dono da casa informando qual seria o cardápio. Ele aproveitou para perguntar o que gostariam de tomar dentro das opções que tinha para oferecer. Daniela e Martina dividiram uma garrafa de vinho, e Francesco pediu um suco de uva.

Martina reparou que Francesco estava mancando.

— Está com uma bolha, meu jovem?

— Na verdade eu fui premiado com duas em cada pé.

— Sim, e bem feias — acrescentou Daniela.
— Posso dar uma olhada, querido?
— Se não for incômodo para a senhora.
— De forma alguma. Vamos ver se eu posso ajudar.

Francesco se ajeitou na cadeira e mostrou primeiro um pé e depois o outro.

— Mas que lugarzinhos elas escolheram para aparecer.
— Elas capricharam.

Virando-se para Daniela, Martina perguntou:

— Eu não tenho mais, pois já não preciso usar, mas acredito que você tenha.

Francesco não estava prestando atenção nas duas, atento ao calçar suas sandálias. Mas Daniela estava atenta.

— Você teria dois absorventes para emprestar?

Daniela logo entendeu qual seria a intenção de Martina e respondeu que iria buscar no quarto. Enquanto isso, Martina e Francesco ficaram conversando sobre o Caminho. Assim que Daniela retornou, colocou sobre a mesa a sua bolsa de remédios e os dois absorventes.

— Perfeito! — disse Martina. — Isso está muito feio, meu rapaz, e até a hora de dormir nós vamos deixar menos dolorido para você.

Francesco não estava entendendo nada.

— O que é isso?

Daniela começou a rir.

— Que falta de educação da nossa parte, né, Martina?
— Verdade, minha querida.

Então, Daniela se virou para ele e tentou explicar:

— Francesco, esses são dois absorventes. Absorventes, este é o Francesco.

Martina achou graça na brincadeira. Francesco respondeu:

— Isso eu sei; tenho duas irmãs mais velhas.
— Eu trouxe para você usar.
— Na Itália os homens não usam isso.

—Mas hoje você vai usar — afirmou Martina, entrando na conversa e agora falando sério. Francesco a encarou, com cara de interrogação. Olhando para Daniela, que estava se divertindo com a cena, acusou:

—Você tinha dito que a Martina era legal.

—Tudo bem, vamos parar de brincar com ele — pediu Martina, depois de rir mais um pouco.

—A Daniela vai nos emprestar os absorventes para você colocar na sola do seu calçado. Isso vai te ajudar a caminhar melhor e fazer o que precisa até a hora de ir dormir. O seu solado é confortável, mas neste momento você está com os pés muito sensíveis.

—Entendi. E o que eu preciso fazer?

—Passe a pomada para aliviar a dor. Enquanto isso, nós vamos abrir os absorventes e colocá-los no seu calçado.

—Pronto.

—Ótimo! Agora calce as sandálias.

Francesco obedeceu e pareceu aliviado.

—Agora sim. Que delícia! O que seria dos homens sem as mulheres?

Daniela pegou o álcool gel na sua bolsa de remédios e deu um pouquinho para cada um higienizar as mãos. Eles continuaram conversando, e nesse meio-tempo chegaram as bebidas. Martina percebeu algo diferente em Francesco, algo familiar no jeito como ele falava, mas não comentou nada. Também percebeu que ele olhava para Daniela com certa admiração.

Na sequência, o jantar foi servido. Martina se levantou para ir buscar um prato, e Daniela fez o mesmo, mas avisou Francesco:

—Fique aqui. Eu vou me servir e aí você olha o que eu coloquei no meu prato e me diz o que gostou. Daí eu volto para fazer o seu. Assim você fica mais um tempo quieto, deixando a pomada fazer efeito.

—Está bem.

—Boa ideia, minha querida — disse Martina.

E assim fizeram.

Eles ficaram à mesa por uns quarenta minutos, até que Martina olhou seu relógio.

— Nossa, precisamos descansar. Hoje foi puxado. A conversa está muito boa, mas eu preciso dormir mesmo.

Os dois responderam em seguida:

— Eu também.

— Nem fale.

Martina subiu primeiro, Daniela e Francesco foram logo em seguida. Francesco puxou conversa:

— Que senhora agradável!

— Sim, um encanto. Adorei caminhar com ela e sempre fico muito feliz quando a vejo.

Os dois aproveitaram para trocar o jornal de dentro dos calçados. Já dava para perceber que estavam menos úmidos.

— Bom, vou escovar os dentes e já volto.

— Eu vou daqui a pouco também. Vou virar as roupas para pegar vento do outro lado — ela explicou.

Ambos de volta ao quarto, cada um se organizou para o dia seguinte. Daniela aproveitou para ver se tinha alguma mensagem no celular, deu uma olhada na previsão do tempo e programou o alarme para cinco e meia, já que o café da manhã seria servido às seis.

— Você vai acordar a que horas amanhã? — ele quis saber.

— Cinco e meia. Aí eu termino de me organizar lá embaixo e espero o café ser servido. E você?

— Eu vou levantar lá pelas sete.

— Tudo bem. Vou deixar tudo pronto para não fazer muito barulho. Você faria a gentileza de desfazer o varal? Depois você me devolve o barbante.

— Sim, lógico. E você vai caminhar até onde amanhã?

— Vou tentar ir até Itero de la Vega, a mais ou menos uns vinte e cinco quilômetros. E você?

— Não sei. Vou ver como vão amanhecer os meus pés.

— Sim, e vá devagar. Se for o caso, use as sandálias amanhã.
— Pode ser. Vou sentindo no caminho.

Francesco terminou de fazer os curativos, checou o celular para ver se havia alguma mensagem importante, olhou a previsão do tempo e programou seu celular para tocar, já que seria o último a sair do quarto. Esperou Daniela entrar em seu saco de dormir e em seguida apagou as luzes, deu a volta na cama e entrou em seu saco também.

O quarto não ficou completamente no escuro porque tinha uma pequena sacada e estava virado para a rua.

— Francesco, posso te fazer uma pergunta?
— Claro.
— Você sempre pede suco. Não gosta de vinho?
— Eu não tomo mais bebida alcoólica.
— Sério? Bom, eu só gosto de vinho. Uma vez eu tive que tomar cerveja, porque não estava encontrando água para comprar. Era um show em que eu fui com os meus primos, faz uns cinco anos. Eu só gosto de vinho mesmo, fui aprendendo a apreciar.

Francesco esperou um pouco, como se estivesse criando coragem, respirou fundo e explicou:

— Eu não bebo mais porque há pouco tempo saí de uma depressão. Eu tinha caído na bebida e nas drogas. Passei por uma reabilitação e ainda faço terapia, aos domingos de manhã, de quinze em quinze dias.

Daniela então se virou para ele:
— Se você não quiser, não precisa falar sobre isso.
— Domingo passado tive uma sessão por videoconferência, por isso a minha chegada atrasou um pouco. A princípio eu queria ir até Logroño, mas não deu, então parei em Viana. Cheguei lá por volta das cinco horas.

Daniela se lembrava. Ela havia visto ele ainda de mochila nesse horário, perto da praça.

— Eu dormi lá também. Cheguei antes e achei melhor parar por lá mesmo, já que era domingo. Como encontrei um albergue, acabei ficando.

Havia algo em Daniela que o fazia se sentir tão confortável que ele continuou a contar sua história:

— Foi por causa de um relacionamento. Ela bebia bastante e eu fui entrando na dela. Não percebi quando de fato comecei a ficar dependente da bebida. Hoje já estou melhor, já passou, mas fiquei mal, demorei para perceber que estava sendo enganado e na verdade sendo usado também. Cheguei até a pensar que tinha encontrado a pessoa ideal. Nós trabalhamos no mesmo meio, podemos dizer assim. E, depois que ela conseguiu o que queria, fui literalmente descartado. Infelizmente ainda sou obrigado a vê-la de vez em quando, mas procuro me distanciar.

— Poxa, que triste. Sinto muito.

— Quando me dei conta, estava completamente dependente da bebida. A gota d'água foi quando me encontraram desmaiado em casa. Eu tinha quebrado algumas coisas e estava com muitos cortes. Meus pais me internaram e me fizeram escolher: eu queria morrer ou seguir adiante?

— Eu não sei nem o que dizer.

— Um grande amigo também me ajudou a superar. O nome dele é Tony. Por coincidência ele e a esposa estão viajando por aqui. A esposa tem uma irmã que mora na Espanha. Justamente quando eu estava chegando a Viana ele me ligou, e nós acabamos nos vendo e jantamos juntos.

Ela se lembrou do que tinha visto, do casal que ele encontrara. Então não eram seus pais; era um casal de amigos.

— E eu tomando os meus vinhos na sua frente.

— Você não sabia. Hoje eu consigo ter uma relação melhor com a bebida. Escolhi viver, então tenho que lidar com ela. E, sinceramente, não tenho mais vontade de beber. É muito, muito raro isso acontecer, e quando eu tenho respiro fundo e digo para mim mesmo que não vale a pena. Por isso eu peço suco, às vezes água com gás, enfim. Mas agora já sei o que eu quero e o que eu busco.

— Sim, daqui a pouco você vai encontrar alguém, tenho certeza. Quando você menos esperar vai achar a pessoa certa para você.

Daniela olhou para o teto, respirou fundo e disse:

— Já que você me contou uma coisa tão íntima, é justo que eu te conte algo também. Há mais ou menos um ano eu perdi um bebê, tive um aborto espontâneo. Apenas eu e o Gustavo sabemos.

Francesco rapidamente se virou para ela.

— Eu sinto muito pela sua perda.

— Nós éramos só namorados na época, mas já estávamos juntos fazia um bom tempo. Eu engravidei sem querer, não percebi os sintomas da gravidez. Uns dias depois comecei a me sentir estranha e fui ao médico, pensei que poderia ser alguma virose, não sei. Ele pediu exames de sangue e foi quando me deram a notícia de que não era virose. Eu estava grávida.

— Isso foi no início?

— No final do segundo mês. Nossa, fiquei em choque! Eu não esperava. Mas também fiquei feliz da vida. Não estava nos nossos planos, principalmente nos do Gustavo, mas enfim. Contei para ele na mesma noite, e havíamos decidido não contar para ninguém. Íamos esperar mais uns dias, na verdade íamos esperar chegar o quarto mês, e nesse meio-tempo queríamos começar a nos organizar e ver como iríamos fazer. Logo depois que entrei no terceiro mês, um dia comecei a sentir dores na barriga, e elas foram aumentando. Liguei para o Gustavo, e ele foi correndo para o meu apartamento. Na mesma noite eu tive um sangramento e as dores não paravam. Fomos para o hospital e depois de alguns exames veio a notícia de que tinha perdido.

— Nem seus tios ficaram sabendo?

— Não. Como ninguém soube da gravidez, eu e o Gustavo achamos melhor nem contar. Escolhemos guardar para nós essa dor e essa tristeza. Não consigo descrever até hoje em palavras o que senti. A palavra mais próxima para definir seria frustração. Como mulher, eu me sinto fracassada.

Francesco sentiu vontade de abraçá-la para confortá-la em sua dor e angústia, mas sabia que não podia.

— Eu carrego comigo esse sentimento. É a primeira vez que conto para alguém. — Secando as lágrimas, ela continuou: — Eu caí em depressão também, não tinha mais vontade de viver, não comia, não queria fazer mais nada. O Gustavo ligou no museu, avisou que eu não estava bem, levou um atestado de uma semana, pediu licença no serviço dele e foi passar uns dias comigo. Ele ficou comigo o tempo todo e pouco a pouco foi me trazendo novamente para a vida. Eu sou muito grata a ele.

— Mas vocês pensam em tentar de novo?

— No fundo eu sei que ainda não está nos planos do Gustavo ter um filho. Infelizmente, nesse ponto nós pensamos diferente. Provavelmente vou ter que fazer tratamento para engravidar. O médico não deu muitas esperanças, mas com o tratamento, quem sabe? A questão não é fazer o tratamento; quando for a hora eu faço o que for preciso; essa não será a parte mais difícil. O problema é que eu não sei se conseguiria passar por tudo se acontecer de novo.

Parando um pouco para secar as lágrimas, ela disse:

— Então, como você, eu escolhi viver, e vivo um dia de cada vez.

— Sim, um dia de cada vez.

Depois de uns minutinhos em silêncio, Daniela comentou:

— Acho que passamos do horário de dormir.

— Um pouco.

— Minha prima diz que até hoje eu falo enquanto durmo, então não se assuste.

— E eu ronco de vez em quando. Qualquer coisa é só me empurrar.
— OK. Obrigada por compartilhar comigo.
— Você também.
— Bom descanso, Francesco.
— Bom descanso, Daniela.

14h10

Daniela se lembra com tristeza desta última parte, afinal foi um momento muito íntimo e triste dos dois. No varal, a mochila estava seca. Ela a colocou em cima da poltrona e, como fazia durante a viagem, foi colocando as roupas já secas e dobradas lá dentro.

Antes de voltar para as fotos, Daniela guarda o varal e pega um dos jornais que trouxe da portaria. Sentada no sofá, dá uma folheada nele, para ver se há algo interessante ali. Em pouco tempo coloca o jornal em cima da mesa de centro e volta para o computador.

Organizando uma nova pasta para as fotos, lembra que nesse outro dia, no trecho de Vilamentero de Campos até Calzadilla de la Cueza, ela caminhou mais uma vez com Francesco e os dois ficaram no mesmo albergue, desta feita no municipal, junto com outros peregrinos.

Daniela acordou com os ruídos feitos pelos peregrinos que se levantavam para começar seu Caminho. Olhou no relógio e viu que o celular já iria vibrar, então se espreguiçou e, criando coragem, se levantou, pegou seu saco de dormir, sua mochila e se dirigiu à área de convivência, onde estivera conversando à noite com o senhor Juarez, um peregrino mexicano que havia dito como seria o trecho do dia.

Ela então calçou os tênis, colocou a mochila nas costas e, junto com outros peregrinos, ainda no escuro, começou seu dia. Saíram pela frente do albergue, pelo asfalto, e não pelos fundos, por onde ela havia chegado.

Minutos depois o sol começou a aparecer no horizonte. Daniela passou por uma ponte e seguiu caminhando pelo asfalto. Como era uma via local, não tinha muito movimento de veículos, ainda mais naquela hora da manhã. Foi um trecho de cinco quilômetros sem nenhuma distração.

Depois ela andou cerca de seis quilômetros em uma estrada de terra ao lado da rodovia, sem nenhuma mudança na paisagem, apenas o sol que já começava a maltratar os peregrinos. E nesse ponto Daniela começou a avistar Carrión de los Condes à frente. Ela fez uma rápida parada para providenciar tudo de que precisava. O senhor Juarez havia explicado que o caminho era bem longo, e tudo indicava que o sol lhe faria companhia.

Ainda caminhando em um trecho asfaltado, Daniela foi seguindo a sinalização e se afastando de Carrión. As setas direcionaram os peregrinos para uma estrada de terra. Provavelmente ela iria iniciar o grande trecho de dezessete quilômetros. E assim seguiu, perto de outros peregrinos.

Mais à frente, Daniela viu uma segunda parada para descanso, essa de estrutura maior, com uma parte coberta e, ao lado, mesas e cadeiras entre árvores. Provavelmente essa seria a última. Daniela ficou ali por uns dez minutos apenas, tomou um gole de água e foi conferir seu material de apoio. Dali para a frente era só caminhar mesmo.

Depois da pausa, ela colocou a mochila nas costas e pôs seus fones. A música iria fazer o tempo passar mais rápido, já que ela caminharia um bom tempo sozinha, pelo jeito. Colocou um audiolivro para tocar e retomou sua caminhada.

Atrás dela vinha Francesco, mas ainda não tinha reconhecido sua mochila. Isso porque havia muitos peregrinos entre eles. Ele logo a alcançaria, pois seu ritmo era mais forte.

Uma hora depois, Francesco reconheceu a mochila de Daniela e se animou. Em dois dias, ele havia caminhado aproximadamente sessenta quilômetros para poder reencontrá-la, e agora estava mais calmo. Ela estava bem ali na sua frente.

Nos últimos dois dias, ele havia diminuído seu ritmo de caminhada, por causa das bolhas do dia da chuva. Nesse meio-tempo ele veio atrás dela, calculando a quilometragem que ela costumava fazer na esperança de encontrá-la pelo Caminho.

Tinham completado mais ou menos cinco dos dezessete quilômetros, então ainda faltava um bom pedaço para chegarem a Calzadilla de la Cueza. Com certeza a paisagem ao redor de Daniela era muito diferente agora, a região era mais seca e não tinha nenhum outro atrativo para ajudar a passar o tempo. De repente, enquanto ela estava absorta ouvindo seu livro, Francesco se materializou ao seu lado.

— Olá, Daniela!

Ela ficou surpresa e tirou os fones.

— Olá, Francesco! Como você está?

— Estou bem. Alguma música especial hoje?

— Dessa vez estou ouvindo um livro. Na verdade é um livro de autoajuda.

Francesco achava Daniela uma figura curiosa. Uma hora ouvia rock, na outra ouvia livros de autoajuda... O que mais ele descobriria sobre ela?

— Como se chama?

— *O poder do agora*, de Eckhart Tolle. Achei que teria tudo a ver com essa viagem.

— E sobre o que trata?

— Bom, ele combina um pouco de conceitos do cristianismo, do budismo, do hinduísmo e de outras tradições espirituais. O autor sugere um guia de iluminação espiritual que é bem eficiente para a descoberta do nosso potencial interior. A ideia é ensinar o leitor a tomar consciência de seus pensamentos e emoções. São eles que nos impedem de viver plenamente a alegria e a paz que temos aqui dentro.

— Nossa! Parece bem interessante.

— Estou amando ouvir. Depois vou querer ouvir de novo. Eu costumo ouvir ou ler os livros duas vezes.

— Sério? E por quê?

— É sempre muita informação, então na primeira vez eu tenho uma visão geral e na segunda vou parte por parte.

— Entendi.

— Você tinha dito que gostava de ler, mas que não tem tempo, né?

— Isso. Eu gosto de ler, só não tenho o tempo de que gostaria. Eu tenho alguns livros em casa.

— Mudando de assunto, você se preparou para este trecho onde nós estamos?

— O que tem ele?

— Ele é conhecido como a Estrada do Inferno.

Francesco começou a rir.

— E como você sabe disso?

— Ontem eu conheci um peregrino mexicano, o senhor Juarez, muito querido por sinal, que está fazendo o Caminho pela segunda vez. Ele me contou que, para ele, esse trajeto de hoje é um dos mais puxados. Para mim também está sendo.

— É porque não tem áreas de sombra?

— E nem outro tipo de apoio, o último ficou lá trás. São dezessete quilômetros de pura emoção. — Assim que falou, Daniela começou a rir.

— Mas pelo menos nós estamos andando no plano. A questão é a falta de sombra mesmo. Acho que só contei duas árvores até agora.

— Eu também. Mas me diga: e as suas bolhas, como você acordou no outro dia? — perguntou Daniela.

— Acordei bem melhor, graças a você e à Martina. E segui o seu conselho: caminhei menos e de sandália.

— Que lindo! — respondeu ela, e ele riu em resposta.

— Encontrei a Martina no Caminho no outro dia e nós conversamos um tempão.

— Jura? Que legal. Ela é fantástica, né?

— Sim, tem uma visão de mundo muito interessante. Inclusive te mandou lembranças caso eu te visse novamente.

— Obrigada. Onde será que ela está agora?

— Acredito que dez quilômetros atrás de nós — ele calculou.

— Tomara que dê para nos vermos de novo.

— Só se você desacelerar um pouco.

— Na verdade — disse Daniela —, eu estava revendo a minha programação e acho que daqui a uns dias vou fazer uns trechos menores, de menos de vinte quilômetros por dia. Assim eu tiro um tempo para descansar um pouco, e quem sabe ela consiga nos alcançar.

— Sim. E assim você ganha fôlego para a reta final do Caminho.

— Se não me engano — continuou ela —, amanhã nós vamos estar bem no meio do Caminho, em Sahagun; pelo menos foi o que eu vi. Mas eu estou contando os dias mesmo para chegar em León e ver a catedral deles.

— Dizem que é mais bonita que a de Burgos.

— Eu adorei a de Burgos — contou Daniela —, achei linda por fora e por dentro, mas acho que eu esperava mais. Vamos ver como será a de León.

— Sim, vamos aguardar.

— Antes que eu me esqueça, ontem encontrei a Sarah e o Yuri. Almoçamos juntos em Frómista.

Daniela pegou o celular para mostrar a foto que tiraram juntos.

— Que bacana.

— Perguntaram por você. Acharam que estaria chegando também. Aí eu contei sobre as suas bolhas e disse que achava que você iria pegar leve. Nós andamos juntos até onde eu tinha ideia de parar, e eles seguiram mais uns cinco quilômetros.

— Você parou onde?

— Em Villarmentero de Campos, em um albergue meio alternativo. Os dois iam parar em Villalcázar de Sirga.

— O vilarejo em que nós passamos hoje de manhã, então.
— Isso.
— E por que "meio alternativo"? — ele quis saber.
— Eu estava brincando. É que tinha uma bandeira enorme da União Europeia na recepção deles, meio que um espaço comum para os peregrinos, e, em vez das estrelas, tinha pés de maconha.
— Eu já vi uma foto dessa bandeira.
— Para mim, foi meio estranho, quer dizer, foi diferente ver a *Cannabis* estampada em uma bandeira oficial, sei lá. Acho que foi isso. Mas depois fui pesquisar e vi que tem a ver com a questão da legalização e tudo mais.
— É que muitos países europeus já estão bem mais abertos para o uso. A princípio a liberação maior está relacionada às questões medicinais.
— O uso recreativo e o cultivo, ainda não.
— No Canadá a liberação é total, se não me engano. E no Brasil?
— Nós temos restrições. O uso recreativo é ilegal, o uso médico é permitido com restrições e o cultivo é proibido. E na Itália?
— Se não me engano, a mesma situação do Brasil.
Enquanto os dois conversavam, de vez em quando passavam peregrinos de bicicleta que gritavam *Buen Camiño*.
— Hoje deve estar bem tranquilo para eles. Estou quase pedindo uma carona.
— Sim, esse terreno mais plano.
— Mas acho que eles devem sofrer com as subidas.
— E com a chuva também.
— Barro para todo lado.
Os dois caminharam, caminharam e caminharam, e nada de avistar Calzadilla de la Cueza.
— Nossa, esse sol está cruel! — reclamou Daniela.
— Nem fale.
— Preciso parar um pouco para tomar água. Não consigo tomar andando.

— Sério?

Os dois aproveitaram para descansar um pouco. O dia estava mais quente que o normal. Francesco também bebeu água e jogou um pouco na nuca para se refrescar, o que fez Daniela se perder em pensamentos, até que ela voltou em si.

Fazia dias que se dera conta de que Francesco chamava sua atenção. Mas ela era comprometida, então procurava se desviar desse tipo de pensamento.

Quando retomaram o trajeto, ela comentou:

— Nossa, quando chegar em Calzadilla vou tomar um chá bem gelado. Mentira, primeiro vou me registrar no albergue. Não quero nem pensar na hipótese de não ter vaga. Hoje não. Hoje não vou conseguir andar nem um quilômetro a mais.

— Acho que hoje os peregrinos vão querer andar mais. O sol é complicado, mas é melhor que a chuva.

— Sim, tem isso também. A Sarah e o Yuri atrasaram a programação por causa da chuva, e no outro dia fizeram uma distância maior. Não sei você, mas naquele dia da chuva andei mais do que tinha programado. Como estava fresco, nem reparei nisso.

— Eu também demorei para me dar conta.

De repente, a surpresa. Estavam já bem perto de Calzadilla de la Cueza. No final do trecho, o vilarejo apareceu em uma das descidas. Agora seria questão de cinco a dez minutos e estariam chegando.

— Que visão do paraíso! — ela comemorou.

— Parecia que não íamos chegar nunca.

— Você vai continuar?

— Não, vou parar também. Esse sol me deu dor de cabeça — disse ele.

— Você trouxe algum remédio?

— Sim, eu tenho.

— Pelo visto, Calzadilla não é tão grande. Será que você vai encontrar um albergue privado?

— Não sei — respondeu Francesco.

— Acho que só vai ter albergue municipal. Veja ali na frente, está escrito bem grande ALBERGUE MUNICIPAL DE PEREGRINOS. Adorei. Não é tão ruim ficar nos municipais. As pessoas não mordem.

Francesco começou a rir. Chegando mais perto, porém, descobriram que havia outro albergue, praticamente colado com o municipal.

— Mas você tem sorte mesmo. Tem dois, um ao lado do outro. Vai poder escolher.

— Eu vou ficar no municipal.

— Quero só ver.

— Você acha que eu não fico? Pois vou ficar. Como funciona?

— O básico. Quartos grandes, beliches, não tem jantar nem café da manhã.

Rindo com a descrição tão objetiva dela, ele a instigou:

— E o que mais?

— Assim que nos registramos, ganhamos o número da cama e saímos para procurar.

— Tipo caça ao tesouro.

— Quase isso — ela respondeu.

— Você está se divertindo, né?

— Vou torcer para que você fique na cama de cima do beliche.

Francesco deu risada, e minutos depois os dois estavam entrando no albergue municipal. Receberam seus carimbos, ouviram as orientações e foram em direção às suas camas.

Subiram a escada e entraram no quarto da direita. Era um quarto grande, com seis beliches, tudo muito bem organizado, banheiro masculino de um lado, feminino do outro. Pelo que estavam vendo, o albergue tinha passado por uma reforma. Era praticamente tudo novo.

Daniela não se conteve:

— Mas você tem sorte mesmo. Praticamente tudo novinho.

— Pois é.

— Qual o número da sua cama?

— Trinta e dois.

— E ainda conseguiu a cama de baixo. A minha é trinta e um, em cima da sua.

— Acho que é sorte de principiante.

E riram os dois. Daniela avisou:

— Vou deixar as minhas coisas aqui por enquanto e ver se no bar aqui embaixo tem um chá bem gelado e um sorvete. Depois dessa caminhada e desse sol, vou emanar calor por dois dias.

Francesco só ria. Adorava o bom humor dela.

— Já volto — ela anunciou.

— Eu vou com você. Só vou colocar a mochila aqui no canto.

— Pegue o dinheiro e os documentos.

— Tudo bem.

No bar que ficava no térreo do albergue, eles tomaram um refresco e em seguida voltaram para tomar banho e descansar. Daniela demorou um pouco mais, e quando retornou ao quarto já havia outros peregrinos por ali. Francesco estava deitado, mexendo no celular. Ela terminou de guardar suas coisas na mochila, que estava perto dele, pegou seu celular e subiu a escadinha do beliche. Francesco percebeu quanto ela estava cheirosa depois do banho e, rindo para si mesmo, ficou com inveja do sabonete dela.

Daniela acabou pegando no sono e acordou cerca de uma hora depois. Olhou no relógio e desceu da cama para dar uma volta pelo vilarejo. Francesco havia saído. No passeio ela tirou fotos e, sem muito mais para fazer, retornou ao bar. Escolheu uma cadeira na sombra e começou a mexer no celular e no tablet. Com o tempo as mesas foram sendo ocupadas.

Francesco, que havia retornado para o quarto, lembrou de pegar o escapulário dela e desceu com ele.

— Você vem sempre aqui?

Daniela estava concentrada no tablet e se assustou um pouco, mas logo começou a rir.

— Só quando eu ando no sol sem nenhuma árvore por cinco horas direto. E você?

— Eu gosto de ver o pôr do sol daqui.

Os dois riram um para o outro.

— Passou a sua dor de cabeça? — ela perguntou.

— Passou. Te atrapalho?

— Imagina, sente aí. Estou mexendo nas minhas fotos.

— Vou mexer com as minhas coisas, então.

— OK.

— Mas antes eu queria te devolver isto. Acho que é seu.

Antes de olhar para ele, Daniela pensou que Francesco estivesse falando do barbante do varal. Então ele abriu o lenço de papel em que havia colocado o escapulário dela.

— Ficou em cima da cama na parte em que você dormiu.

— Não acredito. Pensei que tivesse perdido. Dei falta dele quando eu... enfim.

Francesco entendeu onde ela tinha dado falta e riu. Com os olhos cheios de lágrimas, ela fechou a correntinha na parte de trás do pescoço.

— Obrigada. É que eu ganhei da minha tia.

— Você está com saudade, não está?

— Sim, eu mando fotos e nós nos falamos todos os dias. Ela disse que está viajando comigo por meio das fotos.

— Que bacana.

Os dois ficaram em silêncio, cada um ficou cuidando das suas demandas diárias. De tempos em tempos um olhava para o outro discretamente. Assim que chegou o horário do jantar, umas duas horas depois, Daniela puxou assunto:

— Está com fome?

— Um pouco — respondeu ele, ainda concentrado no que estava fazendo.

— Quer jantar comigo ou prefere ficar finalizando suas coisas?

— Eu preciso de cinco minutinhos, pode ser?

— OK.

Passado esse tempo, cada um juntou suas coisas, e eles saíram atrás de um lugar para jantar. Não havia muitas opções, então encontraram uma cafeteria-bar depois da esquina e entraram. Cada um fez seu pedido dentro das opções do menu de peregrinos, mas dessa vez Daniela pediu um suco.

— Pode pedir vinho, não tem problema.

— Hoje vou ficar com o suco. Eu gosto também.

Francesco retribuiu a consideração dela com um sorriso atencioso. Os dois ficaram conversando até a comida chegar, comeram e voltaram para o albergue. Francesco aproveitou para devolver o pedaço de barbante e, com tudo pronto, ficou admirando discretamente Daniela cumprir sua rotina antes de dormir.

— Boa noite, Francesco!

— Boa noite!

14h50

Ao olhar para as fotos de León, Daniela acha graça ao se lembrar da advertência que os dois ouviram dentro da catedral. Ela se lembra também da missa a que assistiu em outra igreja, na companhia de Antonella. E teve ainda o episódio da briga no bar.

.... 🐚 ....

Era domingo, e Daniela estava completando a terceira semana de caminhada. Pelos seus cálculos, faltavam 309,9 quilômetros até Santiago de Compostela. O que a animava era saber que León estava a dezoito quilômetros. Ela deveria chegar lá no início da tarde, se tudo desse certo.

León é uma grande cidade por onde o Caminho passa, e, assim como Burgos, Daniela teria muitas coisas para conhecer lá, principalmente a catedral. Ela sabia que era uma composição de belíssimos vitrais. Mas havia ainda outras igrejas, as muralhas e as praças.

A previsão do tempo era de um dia ensolarado. Começaria fresco e iria esquentando, como tinha acontecido nos dias anteriores. Seu trajeto seria de subidas e descidas, e ela passaria por uns três vilarejos até chegar a León. Em um deles faria o café da manhã; já estava se habituando a comer apenas uma fruta e sair para caminhar.

Mais de dez quilômetros depois, estava em uma estrada de terra contornando uma vila. A seguir, a sinalização conduziu os peregrinos para andarem perto do asfalto na direção do próximo vilarejo, Puente Castro.

À medida que ela se aproximava de Puente Castro, León começava a aparecer no horizonte. Animada apesar de estar sem companhia, Daniela ia tirando suas fotos. Passou pela área comercial de serviços e seguiu contornando a cidade em direção a León. Andou por uma passarela azul de estrutura metálica que fazia zigue-zague por duas avenidas movimentadas e seguiu caminhando. A essa altura, já começava a ver as indicações da direção de León.

Finalmente entrou na cidade e, depois de uns vinte e cinco minutos, ela percebeu que estava quase no centro histórico, pois o traçado das ruas e o estilo das edificações haviam mudado. Isso significava que estava perto do albergue. Minutos depois, ela o encontrou: albergue Santa María de Carbajal, das irmãs benedatinas, onde meninos e meninas ficavam separados, digamos assim. Os homens ficavam na parte de baixo e as mulheres, na de cima.

Assim que formalizou sua entrada, Daniela recebeu seu carimbo e o número da cama, que dessa vez não era a de cima do beliche. O quarto era relativamente grande, e as mochilas ficavam em cima de uma fileira de mesas à frente das camas, de uma ponta a outra do quarto.

Era cedo, então ela aproveitou para tomar banho, comer alguma coisa e descansar, para depois ir passear pela cidade. Mais tarde pegou seus documentos, dinheiro, tablet e celular, colocou tudo na bolsa a tiracolo e foi circular por León.

Bem pertinho do albergue havia uma igreja, a Nuestra Señora del Mercado (antiga del Camino). Daniela entrou ali e fez seu ritual, tirando várias fotos de dentro e de fora. Logo na entrada da igreja havia um barco pendurado que passava despercebido por muitas pessoas. Como Daniela olhava tudo, piso, paredes e teto, não perdeu esse detalhe. Dentro da igreja, já na nave principal, outros elementos e ornamentos foram fotografados um a um. Daniela leu na placa ao lado da porta os horários das missas; se desse, voltaria para assistir.

Mais tarde ela passou pelas muralhas e fotografou tudo que queria. Foi seguindo na direção da catedral, mas antes passou em frente ao Palacio de los Guzmanes, a sede política da província. Mais algumas fotos e ela seguiu caminhando, passou por algumas praças até chegar à da Catedral de León.

Comparada à de Burgos, essa era bem menor, mas muito bonita, de características góticas do século XIII. Daniela fotografou tudo que queria do lado de fora, detalhe por detalhe, e depois entrou na igreja. Como de costume, verificou o fluxo das pessoas, para não ir na contramão. Ela havia colocado seus fones ainda do lado de fora, porque queria fazer seu ritual.

Dentro da igreja, enquanto caminhava, chamou sua atenção um homem deitado no chão, bem no meio da catedral. Ela percebeu que era um peregrino, por causa das roupas. Uma parte das pessoas estava olhando para ele e outra não estava nem aí.

Daniela se aproximou e aos poucos reconheceu o homem. Era Francesco, deitado com fones de ouvido. Daniela começou a rir e foi em sua direção. Bem perto dele, olhou para baixo.

— Há quanto tempo você está aí no chão? As pessoas estão olhando, e acredito que daqui a pouco a segurança vai convidar você a se retirar.

Francesco tirou os fones e respondeu, rindo:

— Não faz muito tempo. Você tinha razão. Ouvir música e ver ao mesmo tempo é muito bom. E essa questão da perspectiva é bem interessante.

— O que você está ouvindo?

— Enya. "Only Time."

Daniela conhecia a música.

— Já é um começo.

— Deite aqui ao meu lado.

Daniela ficou apreensiva e olhou para os lados. Ela não se importava com as pessoas, mas tinha medo de vir alguém da segurança. Já que não havia ninguém por perto, ela aceitou o convite. Deitou ao lado dele e pegou um dos seus fones.

Os dois se entreolharam rapidamente, e Daniela logo começou a contemplar tudo que cabia em seu campo de visão: os vitrais, os elementos, os ornamentos, as luzes, as sombras, cada detalhe.

Ficaram ali por uns cinco minutos, até que apareceram dois seguranças olhando para baixo.

— Senhores, vocês não podem ficar deitados. Por favor, pedimos a gentileza de ficarem de pé ou sentados nos bancos.

Francesco e Daniela levantaram, pediram desculpas e seguiram as ordens. Sentaram num dos bancos mais próximos e caíram na risada.

— Mas que coisa feia. Você levou uma bronca dentro da igreja — ele a provocou.

— Você que me levou para o mau caminho.

— Eu não, foi você.

— Uma coisa é dizer o que eu gostaria de fazer, a outra é fazer.

Ele ainda estava rindo quando perguntou:

— E aí, o que você achou?

— Eu adorei. Os vitrais são lindos. Queria ter ficado mais tempo.

— Que bom que gostou. Qual delas você prefere: a Catedral de Burgos ou a de León?

— Por dentro a de León é mais bonita, na minha opinião.

— Acredito que seja também a opinião de outras pessoas.

Ela o encarou e disse:

— Obrigada. Eu não teria coragem de fazer aquilo sozinha.

— Imagina, eu também gostei. Simplesmente segui os seus conselhos.

— Que conselhos?

— "Você deveria experimentar."

Daniela sorriu em resposta. De fato ela havia dito isso. E os dois ficaram por mais uns minutinhos dentro da igreja, rindo do que fizeram.

— Está com a mochila?

— Sim, cheguei agora há pouco. Hoje é domingo, tive a minha sessão de terapia no meio da manhã.

— Ah, sim, é verdade.

— Bom, agora vou procurar um albergue e depois fazer as minhas coisas.

— Certo. Ainda vou ficar um pouco aqui dentro, depois vou ao museu ao lado. E também quero passar em uma loja que eu vi do outro lado da praça.

— Pelo jeito seu passeio vai demorar para terminar.

— Sim.

— Então até mais.

— Até mais.

Daniela retomou seu passeio dentro da Catedral, ainda fotografando tudo. Assim que terminou, foi conhecer o museu, depois seguiu para a tal loja e comprou algumas lembranças. Todas muito pequenas, afinal seria mais fácil carregá-las até Santiago de Compostela.

No caminho de volta para o albergue, quase no horário da missa perto dele, encontrou Antonella, que estava indo para o mesmo lugar.

— Olá, Antonella! Tudo bem?

— Sim, e você?

— Estou indo à missa.

— Que missa?

— Na igreja de Nuestra Señora del Mercado, pertinho do nosso albergue.

— Eu passei por essa igreja, mas não prestei atenção no horário da missa.

— Vai começar em dez minutinhos. Quer vir junto?

— Lógico, e depois podemos jantar juntas. Eu vi que tem um barzinho bem na frente do albergue. Você reparou?

— Não reparei, mas podemos, sim, ir. Já estou começando a ficar com fome.

E assim as duas seguiram para a igreja. No fim da celebração, o padre fez uma bênção para os peregrinos e contou um pouco da história da igreja e dos elementos do retábulo maior, que ficava atrás do altar. Quando terminou, perguntou quem gostaria de conhecer a sacristia, pois nela havia umas pinturas muito lindas do período renascentista. Daniela e Antonella ficaram animadas para fazer essa visita. E de fato o lugar era lindo, repleto de obras de arte.

Depois, as duas seguiram para o bar e lá encontraram Eduardo e Henrique, os peregrinos brasileiros. Daniela os cumprimentou.

— Oi, meninos.

— Oi, Daniela. Como você está?

— Estou bem. Esta é Antonella, do Chile.

E todos se cumprimentaram.

— Querem comer conosco? Acabamos de chegar, e aqui fora está mais fresco que lá dentro.

Daniela perguntou para Antonella se ela aceitaria, então as duas ficaram. Depois de um tempo de conversa e risos, Francesco se aproximou.

— Daniela, aquele não é o peregrino do outro dia, que você também conhece?

Daniela, que estava de costas para a rua, se virou para ver.

— Sim, é o Francesco.

— Veja se ele quer jantar conosco, assim não fica sozinho.

E foi na direção dele, apontou para a mesa em que estavam e avisou que já iam pedir alguma coisa para comer.

— Vou, sim.

E ele se juntou aos demais. Na sequência chegou o atendente para anotar os pedidos. À mesa estavam cinco peregrinos com idades próximas, trocando experiências e rindo bastante. Era uma conversa muito animada.

Francesco reparou que em um canto havia uma mesa com quatro homens tomando cerveja. Um deles não tirava os olhos da mesa deles, com interesse especial em Daniela e Antonella.

Meia hora depois as refeições chegaram, e pediram mais suco, água e refrigerante para acompanhar. Assim que chegaram as bebidas, Daniela percebeu que a dela estava faltando. Ela ficou esperando mais um pouco, mas começou a demorar muito. Olhando em volta, ela viu que o bar estava cheio, poderia ter acontecido alguma coisa. Até que resolveu se levantar para perguntar.

Francesco se propôs a ir ao bar pedir seu suco, mas ela disse que não precisava, que iria até lá sem problemas. Tinha visto outros peregrinos lá, e talvez ao menos um deles fosse conhecido; assim já iria cumprimentar a pessoa no caminho até o bar.

De fato, era Martina que estava sentada sozinha. Havia entrado pela outra porta, e por isso as duas não tinham se visto antes. Daniela conversou um pouco com ela e se dirigiu ao balcão. Explicou que havia pedido um suco, e queria saber se estava registrado e se iria ser servido. O rapaz do balcão conferiu a comanda e viu que não tinham registrado, e pediu desculpas. Daniela disse que não tinha problemas e pediu para providenciar.

Nesse meio-tempo, o homem da mesa no canto, aquele que não parava de olhar para ela, se aproximou. Um pouco alterado depois de algumas cervejas, ele foi colocando a mão no cabelo dela, e Daniela se esquivou.

Francesco percebeu que o homem havia se levantado e fez o mesmo, seguindo-o. Passou por Martina, mas nem viu que ela estava ali. Chegou perto de Daniela praticamente junto com o homem.

— Acho que ela já deu a entender que não quer sua companhia.

— Não se preocupe, Francesco. Ele só está um pouco alterado.

Quando o homem olhou para ela de cima a baixo e colocou as mãos em seu braço, Daniela se afastou mais uma vez. O homem tentou tocá-la de novo, e então Francesco o afastou e deu um soco nele, derrubando-o no chão.

Daniela se assustou com a fúria de Francesco. Dois amigos do homem chegaram para ver o que estava acontecendo, e Francesco os avisou, sem medo:

— É melhor levá-lo para casa. Ele está passando dos limites por aqui.

Em seguida Daniela viu Francesco pegar uma nota de cinquenta euros e dizer para o atendente:

— Peço desculpas pelo incidente. Aqui está o que corresponde às nossas duas refeições, da mesa catorze. Pode ficar com o troco.

Ele pegou Daniela pelo braço e a tirou do bar, levando-a até perto da mesa lá fora.

— Queridos, acho que já está na minha hora. Vou me recolher — Francesco anunciou. Ele olhou para Daniela: — Quer que eu te acompanhe até o seu albergue?

Daniela, ainda confusa, respondeu que sim. Como iria dizer "não" para alguém que havia, como dizer, acabado de defender sua virtude? Ela foi se afastando com ele, se despedindo de todos.

— Onde é o seu albergue?

— Ali, contornando o bar.

Quando chegaram à porta, ela disse:

— Tem bancos ali dentro. Quer sentar um pouco?

— Não, obrigado. Já estou indo.

— Deixa eu ver a sua mão?

Daniela segurou a mão dele. Ele também ficou olhando sua própria mão, mas a tranquilizou:

— Não foi nada.

— Tem certeza?

— Tenho.

— Obrigada, Francesco. Talvez não fosse caso de fazer tanto, mas obrigada mesmo assim.

— É que me tira do sério essa questão da bebida, só isso.

E assim os dois se despediram, ela entrou em seu albergue e ele seguiu para o dele.

15h50

Daniela começa a ficar com fome de novo, mas, olhando para o relógio, vê que ainda é cedo. Ela pretende enrolar até perto das cinco, quando vai assar pão de queijo e fazer um café com leite. Vai jantar por volta das oito.

E continua olhando as fotos. Agora elas retratam o trecho entre Rabanal del Camino e Molinaseca. Nesse dia ela e Francesco passaram pela cruz de ferro, um ponto significativo do Caminho. Foi onde ele a abraçou.

·························✽·························

Daniela voltou a caminhar por um terreno íngreme e bem irregular, cheio de pedras soltas, o que sempre era muito ruim, pois a atenção precisava ser redobrada. O lado bom era que, à medida que ia subindo, se deliciava com a vista das montanhas e das demais paisagens do entorno.

Pouco tempo depois começou a enxergar o primeiro vilarejo do dia, lá em cima, Foncebadón. Pelos seus cálculos, ela estava a cinco quilômetros de onde havia partido. Logo na entrada do vilarejo a pavimentação era diferente, e havia uma cruz de madeira bem no meio do caminho, uma espécie de monumento.

Ela seguiu tirando suas fotos e voltou a caminhar em terra batida. O caminho era uma subida, pois Foncebadón ficava no meio do morro. Daniela estava sem fome, por isso passou direto e seguiu seu caminho.

Agora a vegetação era mais fechada. Havia muitas flores de cores variadas, o que deixou o percurso bonito por um bom tempo.

A subida parecia que não ia acabar nunca, e Daniela precisava fazer pequenas paradas para descansar, tomar água e repor a energia.

Numa dessas pausas, ela se demorou um pouco mais admirando a vista espetacular. As flores tinham cores e tamanhos diferentes, uma mais linda que a outra. Não contente em guardar aquelas imagens na lembrança, ela fotografou tudo.

Daniela não percebeu que Francesco vinha logo atrás. Reconhecendo a mochila dela, ele se apressou para alcançá-la.

— Você por aqui?

— Oi, Francesco. Essa subida está bem cansativa. Ainda bem que nós temos os bastões.

— Sim, eles ajudam bastante.

— Eu estava olhando as flores. Aqui em cima parece que elas são até mais lindas.

— Hoje é o dia das flores no Caminho. São muitas.

— Está lindo demais.

Os dois seguiram caminhando e começaram a avistar a cruz de ferro no horizonte.

— O que será aquela enorme pilha de pedra? — perguntou ele.

— É a cruz de ferro do Caminho.

— Cruz de ferro?

— Sim, um dos pontos mais significativos e emocionantes do Caminho.

— Por quê?

— Diz a tradição — continuou Daniela — que você deve trazer, ou seja, carregar uma pedra desde o seu local de origem e deixar ao pé da cruz.

— Sério? Mas por quê?

— Porque a pedra significa tudo de ruim na sua vida. Você deixa ela aqui e pede proteção para o resto do seu caminho.

— Eu não sabia.

— Eu li antes de vir que as pessoas deixam outros objetos também. Tem gente que deixa as cinzas de alguém que foi muito amado. E alguns deixam pedras que simbolizam situações positivas, por exemplo, família, amigos, trabalho, enfim, como uma forma de agradecer pelas coisas boas da vida delas.

— E você, trouxe a sua pedra? — ele quis saber.

— Sim, estou carregando comigo.

— Você trouxe do Brasil?

— Sim.

— Sério? E o que essa pedra representa para você?

— Bom, eu acredito que nós sempre temos os dois lados, as coisas boas e as coisas ruins, certo?

— Certo.

— Então, em um dos lados da minha pedra eu escrevi DANIELA E FAMÍLIA. Esse é o meu lado bom. Do outro lado eu não escrevi nada, mas ele representa as coisas ruins que eu trago comigo e que gostaria de deixar aqui antes de seguir em frente com a minha vida.

— Nossa, eu não sabia. Não trouxe nada.

Francesco ficou pensando em sua família, que era tudo que ele tinha de bom, suas raízes. Também pensou na carreira que amava. Se pudesse, deixaria ali o episódio da bebida e das drogas e tudo que ele ocasionou. Mas ele estava triste por não saber desse detalhe. E quando os dois perceberam já estavam chegando à cruz de ferro, praticamente aos pés dela.

Daniela apoiou sua mochila no chão, junto com os bastões de caminhada, encostados em uma cerca de madeira a uns dez metros da cruz. Ela tirou sua pedra de dentro da mochila. Francesco ficou observando. Ela se virou para ele.

— Eu sei que você tem uma caneta. Me empresta, por favor?

Francesco pegou a caneta na mochila e a entregou. Daniela então complementou a anotação na lateral da pedra: DANIELA/FRANCESCO E FAMÍLIAS.

— Pronto. Agora você já tem alguma coisa para deixar aqui.

Ela devolveu a caneta a ele, que a encarou, confuso. Estava compartilhando com ele a sua pedra, e com isso estavam contidas alegrias e tristezas. Um gesto tão simples e ao mesmo tempo tão generoso.

— Segure a pedra. Vamos colocar lá na base.

Francesco segurou a pedra, e os dois começaram a subir. Daniela avançou mais alguns passos e percebeu que ele havia parado, então se virou e o chamou:

— Venha, suba comigo. Vai ser importante para você também.

Ela estendeu a mão para ele, os dois subiram de mãos dadas, ela mais à frente, ele sendo puxado de certa forma. À medida que iam subindo, sentiam a energia que emanava do monte de pedras ao pé da cruz. Quando chegaram à parte mais alta da pilha, bem na base da cruz de ferro, ela disse:

— Vamos deixar a nossa aqui, com nossos nomes virados para cima e a parte ruim para baixo. Cada um faz sua oração ou seu agradecimento, da forma que quiser.

— Combinado.

Os dois se abaixaram e, quando ficaram de joelhos, se entreolharam. Juntos depositaram a pedra entre tantas outras que também traziam suas histórias sejam de dor ou de alegria. Ambos estavam emocionados pelo que estavam deixando ali, e fizeram suas orações.

Daniela se ajoelhou e não conteve a emoção. Em instantes vieram as primeiras lágrimas, e em seguida ela começou a soluçar. Estava fazendo a despedida que até então nunca tivera coragem de fazer. Mas já estava na hora. Ela dava o passo que precisava dar para seguir com sua vida.

Francesco terminou sua oração e seus agradecimentos. Vendo-a ali praticamente em pedaços, ele se levantou, colocou-se ao lado dela e simplesmente a abraçou e a embalou em seus braços. Queria poder dizer alguma coisa, mas não sabia o quê, então apenas a abraçou. Queria pelo menos ajudá-la a carregar sua dor.

Ficaram assim por um minuto ou mais, até que ela começou a se acalmar, enxugou as lágrimas e se levantou. Os dois começaram a descer do monte de pedras e a voltar para perto das mochilas. Sem dizer nada, se sentaram e ficaram em silêncio por um bom tempo. Daniela foi quem falou primeiro:

— Obrigada. Eu sabia que ia ser difícil, só não sabia que seria tanto.
— Imagina.
— Já vamos voltar a caminhar. Eu só preciso tomar um gole d'água, e queria tirar umas fotos.
— Tudo bem.

Depois que ela fotografou o entorno, incluindo uma igrejinha mais ao lado, os dois pegaram suas mochilas, os bastões e voltaram a caminhar. Ainda teriam um pouco de subida até começarem a descer em direção aos próximos vilarejos.

Caminhavam em silêncio, fazendo companhia um ao outro apenas. Daniela ainda estava imersa em seus pensamentos, assim como ele. Como estavam em uma parte bem alta, lá no horizonte dava para ver novamente os aerogeradores, inúmeros, um ao lado do outro, preenchendo toda a paisagem.

As setas os encaminharam para um trecho dentro da montanha, uma espécie de bosque, e depois voltaram a caminhar na parte mais alta do morro. A paisagem era cada vez mais bonita até onde se via, fazendo lembrar a vista dos Pirineus.

Em seu silêncio, Daniela pensava no conforto do abraço que recebera. Queria ter podido ficar mais um tempo naquele abraço. A presença de Francesco lhe passava segurança e a fazia ser forte. Em seguida veio à sua mente parte da letra da música "Dentro de um abraço", do Jota Quest. Pois foi exatamente o que ela sentiu na hora: "O melhor lugar do mundo é dentro de um abraço".

As flores começaram a aparecer novamente, agora não tão perto deles, mas sempre margeando o asfalto. Eles estavam quase em silêncio, falando apenas o básico: Está tudo bem? Quer descansar um pouco? E assim foram seguindo, contemplando a belíssima paisagem ao redor.

Quando começaram a descer, entraram em um trecho de terra com pedras grandes e soltas, e eles se juntaram a vários outros peregrinos que andavam por ali. De vez em quando uma pequena subida, depois mais descidas, e no horizonte eles começaram a visualizar a Ponferrada, uma grande cidade por onde passariam no outro dia; dormiriam em um vilarejo primeiro.

Cruzaram o asfalto e começaram a avistar El Acebo, bem no meio das montanhas, e para lá se dirigiram. Alguns minutos depois estavam entrando no vilarejo, e Francesco perguntou:

— Está com fome?

— Estou, e você?

— Eu também. Nós podíamos encontrar um lugar para comer e descansar um pouco. O que você acha?

— Acho uma boa ideia.

O vilarejo oferecia algumas opções. Francesco escolheu um lugar de menor movimento e os dois entraram, fizeram seus pedidos e foram se sentar. Daniela aos poucos já estava mais comunicativa, e a conversa entre eles voltava com assuntos mais casuais e rotineiros.

Enquanto apreciavam seus lanches, ela pegou seu material de apoio para ver exatamente onde estavam e quantos quilômetros faltavam. Até que apontou para a página.

— Estamos bem aqui. Temos só descida pela frente. Vamos passar por este vilarejo, Riegos de Ambrós e depois Molinaseca, mais ou menos uns sete quilômetros. O que você acha?

— Da minha parte, tudo bem.

— Certo. Eu já terminei. Só preciso comprar mais uma água e ir ao banheiro.

— Eu também. Vou comprar mais uma água.

Depois de tudo pronto, colocaram as mochilas nas costas, pegaram os bastões e voltaram para o Caminho, agora conversando mais. Foi ela que puxou conversa:

— Deve ser muito frio aqui no inverno!

— Com certeza. No Brasil neva?
— Sim, em algumas cidades do Sul.
— É onde você mora?
— Não, eu moro na região Sudeste, em São Paulo. No inverno é frio, eventualmente pode nevar em algumas cidades, mas é muito raro.
— E você já viu a neve?
— Só por foto. Mas você já, certo?
— Sim, todo ano. Gostaria de conhecer de pertinho? — ele perguntou.
— Quem sabe um dia. Quem não gostaria? É a mesma coisa de poder conhecer a praia. Muitas pessoas não conhecem, né?
— Verdade.

Os dois foram se despedindo de El Acebo, e Daniela tirou as últimas fotos do vilarejo.

Voltaram a caminhar no asfalto, mas ainda contemplando uma linda paisagem. E assim foram se distanciando do vilarejo, em direção ao próximo. De repente as setas orientaram os peregrinos a sair do asfalto e entrar em uma estrada de terra batida, uma trilha no meio do morro. Francesco e Daniela passaram em frente a propriedades rurais, e quando perceberam já estavam entrando em Riegos de Ambrós, ou seja, dos sete quilômetros, já haviam percorrido uns três.

Saíram do último vilarejo e voltaram à trilha de terra batida em direção a uma mata, e por ela foram entrando. O clima ficou mais úmido, alguns trechos tinham barro. E depois voltaram a caminhar por um lugar mais aberto.

De novo no asfalto, cruzaram a rodovia e de repente entraram em outra trilha. O Caminho começou a ficar mais difícil, pois o solo era bem irregular, com pedras grandes soltas. Foi em uma delas que Francesco escorregou, e dessa vez foi ele quem caiu. Tentando se apoiar, ele acabou cortando o antebraço e machucando o ombro. Daniela ouviu o barulho e, quando se virou para trás, já o viu sentado no chão.

— Você está bem?
— Droga, eu me descuidei e não vi a pedra solta.

— Eu vou te ajudar, espere aí.
— Acho que só foi um arranhão. — Ele mostrou o corte no antebraço, que estava sangrando.
— Está doendo em mais algum lugar?
— O ombro. Meio que caí em cima dele.
— Me deixe ver.
Dando a volta por ele, Daniela viu que a camiseta dele estava rasgada.
— Está sangrando também. Vamos ver isso.
Daniela deixou sua mochila mais ao lado, ajudou Francesco a tirar a dele e colocou-a junto com a dela.
— Você tem uma bolsa de remédios?
— Tenho, sim. Está dentro da mochila. Pode pegar, está mais ou menos em cima. É uma bolsinha azul.
— OK.
Com a bolsinha dele em mãos, ela foi vendo o que ele tinha ali dentro.
— Vamos precisar desses dois aqui para o primeiro corte. Daqui a pouco vemos o do ombro, certo?
O corte do braço ficava em uma posição difícil para ele mesmo fazer seu curativo, então ele só podia ajudar deixando o braço erguido para que ela pudesse limpar, passar a pomada e proteger com gaze e esparadrapo.
— Pronto, agora vamos ver o ombro. Você vai precisar tirar a camiseta.
— Tudo bem.
Francesco naturalmente tirou a camiseta, enquanto ela foi até sua própria mochila para pegar gaze, pois a dele tinha acabado. Quando voltou, não pôde deixar de reparar em seu peito bem definido, nos braços fortes, na tatuagem que ele tinha na parte interna do bíceps. Chegou a se perder nessa paisagem por alguns segundos, até se lembrar do que tinha que fazer. Então, discretamente desviou o olhar.
— Fui pegar outra gaze. A sua acabou.
— Tudo bem.

Com cuidado, ela limpou o ferimento, passou pomada e começou a fazer o curativo.

— Rasgou a minha camiseta.

— Sim, eu vi, mas não se preocupe. Eu tenho um kit de costura pequeno aqui. Quando chegarmos em Molinaseca você me dá que eu conserto. Foi bem perto da costura da manga, então não está difícil. Vai ficar novinha de novo, mas agora com marcas de guerra.

— O que mais você traz aí nessa mochila?

— Não mais que isso. Meu sofá e minha geladeira não couberam.

E os dois começaram a rir.

— Pronto, missão cumprida. Pode se vestir.

— Muito obrigado.

— Imagina.

Assim que recolheram tudo, retomaram a caminhada. Depois entraram em um trecho não mais de terra batida e pedras soltas, mas de rocha. Estavam andando literalmente sobre uma rocha.

— Essa parte está bem mais difícil que as outras?

— Sim, mas acredito que já estamos chegando. Já estou vendo alguns telhados.

— Maravilha.

Pouco tempo depois voltaram para a terra batida e em seguida entraram no asfalto novamente. Já estavam na entrada de Molinaseca, e pelo asfalto foram entrando no vilarejo.

O lugar parecia bem charmoso. Logo na entrada havia uma igreja construída de pedras, que estava fechada, então Daniela só conseguiu tirar fotos do seu exterior. Em seguida passaram pela Puente de los Peregrinos, de características românicas, sobre o rio Meruelo, e seguiram para a rua principal, cruzando o vilarejo.

Eles viram uma praça, uma mercearia e bares, até que Francesco perguntou:

— Onde você vai ficar?

— Pelo que eu vi no meu material, o albergue municipal fica depois do vilarejo.

— Eu vou ver um albergue ou uma pousada por aqui, fique também. Assim nós vamos estar pertinho de tudo — disse ele, na esperança de ela concordar.

— Pode ser. Eu estava pensando mesmo em ficar em um quarto sozinha hoje.

— OK, então vamos encontrar um lugar por aqui.

Caminhando mais um pouco pela rua principal, os dois encontraram um albergue privado e entraram. Como havia dois quartos disponíveis, ali eles ficaram. Receberam seus carimbos e, antes de cada um ir para seu quarto descansar, ele perguntou:

— Você precisa de alguma coisa?

— Não, obrigada. Eu vou descansar, depois vou rapidinho comprar algumas coisas e provavelmente vou ficar por aqui mesmo.

— Tudo bem. Precisando, estarei no quarto ao lado.

— Combinado.

E, antes de fecharem as portas dos quartos, Daniela chamou:

— Francesco.

— Diga.

— Obrigada por hoje de manhã!

Francesco retribuiu carinhosamente com um sorriso, e ambos foram descansar. Depois não se falaram mais. Francesco a viu saindo e logo voltando com uma sacola. Provavelmente ela havia passado na farmácia e na mercearia e comprado alguns itens a mais para jantar no quarto.

Deitada, Daniela ficou pensando nos acontecimentos do dia. Principalmente os do final da tarde. Além de ter visto a tatuagem, que era linda, por sinal, ao fazer o curativo nele, ela havia percebido pequenas cicatrizes. Provavelmente eram os cortes que ele ganhara no dia da crise. Daniela sentia uma espécie de calor ao pensar nele sem camiseta na sua frente. Chegou a imaginar outras coisas, mas afastou essa ideia louca, tomou um gole de sua água e tentou dormir.

16h30

Daniela olha novamente no relógio e vê que está na hora de colocar os pãezinhos de queijo no forno. Eles levam uns quarenta minutos para assar. Então ela se levanta para ir mexer com eles. Até ficarem prontos, já seria perto das cinco e meia.

Ela liga o forno e coloca uns dez pãezinhos na fôrma. Nesse momento se lembra do dia em que ela e Francesco viram o nascer do sol juntos, no trecho que fizeram de O Cebreiro até Triacastela. No final desse mesmo dia aconteceu o beijo. Sem perceber, ela passa a ponta dos dedos nos lábios e abre um sorriso.

O trajeto prometia ser mais tranquilo que o do dia anterior. Seria mais curto também e passaria por três vilarejos antes dos dez quilômetros. Com certeza em um deles ambos conseguiriam tomar café da manhã.

Daniela se agasalhou e, quando terminou de se organizar, foi até o local combinado com Francesco para aguardá-lo. Assim que chegou, viu que o relógio marcava 6h12, então se sentou e ficou esperando. Outros peregrinos já passavam por ela, iniciando seus Caminhos.

Ela então ouviu duas vozes um pouco distantes.

— *Buen Camiño*.

— *Buen Camiño* para você também.

Uma das vozes era de Francesco, cumprimentando outro peregrino. Ela então pensou consigo: "Não é que ele acordou cedo mesmo?". Até que ele apareceu ao lado dela.

— Bom dia!

— Bom dia. E aí, animado?

— Sempre. Vamos ver o nascer do sol sentados aqui ou caminhando?

— Caminhando — ela respondeu. — Vamos pôr o pé na estrada.

— OK.

Daniela colocou sua mochila nas costas, e os dois partiram.

— Tem muita gente que começa cedo, não? — ele comentou.

— Sim. E eu sempre lembro do que a minha amiga me falou quando eu e ela estávamos conversando sobre o Caminho. Ela disse que até podíamos vir sozinhos, mas sempre estaríamos acompanhados.

— É verdade. E o número de peregrinos aumentou. Você reparou?

— Sim. Alguns Caminhos vão se encontrando daqui para a frente, e tem muitas pessoas que iniciam de algumas cidades próximas, por exemplo, de Astorga, por onde nós já passamos, ou de Sarria, por onde ainda vamos passar — explicou Daniela.

Mais ou menos vinte minutos depois de saírem, o sol começou a surgir no horizonte. Daniela adorava esse momento. Eles andavam em uma estrada de terra batida, e depois a sinalização os direcionou para uma trilha. A paisagem era impressionante.

— Eu descobri que esse é o horário em que eu mais gosto de fazer as minhas reflexões — ela confidenciou.

— E quanto às respostas que você veio procurar? Valeu a pena o Caminho? Era isso que você esperava dele?

— Sim e não — ela respondeu.

— Como assim?

— Sim porque eu já tenho muitas das minhas respostas. E não porque, por mais que nós possamos estudar e nos preparar para o Caminho, quando chegamos aqui, ele é completamente subjetivo. O que eu gostei, ou o que eu aprendi, você pode não ter gostado ou não aprendido, e vice-versa.

— Com certeza. As pessoas reagem à mesma situação de formas diferentes. Dependendo das nossas experiências anteriores, o que nós vivemos aqui pode ser positivo ou não.

— Isso mesmo.

— Eu gosto de pensar sempre que tudo acontece dentro do nosso tempo.

— Uma coisa é certa: eu cheguei de um jeito e vou embora de outro.

— Eu também. Mudando de assunto, vou fazer uma pergunta — disse Francesco.

— Diga.

— Quando chegamos na cruz de ferro, você pediu a minha caneta. Você tem uma caneta que eu sei.

— Eu pedi a sua porque você trouxe ela de casa, ou seja, você tem carregado a sua caneta desde o início, assim como eu fiz com a pedra, entendeu?

— Entendi.

— Foi por isso.

A estrada de terra cruzou uma área arborizada. Depois começou um trecho de asfalto. Quando perceberam, estavam vendo o primeiro vilarejo do dia, Liñares, mas, como era muito cedo, não conseguiram encontrar um lugar para tomar o café da manhã. Assim, eles seguiram caminhando.

Daniela não perdeu a oportunidade e foi tirando suas fotografias. Eles não estavam cansados e não pararam. Seguiram para o próximo vilarejo.

— Está com fome? Vamos passar por mais dois vilarejos até completarmos os primeiros dez quilômetros.

— Ainda não.

— Acredito que em um deles vamos conseguir parar para descansar e comer. Tudo bem para você?

— Claro.

— Mudando de assunto... — dessa vez foi ela quem disse.

— Sim?

— Estamos a uma semana de chegar em Santiago de Compostela, pelo menos no meu ritmo.

— Nossa! Nem parece que já andamos tudo isso.

— Sim, no final do dia de hoje faltarão menos de cento e doze quilômetros. Eu lembro do primeiro dia como se fosse ontem. — Ela deu um suspiro. — Ao mesmo tempo que eu quero chegar, também não quero.

— Por quê?

— Porque, quando chegarmos lá, vai ser hora de ir embora. Eu não sei quando vou conseguir voltar, então quero aproveitar ao máximo.

— E o que te impede de morar na Europa? — ele questionou.

— Essa é uma boa pergunta.

— Por quê?

— Porque eu não tenho essa resposta. Acho que o meu lugar é no Brasil. Minha família está lá.

— Mas eles podem vir te visitar.

— Sim, eu sei. É que eu nunca pensei, ou nunca me vi morando fora, só isso.

Os dois entraram em um bosque mais fechado, logo em seguida saíram e voltaram para o asfalto em direção ao Alto de San Roque, onde havia um monumento de bronze, bem simbólico. Ele retratava um peregrino de características medievais caminhando contra o vento. Daniela tirou várias fotos dali.

Em seguida, estavam de novo em uma estrada de terra batida ao lado do asfalto, mas em um nível um pouco mais elevado. E seguiram ladeando a rodovia até começarem a avistar o próximo vilarejo, Hospital de la Condesa.

Passaram por ali muito rápido, sem encontrar um lugar para comer. Havia apenas uma bica d'água, e, como cada um ainda tinha a sua garrafa cheia, seguiram caminhando. Passaram em frente a uma igrejinha toda de pedra e algumas residências, todas devidamente fotografadas por Daniela.

Foram conseguir comer alguma coisa no vilarejo seguinte, onde aproveitaram para descansar um pouco. Assim que retomaram o percurso, Francesco comentou:

— Estava pensando na Martina. Como será que ela está? Será que muito atrás de nós?

— Eu não saberia te responder. Espero que ela esteja bem. Eu gostaria de vê-la novamente.

— Ela é uma pessoa encantadora.

— Ela estava em León, no bar, naquele dia. Você a viu?

— Não.

— Eu conversei com ela rapidamente, um pouco antes da confusão — Daniela contou.

— Sinceramente, não a vi.

— Vamos torcer para encontrá-la.

— Eu gostaria.

— Você percebeu que a paisagem está bem diferente? — ela perguntou.

— Que paisagem?

— Aqui na Galícia é bem mais úmido, e a vegetação é mais verde.

— Ah, sim, percebi. Quando nós passamos aquela parte um pouco antes de entrar no vilarejo La Fada, as pedras tinham musgo.

— Eu também reparei. Me senti naqueles filmes medievais, sabe?

Francesco deu risada. Já no meio da tarde, entraram em outro bosque por mais uns vinte minutos e começaram a avistar alguns telhados, mas antes passaram por uma árvore centenária, um castanheiro. Em pouco tempo estavam entrando em Triacastela e avistando não muito longe o albergue municipal.

— Você vai ficar no albergue municipal? — ele quis saber.

— Acho que não. Pelo que eu vi no meu livreto, e pelo que estou vendo agora, ele fica mal localizado.

— Esse seu livreto tem tudo mesmo.

— Sim, ele é muito legal. Parece uma previsão do futuro. Até agora não me deixou na mão.

— Esse livrinho vale ouro.

— Vale mesmo. Foi uma excelente compra.

A sinalização do caminho os conduziu para uma área residencial. Depois eles passaram em frente a uma praça, até que encontraram um bom lugar para ficar, perto de tudo. Rapidamente eles se registraram, receberam seus carimbos e foram descansar e se organizar em seus quartos. O dele ficava no meio do corredor e o dela, no final.

Depois de duas horas, Daniela já estava descansada e tinha tomado banho. Ela então foi passear pela cidade para a sessão de fotos do dia. Assim que viu tudo que queria, aproveitou para comprar alguns itens para o dia seguinte — frutas, chocolate, achocolatado e água. Encontrou um lugar para sentar, mandou algumas mensagens e mexeu em suas fotos; fazia dias que não conseguia.

Francesco ficou em seu quarto. Ele tinha alguns assuntos para resolver por telefone, mas não parava de pensar nela. Esse dia havia sido um dos melhores, pois havia sido passado inteiro com Daniela. Sem querer se dispersar mais, ele saiu rapidinho apenas para jantar, e voltou.

Daniela, por sua vez, terminou de colocar suas tarefas em dia, passou pelo albergue para deixar suas coisas e foi procurar um lugar para jantar. Ela havia visto Francesco caminhando em outra direção, então ele não estaria no quarto. Assim, ela seguiu sozinha para o jantar.

Bem pertinho do albergue, encontrou um lugar e entrou. No menu do peregrino, escolheu a opção com frango e pediu um suco para acompanhar. Enquanto aguardava, ficou mexendo no celular e mandando fotos para sua tia.

A refeição chegou, e Daniela jantou com calma. Ela não resistiu a pedir uma sobremesa de chocolate. Ficou mais uns quinze minutos ali. Estava olhando seu livreto e vendo o que os próximos dias lhe reservavam. Uma olhada no relógio mostrou que já estava na hora de voltar, então ela pagou a conta e voltou para o albergue.

Da janela do seu quarto, Francesco a viu atravessar a rua. Esperou que ela subisse a escada e, vendo que não havia ninguém no corredor, aguardou sua aproximação. Ela estava passando na frente da porta dele quando Francesco a puxou para dentro.

Daniela se assustou com o puxão, mas ficou tranquila quando viu quem tinha sido o autor do susto. Os dois já tinham dividido o quarto antes, afinal, e ele havia se comportado como um cavalheiro, todo respeitoso com ela.

— Que susto, Francesco! O que aconteceu?

Francesco rapidamente encostou a porta e a segurou entre ele e a parede. Olhando intensamente nos olhos dela, começou a falar:

— Eu sei que não devia, porque você está noiva. Mas eu não posso perder essa oportunidade. Faz dias que eu me pego pensando em você. Meu coração só consegue se acalmar quando eu te vejo, mesmo que de longe. Saber que você chegou bem alivia a minha alma e a minha angústia. Eu não quero que nada de ruim te aconteça durante o Caminho.

Sem saber o que fazer, e na verdade sem entender o que se passava, Daniela se limitou a olhar para ele.

— Você chamou a minha atenção desde o dia em que nos conhecemos. Seu jeito alegre e brincalhão com as pessoas, a atenção que você dá para todos, o seu jeito de pensar, sua maneira de ver o mundo, o seu sorriso. Por mais que eu lute contra esse sentimento, que eu não sei o que é, você está nos meus sonhos toda noite. Quando nós dividimos o quarto, eu passei metade da noite te olhando e a outra metade te desejando.

Daniela estava processando tudo o que ouvia dele. Não sabia ao certo o que responder, então disse o que lhe veio à mente:

— Francesco, acredito que você esteja apenas confuso. Peço desculpas se de alguma forma dei a impressão errada a você.

Na verdade ela não estava bem certa se era isso. Francesco também mexia com ela, que estava confusa com seus sentimentos. E ela não conseguia parar de olhar nos olhos dele. Algo a deixava presa ali. Uma parte dela queria ir embora, mas outra queria ficar.

— Eu preciso te beijar.

Francesco foi se aproximando ainda mais dela, e a aproximação dele causou um arrepio em Daniela. Ela não iria tentar evitar o que era inevitável. Ele começou a beijá-la no pescoço, sabendo que Daniela precisava baixar a guarda. Ela ainda brigava com seus sentimentos mas se viu envolvida por ele, pelo seu cheiro, pelo jeito como ele beijava seu pescoço, saboreando cada centímetro de sua pele.

Quando ele percebeu que ela se entregava ao momento, levantou o queixo dela e começou a beijar seu lábio inferior, como se estivesse pedindo autorização para avançar. O passo seguinte foi o lábio superior dela.

Daniela sabia que isso não era correto. Ela estava noiva, bem ou mal tinha um compromisso com outro homem, mas a situação a pegara desprevenida, e o beijo provocava sensações em todo o seu corpo. Era um beijo tímido, terno, carinhoso, mas que despertava o desejo nela também.

Por alguns segundos ela esqueceu quem era, onde estava e se permitiu ser beijada. Sem se dar conta, estava presente e participando do beijo, desejando-o e respondendo às suas carícias na mesma intensidade. Francesco deslizou as mãos pela cintura dela, atraindo-a para mais perto e diminuindo o espaço entre os dois.

Daniela sabia que, se não parasse agora, talvez não conseguisse parar mais. Estava completamente envolvida nos braços dele, sentia o coração acelerado, assim como sentia o dele. Pareciam dois adolescentes desesperados um pelo outro. Depois de alguns minutos, mesmo o desejando, ela conseguiu afastá-lo o suficiente para parar com o beijo. Eles precisavam se acalmar.

— Desculpe, Francesco. Eu não posso mais do que isso. Não é correto.

Então saiu do quarto, sem olhar para trás, deixando-o ainda sem fôlego. Francesco passou as mãos pelo cabelo, sem saber se ia atrás dela ou não, nem que fosse para pedir desculpas. Chegou a ir até a porta, onde viu o livreto dela no chão. Provavelmente ela deixara cair no momento em que ele a pegou de surpresa.

Daniela entrou em seu quarto e ficou andando de um lado para o outro para se acalmar, principalmente para entender seus sentimentos, compreender o motivo de o desejar também. Ela sabia que não devia ter deixado as coisas chegarem aonde haviam chegado. O fato era que, assim como ele havia se declarado, dizendo que ela estava em seus pensamentos diariamente, ela pensava nele. Já havia percebido que, quando não se viam em nenhum momento do Caminho, ela ficava triste, como se estivesse faltando alguma coisa.

Francesco decidiu não ir atrás de Daniela. Achou melhor esperar até o dia seguinte. Ele tentaria encontrar com ela durante o Caminho, para pedir desculpas e devolver o livreto. Ele não conseguia parar de pensar no beijo, e mais ainda no que ela havia dito: "Desculpe, Francesco. Eu não posso mais do que isso. Não é correto". O que ela tinha querido dizer com "não posso mais do que isso"? O que significaria? Que ela o desejava também, mas, por estar comprometida com outro homem, não podia se envolver?

Que mulher era essa? Além de todas as outras qualidades, tinha princípios e virtudes. Francesco mais do que nunca a desejava, e de repente se pegou com raiva e com ciúme de um homem que nem sequer conhecia, mas que a tinha. Se ao menos ela desse um sinal, uma oportunidade, ele lutaria por ela, pois valeria a pena. Se pudesse, casaria com ela, a protegeria e a amaria todos os dias.

Francesco sabia que ela não o conhecia nem imaginava quem era. Nem de longe ela se parecia com as outras mulheres que cruzaram sua vida. Quantas mulheres haviam descido bem baixo somente para se beneficiar com essa aproximação? Daniela era simplesmente Daniela. Era única.

Sem conseguir dormir, ele resolveu dar uma olhadinha no livreto. Descobriu que os dados dela estavam anotados na primeira folha: nome completo, celular e endereço. Notou que ela vinha anotando tudo nele, desde o início do Caminho, todos os lugares onde ficara. Havia anotado também os lugares onde pretendia se hospedar. Ou seja, esse livreto valia muito mais que ouro.

Ainda sem sono, ele pegou um papel e uma caneta e começou a escrever.

No outro quarto, Daniela foi se acalmando, mas o beijo não saía de sua mente. Aos poucos ela foi colocando os pensamentos em ordem. Viu uma mensagem de Gustavo chegar nesse exato momento, mas com certeza não seria hora de responder; ela não tinha coragem. Responderia no dia seguinte. Daniela decidiu tentar dormir. O dia seguinte seria novo e longo, e ela poderia organizar suas ideias e sentimentos com mais calma.

16h50

Sentada na banqueta, comendo pão de queijo e tomando café com leite, Daniela não pode deixar de lembrar do dia seguinte ao beijo, no trecho de Triacastela até Sárria, da conversa que tiveram e dos versos que ele deixou para ela dentro do livreto. Ela se levanta rapidamente e pega o livreto. De dentro dele, retira o papel escrito com a letra de Francesco.

.... ⚜ ....

Sem seu livreto, Daniela se lembrava apenas de que iria pelo caminho da opção, indo por San Xil, e depois disso seria questão de seguir as setas amarelas. Ela havia comprado frutas e achocolatado e estava tranquila quanto ao café da manhã. Pararia quando desse.

No início da caminhada do dia, tentava evitar pensar no beijo da noite anterior, mas Francesco retornava à sua mente o tempo todo.

Em meia hora mais ou menos, ela chegou a San Xil, ainda no meio do morro do Alto de Riocabo. Era um vilarejo bem sinalizado, mas não havia lugar para comer perto do Caminho. O jeito era continuar o percurso.

O asfalto atravessava uma região alta, e Daniela tinha como companhia uma lindíssima paisagem. Em seguida ela e outros peregrinos saíram para uma estrada de terra batida e depois entraram em um bosque.

Um pouco mais tarde Daniela estava andando entre campos e grandes áreas verdes pela estrada de asfalto. Logo a sinalização direcionou os peregrinos para virar à esquerda e descer por uma estrada de terra. Caminhando no meio da natureza, ela começou a avistar Furela, o próximo vilarejo. Para sua sorte uma das primeiras edificações era um bar, que provavelmente teria comida, bebida e banheiro.

Na lateral do bar havia cadeiras e mesas, voltadas para uma vista maravilhosa. Daniela escolheu um lugar mais no fundo, deixou a mochila e entrou para fazer seu pedido.

Essa parada tinha vindo em boa hora. Daniela estava ficando cansada e com fome, e já imaginava que teria que comer sua fruta pelo caminho. Assim que fez o pedido, voltou até a mochila e, enquanto comia, contemplava a paisagem. Em seu silêncio, pôde retomar alguns pensamentos. Apesar de Gustavo ter dito que os dois estavam bem, ela sabia que não estavam, e a viagem lhe mostrava isso.

Daniela foi se dando conta de que, se sentiu alguma coisa por outro homem, sendo ele Francesco ou não, isso significava que ela já não estava em sintonia com Gustavo.

Quando percebeu, estava chorando, confusa. Apesar de tudo, ela e Gustavo tinham uma história, e Daniela estava revivendo lembranças. Haviam aprendido muito um com o outro.

Sobre o beijo, uma parte dela a culpava e a outra parte, não. Já não sabia o que era certo ou errado, só sabia que Francesco havia despertado um novo sentimento nela e que, no final das contas, ela havia gostado do beijo.

Mas o que pensar dele? Apesar de terem tido muitos momentos juntos durante o Caminho, e de terem dividido alguns assuntos particulares e até íntimos, ele havia sido sempre muito reservado. Ela conhecia apenas uma parte dele, a parte que ele se permitia compartilhar com ela, e que era encantadora, mas quem era ele? Na verdade, seria irreal pensar em algo mais entre os dois, pois um oceano os separava. Assim que voltassem para casa, cada um seguiria com sua vida.

Francesco vinha logo atrás, apesar de ter saído mais tarde. Ele havia demorado para dormir e descansar, e agora vinha andando mais rápido que o normal, procurando por ela em todas as paradas, dentro e fora dos vilarejos por onde passava. Mostrava-se nervoso e ansioso, até o momento sem notícias dela. Estava percorrendo o Caminho que ela havia marcado em seu livreto, então uma hora ou outra teria que encontrá-la.

Quando começou a avistar umas edificações e viu de longe uma movimentação de peregrinos entrando e saindo de um bar, Francesco se animou: ela poderia estar ali dentro. Quando entrou no estabelecimento não a viu, mas, saindo para continuar sua procura, percebeu que ao lado havia mesas e cadeiras. Ela estava ali no canto, sozinha. Aquilo lhe pareceu estranho, pois Daniela sempre estava conversando com alguém.

Assim que se aproximou, um pequeno grupo de peregrinos estava saindo. Nenhum conhecido a princípio, pelo que ele podia observar. Ela estava em uma mesa distante, perto de duas outras peregrinas que haviam chegado fazia pouco.

Francesco não sabia se falava com ela ou não. Caso o fizesse, como seria? Criou coragem e, ao chegar mais perto, viu que ela estava envolvida em pensamentos, olhando para sua aliança. Parecia confusa e chorava. Ele criou coragem para falar quando a viu secar algumas lágrimas discretamente.

— Posso sentar ao seu lado?

Surpresa, ela se virou para ele.

— Acho que hoje eu não vou ser uma boa companhia. Eu gostaria de ficar sozinha.

Mesmo recebendo uma resposta negativa, Francesco se sentou.

— Eu gostaria de me desculpar. Não devia ter te beijado. Mas foi uma coisa que cresceu a cada dia. Não é difícil se apaixonar por você. Você é encantadora. Mas eu prometo não te beijar novamente, a não ser que você me peça.

Ela enxugou as lágrimas mais uma vez.

— Francesco, nós dois sabemos que não era só você que estava naquele beijo. Eu me deixei levar. Deveria ter parado antes. Eu que peço desculpas.

— Daniela, meus sentimentos por você são verdadeiros. Eu sei que o seu coração está com outra pessoa, mas, se você me permitir ser seu amigo, eu gostaria muito. Eu te considero uma grande amiga. Você é uma pessoa muito especial para mim.

— Eu não sei o que falar. Estou confusa com o momento que estou passando. Preciso colocar em ordem tudo que me vem à mente. — Respirando fundo, ela continuou: — Mesmo eu não estando bem no meu noivado, isso não justifica o meu comportamento. Eu não posso sair beijando outros homens; não vim aqui para ter uma aventura. Então eu me sinto culpada, porque fui contra os meus princípios e tudo o que eu prezo. Eu devo fazer o que é correto, e o que eu fiz não foi. Eu sei que, quando acabarmos os nossos Caminhos, cada um vai seguir a sua vida e o seu destino, então é melhor pararmos por aqui e continuarmos como estávamos.

— Daniela, eu gostaria de te contar quem eu...

— Francesco, eu realmente gostaria de ficar sozinha. Tenho certeza que amanhã vai ser um dia melhor. Tudo bem?

— Sim, lógico. Eu gostaria pelo menos de devolver o seu livreto. Ele ficou comigo ontem.

— Obrigada.

— Por favor, não se sinta assim. A culpa não foi sua. — Ele se levantou e se despediu. — Espero ao menos ver você chegando mais tarde. Se cuide pelo Caminho.

Daniela ficou ali por mais alguns minutos, comeu o chocolate que ainda tinha na mochila e em seguida começou a se organizar para continuar o percurso. Juntou suas coisas e, quando ia guardar o livreto, uma folha dobrada caiu de dentro dele. A princípio ela achou que era uma das informações que recebera na Oficina do Peregrino, em Saint Jean Pied de Port. Mas não era; era uma folha nova. Daniela a pegou e começou a ler.

Era praticamente uma declaração de amor. Francesco colocou em versos o que sentia de uma forma tão linda. Dizia que havia pedido por ela ao Universo, que ele já a amava sem conhecê-la. E que se rendeu ao seu encanto.

Depois de ler e reler mais duas vezes, Daniela ficou paralisada, perdida em seus sentimentos. Novamente a pergunta: *Quem seria Francesco? Como não se apaixonar por um homem desses?* Guardando tudo na mochila, ela a colocou nas costas e seguiu seu Caminho.

Mais ou menos uma hora depois, ela começou a avistar no horizonte Sárria, e foi diminuindo a distância. Assim que entrou na cidade, não ficou procurando por ele, mas sabia que de uma forma ou outra estaria em algum lugar esperando para vê-la chegar. E, por incrível que pareça, ela se sentiu protegida.

17h20

Assim que termina de comer, ela lava a louça e arruma a cozinha. A ideia era voltar para o computador para ver mais algumas fotos antes de ir tomar um banho, mas Daniela olha para a pilha de jornais e para as duas revistas em cima da mesa.

Ela então se lembra da revista que comprou em umas das paradas no Caminho; no trecho de Sárria até Portomarín que está dentro de umas das sacolas. Ela a procura e olha para as fotos da capa. Foi o dia em que ela descobriu quem era Francesco.

Já era começo da manhã quando ela passou por uma ponte de pedra, bem antiga, pelo que conseguiu observar. Era a Ponte Áspera, sobre o rio Celeiro. Junto com outros peregrinos, Daniela continuou a deixar a cidade para trás. Mais adiante passou a caminhar ao lado do trilho de trem, na parte mais baixa, em seguida cruzou os trilhos para o outro lado, perto de onde estava caminhando, e avistou a enorme estrutura de um viaduto feito de concreto armado.

Ela entrou no bosque e por ele caminhou um pouco, depois voltou a caminhar por grandes áreas verdes. Logo em seguida avistou e passou pelo vilarejo de Barbadelo, sempre tirando suas fotos. Voltando ao asfalto, uma via local entre as vilas, a sinalização conduziu os peregrinos para uma trilha.

Sempre que havia uma bifurcação, o Caminho era bem sinalizado, e Daniela seguiu em frente. Em menos de cinquenta minutos, estava passando por mais uma vila, Peruscallo.

Pelo visto o dia passaria rápido, com tantas distrações na paisagem. Ela passou em frente a outro bar, mas, como não estava cansada, prosseguiu. Mal saiu de uma vila, já estava entrando em outra: Cortiñas, e por ela passou, fazendo seus registros fotográficos.

Na sequência, veio A Brea, e mais à frente Morgade. Dessa vez ela parou em um bar para comprar uma garrafa de água; já havia terminado a sua e estava mais ou menos na metade do percurso.

Quando se dirigiu ao caixa, Daniela viu jornais e revistas. A capa de uma delas, chamada *Estrellas y Estrellas*, chamou a atenção. Ela havia reconhecido o local; era em León, especificamente no bar onde jantara. Tinha reconhecido principalmente as pessoas. Ela, Daniela, estava na foto, e não em uma, em três delas, uma grande e duas menores. Rapidamente leu a chamada da reportagem: "Após dias sem dar notícias, Giovanni Rossi é visto em clima de romance com sua nova conquista".

Ela comprou a revista junto com a água e foi para um canto para entender do que se tratava. A foto maior era dela segurando a mão de Francesco, e as outras menores, dela junto com ele e os outros peregrinos conversando à mesa do lado de fora. A terceira foto era dela caminhando ao lado dele.

Instintivamente ela pegou seu celular, viu que tinha sinal de internet e digitou o nome que estava na capa: Giovanni Rossi. Apareceram diversas fotos de Francesco, e ela descobriu que ele era um cantor muito famoso e premiado na Europa. Leu a biografia dele, em seguida entrou no YouTube e assistiu a um de seus clipes, uma música qualquer, gravada em uma de suas turnês.

Daniela não sabia o que pensar; só sabia que devia sair dali, queria estar sozinha e pensar no que havia descoberto. A pergunta que não deixava sua mente era "por que ele omitiu essa informação?". Enquanto saía do bar, com a revista na mão, ela viu Francesco se aproximando.

Francesco caminhou até ela com um sorriso que foi mudando à medida que ele olhava para sua expressão séria. Ela então jogou a revista para ele.

— Acho que você vai gostar de ler isso aqui.

Ela passou por ele e continuou caminhando, deixando-o sem saber exatamente do que se tratava, até que ele leu a capa da revista. Havia sido reconhecido.

Daniela continuou andando e mexendo no celular. Francesco rapidamente leu a matéria, fez um telefonema e foi atrás dela, alcançando-a no meio do caminho.

— Daniela, eu gostaria de explicar.

— Você não precisa explicar nada.

— Por favor.

— Acabei de pesquisar sobre você na internet. Já tenho as minhas respostas.

— Por favor, Daniela, me deixa explicar.

— E como você quer que eu te chame, Francesco ou Giovanni?

— Francesco.

— Tudo bem, estou te ouvindo, Francesco.

— Podemos parar ali? — Ele apontou para um lugar que julgou ser adequado para conversarem.

— Não consegue falar andando? — ela retrucou.

— Por favor, Daniela...

Ela suspirou.

— Tudo bem.

Os dois estavam em uma parada de descanso, então procuraram uma mesa com bancos mais afastada. Deixaram as mochilas em um canto em cima da mesa, Francesco deixou a revista de lado também e os dois se sentaram no banco.

— O que você gostaria de dizer?

— Primeiro, me desculpe por te expor. Nunca foi a minha intenção. Ontem eu tentei te dizer quem eu era, mas você não deixou.

— Com certeza você teve outras oportunidades para falar.

— Por isso eu não ficava em albergues grandes, e por isso eu me escondia nas grandes cidades. Ontem eu fiquei esperando você chegar em Sárria, vi você entrando no albergue, mas, como tinha muito movimento, passei adiante e vim procurar um albergue privado em Barbadelo.

— Agora está bem mais claro.

— Acabei me arriscando em León, e não me arrependo. Não estava nos meus planos ser descoberto; estava tudo indo perfeitamente bem.

— E a parte de brincar com os sentimentos das pessoas, também estava indo perfeitamente bem?

— Não! Tudo que eu te disse é verdade. Você foi a melhor coisa que me aconteceu aqui.

— Francesco, você realmente não precisa explicar.

— Por favor, eu gostaria.

— OK. Você tem cinco minutos da minha atenção.

Respirando fundo, ele começou:

— Eu vim para colocar minhas ideias em ordem, vim para compor, e era o que eu estava fazendo. E de repente deparei com você. Eu não vim procurar por um romance, e, até onde eu sei desde o início, você também não. Mas por algum motivo você me desarmou, me fez dar uma nova oportunidade para mim mesmo, para voltar a acreditar nas pessoas, conhecer alguém que me aceitasse do jeito que eu sou, e não como os outros acham. — Ele fez uma pausa para olhar bem fundo nos olhos dela. — Tentei manter distância, mas chegou uma hora em que eu não conseguia mais. Eu queria estar cada vez mais perto de você, estar onde você estivesse. Mas não podia, seria arriscado demais e eu não queria te sufocar. Eu sabia que aqui no Caminho eu conheceria apenas uma parte dele, a parte que me seria permitida por ser quem eu sou, pela escolha que eu fiz de vir e não chamar a atenção. Só que, todas as vezes que nós estávamos juntos, eu preferia ouvir você a falar de mim. Ouvindo você, eu estava conhecendo a outra parte do Caminho por meio dos seus olhos.

Nesse momento os olhos de Daniela se encheram de lágrimas, mas ela não disse nada.

— Eu sinto muito mesmo, não queria te magoar. E eu também não quero mais roubar o seu tempo, o Caminho para mim acabou. Quando eu chegar em Portomarín, vai ter um carro me esperando. Vou voltar e consertar o que aconteceu.

Francesco então se levantou e começou a colocar sua mochila nas costas. Antes de ir embora, ele se virou novamente para ela.

— Eu só queria te agradecer por ter me dado a oportunidade de voltar a ser quem eu sou, um homem normal, simples e voltando a amar. — E saiu caminhando.

— Espere, Francesco.

Ela caminhou até ele e, sem se importar com quem estivesse olhando, Daniela deu um beijo apaixonado em Francesco, e nesse beijo entregou seu coração. E foi retribuída com a mesma intensidade. Ela então se afastou e, olhando nos olhos dele, disse:

— Sinto muito, eu não sei o que é estar no seu lugar. Mas não pare, falta tão pouco...

— Já está decidido.

Daniela se afastou novamente, foi em direção à sua mochila e caminhou de volta para Francesco.

— Eu ia te dar quando chegássemos em Santiago. Comprei uma lembrança para você, espero que goste. Abra quando achar que for o momento.

Depois de entregar o presente, ela foi se afastando dele e caminhando para o outro lado, para acalmar seus sentimentos e colocar em ordem suas emoções. Francesco pegou o presente, colocou no bolso da calça, deu meia-volta e seguiu seu caminho, deixando-a com seus pensamentos.

Daniela continuou por ali, ora em pé, ora sentada, por mais meia hora. Revendo em pensamento todas as respostas que ouviu dele durante suas conversas, ela analisou uma por uma e concluiu que de fato ele não mentira para ela; podia ter dito meias-verdades, mas não havia mentido.

Ela estava sentada ali fazia mais de quarenta minutos quando viu Martina se aproximar. Ela chegava no seu ritmo, devagar e sempre.

Martina reconheceu Daniela e foi até ela. Ia mesmo parar para descansar, e, já que Daniela estava ali, foi em sua direção.

— Olá, minha querida! — Ela se aproximou da mesa, viu a revista e leu rapidamente o título na capa.

— Olá, Martina! Tudo bem?

Daniela respondeu rapidamente e enxugou as últimas lágrimas.

— Eu sabia que o conhecia de algum lugar. Mas pelo visto você não sabia, né?

— Fiquei sabendo só quando vi a capa da revista. A foto me chamou a atenção, eu reconheci o lugar e as pessoas; isso aconteceu em León.

— Entendi. E como você está?

— Eu estou bem.

— Se falaram depois disso?

— Sim, o Francesco saiu daqui faz uns quarenta minutos.

— Quando eu caminhei com ele e nós conversamos, não o identifiquei, mas sabia que o seu semblante era familiar. Minha filha é fã dele. Ela morou um tempo na Itália.

— Ele me falou que para ele o Caminho terminou, que vai ter um carro esperando por ele em Portomarín. Disse isso e foi embora.

— Vá entender os homens, minha querida.

Daniela olhou intrigada para Martina, e começou a rir.

— Você acabou se apaixonando por ele, não foi, querida?

— Eu não sei. Nos beijamos agora há pouco; na verdade eu o beijei.

— Esse meu joelho... Sempre perco a melhor parte.

Daniela deu uma risada tímida.

— Você deve estar me achando a pior mulher do mundo. Estou noiva de um homem e beijei outro.

— Não estou aqui para julgar ninguém; não temos argumentos quando o assunto é o coração. É visível que o seu noivado não é o noivado dos seus sonhos. — Daniela voltou a olhar para ela. — Querida, eu já vi quase tudo nesta vida. Aquele dia da chuva em que nós jantamos juntos, ficou muito claro que ele já estava apaixonado por você e você por ele. E ele demonstrou isso ainda no outro dia, dentro do bar. Eu estava lá, não se lembra? Eu vi o que aconteceu e o jeito como ele a protegeu.

— Eu sempre o vi como um grande amigo que fiz aqui no Caminho — respondeu Daniela, que continuou: — Acredito que não podemos terminar uma coisa que nunca começou.

— Começou, sim, só você que não tinha percebido. Não encontramos o nosso grande amor todos os dias. Se não começou, então por que o beijo?

— Eu não sei. Há dois dias ele me beijou. Nós estávamos no mesmo albergue privado, e quando eu estava voltando para o meu quarto ele me puxou para o quarto dele.

Martina começou a rir. Estava lembrando da conversa que tivera com ele, sobre tomar iniciativa e de preferência de forma galante e cortês.

— Do que você está rindo?

— Nada não, minha querida. Aí ele te puxou e...

— Se declarou para mim e me beijou.

— E você?

— Vamos dizer que eu o deixei sozinho e corri para o meu quarto.

— Você já tentou se colocar no lugar dele? Se fosse artista, será que você teria feito o mesmo?

— Eu não sei. Só sei que não vamos nos ver mais. Quando terminar o meu Caminho vou voltar para o Brasil, assim como ele está voltando para a Itália.

— Esse mundo dá muitas voltas, querida. Não feche as portas.

Daniela voltou a olhar para Martina.

— Bom, nós podemos continuar conversando no Caminho, minha querida. Ainda temos um trecho pela frente, se não chegaremos bem tarde.

— OK, vamos, então.

Daniela e Martina foram conversando, e falaram de tudo um pouco. Quase duas horas depois entraram em Portomarín, atravessando a enorme e comprida ponte de acesso ao vilarejo. Lá no final subiram a escada, já que o vilarejo tinha a parte baixa e a parte alta; e elas precisavam ir para a alta.

Assim que subiram, começaram a procurar por um albergue e encontraram um que agradou às duas. Decidiram ficar ali. As duas se registraram, receberam seus carimbos e cada uma foi para seu quarto descansar.

18h10

Cansada de olhar para o computador, Daniela ainda está pensando em Francesco. Decide, então, dar uma espiadinha em seu canal do YouTube. Ela descobre que o vídeo mais recente foi publicado há apenas dois dias e, curiosa, clica nele.

A música é muito bonita, e a letra diz que ele está vindo. Daniela percebe que, no clipe, ele usa o escapulário que ela lhe deu. Sua mente fica tentando interpretar o que ele diz, mas na verdade deve ser apenas mais uma canção entre tantas. Ele é um cantor romântico, deve ter composto várias letras parecidas.

Ela desliga o computador e vai tomar um banho. Daqui a pouco haverá mais fotos para arrumar.

19h10

Daniela volta do banho renovada, liga o computador e vai buscar um suco na geladeira. O interfone toca.

— Oi, seu Pedro.

— Dona Daniela, tem um Francesco aqui na portaria, com um sotaque de fora.

Daniela fica muda segurando o interfone. O porteiro espera sua resposta por quase um minuto.

— Dona Daniela, a senhora ainda está aí?

Ela acorda do choque.

— Sim, seu Pedro. Por favor, diga para ele subir.

— Sim, senhora. — Olhando para Francesco, ele diz pausadamente em português, gesticulando: — O senhor pode subir. Quarto andar, apartamento quatrocentos e dois. Os elevadores ficam seguindo em frente à direita.

— Muito obrigado.

Nervoso, Francesco caminha na direção dos elevadores. Daniela sabe que em menos de um minuto os dois estarão frente a frente. Ela se olha no espelho e lembra que está de pijama, short e camiseta. Na verdade não estava esperando ninguém.

Pelo menos é um pijama comportado. Sem ter muito que fazer, ela arruma o cabelo rapidamente, mas o elevador já está chegando em seu andar. Com o coração a mil, ela respira fundo e abre a porta.

— Francesco.

— Olá, Daniela. Como você está?

Confusa com a presença dele em seu apartamento, ela responde:

— Eu realmente não estava esperando ninguém.

— Você está linda, mesmo de pijama!

Assim que responde, Francesco abre um lindo sorriso. Ela sentiu falta disso nos últimos dias do Caminho. Daniela não pode deixar de retribuir com outro sorriso.

— Vim te entregar isto, e aproveitar para te ver.

Francesco estende o braço, mostrando uma sacola.

— Eu trouxe uma resposta para aquela reportagem, chocolates daqueles que você gostou e uma lembrança da Itália.

— Não precisava de tudo isso — ela responde, pegando a sacola das mãos dele. Ele percebe que ela não está mais usando a aliança. Os dois se entreolham, e ela fala: — Não estou mais noiva. Terminamos no mesmo dia em que eu cheguei.

Essa informação reacende as esperanças dele.

— Eu espero que tenha sido de forma tranquila para vocês dois.

— Foi, sim, apesar de nunca ser uma conversa fácil.

— Imagino.

— Esta semana nós ficamos de nos encontrar para devolver as coisas que ficaram na casa de cada um.

— Eu entendo.

Daniela está tão perplexa que não percebeu que estavam conversando na porta.

— Você gostaria de entrar?

— Eu adoraria.

Ela lhe dá passagem e fecha a porta. Francesco entra e observa tudo. Vê o seu computador aberto em cima da mesa, a mochila sobre a poltrona no canto da sala.

— Seu apartamento é exatamente como você descreveu e como eu imaginei. Muito bonito e acolhedor. Tem a sua personalidade.

Daniela dá um sorriso tímido e olha para ele.

— Você cortou o cabelo?

Ela se surpreende com a observação.

— Cortei só as pontas.

— Você está trabalhando? Eu te atrapalho?

— Estava mexendo nas fotos da viagem. Você não atrapalha.

Respirando fundo e criando coragem, ele começa a falar sobre o motivo da sua visita, vindo de tão longe.

— Daniela, meus sentimentos por você continuam os mesmos. E ouvir você dizer que não está mais noiva me deu esperanças de poder ter uma oportunidade com você.

Daniela coloca a sacola em cima da mesa ao lado da porta.

— Francesco, nós somos bem diferentes.

— Não somos, não. Eu sei que você sente alguma coisa por mim também. Não parei de pensar em você, principalmente depois do beijo que você me deu. Do que você tem medo?

— De tudo. Não saberia dizer como poderíamos começar.

— Podíamos começar como todo mundo, pelo começo. O que você me diz?

— Eu vi a sua última música, a que foi postada há dois dias.

— Gravei para você. Dizendo que estava vindo. Escrevi a letra quando já estava em casa, um pouquinho a cada noite. Não quero te perder novamente. Eu desisti do Caminho, mas não de você. Só me dei conta depois: você não estava no meu Caminho; você *é* o meu Caminho.

Francesco está sendo direto e parece sincero, e isso a desconcerta. Nervosa, ela respira fundo.

— E se não der certo? E se nos machucarmos? E se você passar novamente por tudo que passou? Eu não me perdoaria por isso.

Francesco a encosta contra a porta e responde olhando em seus olhos.

— Isso não vai acontecer. Eu lhe prometo. E, se não der certo, pelo menos tentamos. O que eu não quero é saber que você existe, que é a mulher que eu quero e que eu não fiz nada.

— Francesco, o que você quer que eu diga?

— Não precisa dizer nada, só nos dê essa oportunidade.

— Quanto tempo você vai ficar?
— Eu tenho que voltar amanhã.
A distância entre os dois é cada vez menor.
— Eu quero você, Daniela. Me peça para te beijar.
Daniela já se vê mais uma vez envolvida por ele. Seu olhar é intenso, suas palavras são certeiras e seu cheiro a faz perder a noção do tempo. Além do mais, agora é uma mulher livre, sem obstáculos; nada mais a prende. Olhando nos olhos dele, ela diz:
— Me beije, Francesco.
E ele responde bem perto de seu ouvido:
— Se eu te beijar, não vou conseguir parar.
Ele coloca a mão dela em seu peito, em cima do coração, para que ela sinta o que ele está sentindo, suas batidas aceleradas. Daniela percebe que as dela são iguais às dele.
— Então não pare!
Francesco estava contando as horas e os minutos para este momento, e não se segura mais. Ele a beija apaixonadamente, com ardor. E ela corresponde na mesma intensidade. Como prometido, ele não para. Ali, na sala do apartamento, eles se desejam.
— Como eu te desejo, Daniela!
— Eu também, Francesco. — Ela começa a tirar a camiseta dele e, em seguida, ele tira a blusa do pijama dela.
— Onde fica o seu quarto?
— Por ali.
Entre beijos e amassos, os dois tiram a roupa um do outro e, sem perceber, andam na direção do quarto dela. Lá dentro, o tempo parou. Não existe mais nada, apenas dois corações se entregando um ao outro.

20h20

Quase uma hora depois, eles ainda estão deitados na cama, se acariciando. Francesco admite:

— Pensei em você todos os dias.

Daniela passa a mão nos cabelos dele, e assente com um sorriso tímido.

— Eu senti a sua falta no Caminho.

— Vem comigo amanhã?

— Eu não posso.

— Por quê?

— Acho que eu tenho que ficar no museu até o fim do mês. Para passar ao novo historiador as demandas do setor.

— E depois, você pode?

— Depois, sim.

— Então está combinado. Vou organizar tudo para você ir. Vamos começar com três semanas, para nos conhecermos mais. O que você me diz?

— Francesco, eu não quero te atrapalhar. Você deve estar correndo com seus compromissos.

— Você não atrapalha. — Ele beija a mão dela. — E quero que você vá não como amiga, mas como minha namorada.

Depois de mais uns minutinhos, ela pergunta:

— Você está com fome?

— Um pouco, e você?

— Eu também.

— Passe a noite aqui comigo. Você pode?

— Só preciso avisar o Tony.

Ela começa a rir, e ele continua:

— Eu sei que parece coisa de adolescente, mas fiquei de avisá-lo, senão ele vai achar que eu fugi de novo.

— Ele não te deixou viajar sozinho dessa vez?

— Não. E nem da outra vez. Eu simplesmente mandei uma mensagem para ele quando estava chegando em Saint Jean Pied Port. Só que dessa vez ele veio junto.

— Tudo bem, avise ele. E conte que você vai passar a noite fora.

Daniela não para de rir.

— Que horas é o seu voo? — ela pergunta.

— Meio-dia, eu acho.

— Avise o Tony que você vai voltar amanhã depois do café da manhã, por volta das nove.

Ela ainda está rindo quando se levanta.

— Enquanto isso, vou ver o que podemos fazer para jantar.

— Sim, senhora.

Daniela veste a calcinha e, no caminho até a cozinha, vai juntando as roupas que estavam no chão. Ela veste o pijama novamente e ajeita as roupas dele no sofá. Francesco vem logo atrás dela, só de cueca, e procurando seu celular e suas roupas.

Daniela está abrindo os armários e a geladeira. Já viu tudo o que tinha e está separando o que precisa em cima da bancada.

— Você gosta de risoto de frango?

— Gosto de tudo que você fizer.

Da cozinha, ela dá um sorriso tímido para ele, e em seguida Francesco se aproxima do balcão.

— Posso ficar só de cueca e camiseta?

— Francesco, fique à vontade. Você está em casa.

Ele dá um sorriso e a abraça por trás. Beija o pescoço dela e pergunta novamente:

— Você precisa de ajuda?

— Está tudo sob controle por aqui. Se eu precisar, eu peço; pode sentar na banqueta.

Enquanto prepara o jantar, ela pergunta:

— Da última vez que nos vimos, você disse que teria um carro te aguardando quando chegasse em Portomarín. Você voltou de carro para a Itália?

— Não. Fui de carro só até Lavacolla, até o aeroporto. O Tony estava me esperando com um avião.

— Entendi. O Tony, seu amigo?

— Isso. Amigo e empresário.

— Entendi. Naquele dia eu fiquei um tempo no lugar onde nós conversamos por último, e quem chegou logo depois foi a Martina. Nós fomos caminhando juntas até Portomarín.

— Quando estava saindo de Portomarín de carro, eu vi vocês duas andando pela ponte.

— Sério?

— Sim. Fiquei feliz por ver a Martina com você.

Francesco conta para ela o que se passou com ele, nos dias em que não se viram mais.

Assim que as viu caminhando pela ponte, Francesco enfiou a mão no bolso da calça e pegou o presente que ela lhe dera. Quando abriu, viu que era um escapulário e abriu um sorriso. Ela havia dito que um escapulário precisava ser ganho de outra pessoa; o dela havia sido presente da tia, que era uma pessoa especial para ela. Ele se lembrou de tudo isso enquanto tirou a peça da caixinha e colocou no pescoço.

Francesco havia desistido do Caminho, mas não dela, não depois do beijo que ela lhe dera. Era a oportunidade que ele esperava. Só precisava de uns dias para organizar seus assuntos profissionais e pensar em como voltar para a vida dela. Pelo menos tinha tudo de que precisava: endereço, nome completo e o número de celular dela. Novamente abriu um sorriso de felicidade; seria questão de tempo.

Chegando ao lado da pista, Tony o aguardava dentro de um jatinho.

— Olá, meu rapaz. Como você está?

— Oi, Tony, estou bem. Um pouco chateado, só isso.

— Tudo vai passar, fique tranquilo. Em que eu posso te ajudar?

— Primeiro me diga como estão as coisas para os dois últimos shows. Você disse rapidamente por telefone naquele dia que nós tivemos mais algumas alterações?

— Sim, vou te colocar a par de tudo.

— Ótimo.

Tony deu detalhes sobre o final da turnê e aproveitou para falar da proposta da gravadora.

— Giovanni, nós precisamos definir os próximos passos da sua carreira internacional. A gravadora quer uma resposta oficial até o dia dez do mês que vem, OK?

— Tudo bem. Eu já sei o que eu quero. Vou só organizar as ideias e nós voltamos a conversar a tempo de passar para a gravadora, certo?

— Combinado! Mudando de assunto, conseguiu escrever?

— Sim, daqui a uns dois dias eu mostro. Vamos primeiro nos concentrar nas alterações dos dois últimos shows. Eu mostro ainda essa semana para você e os músicos, para ver o que vocês acham.

— Perfeito. Mais alguma coisa?

— Sim. Eu conheci uma pessoa muito especial e não vou deixá-la escapar. Mas antes eu gostaria de uma resposta à reportagem da revista que eu te mandei.

— Vou ver com a nossa assessoria de imprensa. Nós voltamos a falar sobre isso.

— Ótimo.

— É a moça das fotos?

— Sim.

— Se não for muita curiosidade, como ela se chama?

— Daniela.

Ao pronunciar o nome dela, Francesco abre um sorriso enorme. Durante as três horas de viagem, eles conversam sobre diversos assuntos, deixando bastante coisa engatilhada para o dia seguinte. Já é tarde quando aterrissam em Florença; Tony segue para sua casa e Francesco para a dele.

A senhora Pietra aguardava por ele para lhe contar como estavam as coisas da casa. Depois disso ele foi tomar um banho, jantou e foi descansar. Sem sono, ficou pensando em tudo que aconteceu no Caminho, especialmente em Daniela, até dormir.

20h50

Daniela está com o jantar pronto, incluindo a salada. Está indo em direção à mesa para tirar as coisas de cima dela quando ele pede:

— Não precisa arrumar a mesa. Podemos comer aqui na bancada.

— Você não se importa?

— Não. Pode deixar suas coisas do jeito que estão. Eu não quero atrapalhar.

— Você não atrapalha — ela responde, com um lindo sorriso.

Então Daniela arruma a bancada com um jogo americano, pratos, copos e talheres, deixando o suco e a salada perto deles. Cada um se serve no fogão, e os dois ocupam as banquetas. A conversa nunca termina.

— Durante o Caminho, já nos primeiros dias, eu comecei a reparar que sempre encontrava um lugar para ficar esperando e ver você chegar.

— É mesmo?

— Sim. Por exemplo. Você lembra o que fez quando voltou para passear perto da ponte, na entrada de Zubiri?

Daniela, pensativa, responde:

— Fiquei ali perto da ponte, tirei umas fotos, não foi?

— Não.

— Lógico que foi.

— Você tomou banho, tirou fotos de todos os ângulos possíveis, desceu para perto do rio, sentou em umas pedras e colocou os pés na água. E ali você ficou olhando a correnteza. Depois encontrou um lugar um pouco mais distante, comeu seu chocolate e pegou o tablet.

— Você estava me espionando?

Francesco começa a rir.

— Eu não tenho culpa que você chamou a minha atenção desde o início. Aliás, você deve ter me achado um bobo, sem saber o que fazer, segurando umas roupas para lavar.

— Não achei não — ela responde. — Na verdade, quando você entrou naquela lavanderia, eu dei uma espiadinha para ver quem estava entrando. E lembro de ter pensado algo assim: "Nossa, depois de um dia longo e cansativo, até que estou tendo uma recompensa".

— Como assim, uma recompensa?

Daniela explica:

— Veja, nós caminhamos o dia todo. Eu estava toda dolorida, apareceram as primeiras bolhas, a minha cama era no terceiro andar, lá no último prédio do albergue.

— Sei.

— E, quando eu te vi, um homem alto, jovem, moreno, aparentemente bonito...

— *Aparentemente* bonito.

— Sim, de onde eu estava não dava para ver muito bem. E eu não estava fazendo nada de mais. Todo mundo sabe que olhar não tira pedaço.

— Sei. E o que mais?

Com um sorriso, ela completa a história:

— Aí, quando cheguei do seu lado, constatei que sim, que de perto, sem dúvida, você era muito mais bonito, estava cheiroso e tinha alguma coisa no olhar. Seu olhar era atencioso e carinhoso, e aquele sorriso que você me deu em seguida... Eu quase caí na sua frente.

Francesco não para de rir.

— Isso porque você estava noiva.

— Pare com isso — respondeu ela, séria. Mas ela logo começa a rir também. — Eu nunca me insinuei para você. É como eu disse: olhar não tira pedaço.

— Verdade, você nunca se insinuou mesmo. Aliás, era isso que me encantava mais em você, sabia? Nessa mesma noite, enquanto você falava comigo, eu ficava te olhando e várias vezes me perdi apenas olhando para você.

Daniela se aproxima e lhe dá um beijo. Francesco lembra de outra situação.

— Teve outra vez em que eu fui dormir chateado sem saber onde você iria ficar, mas quando acordei vi o bilhete que você deixou embaixo da minha porta avisando até onde você iria caminhar.

— Sim, eu ainda te devia a costura da sua camiseta.

— Nesse dia eu andei, na verdade eu corri atrás de você, para poder te ver mais uma vez.

Daniela abre um sorriso para ele, e cada um lembra um pouco desse dia.

Francesco acordou no horário de sempre e, ainda deitado, se espreguiçando, pensou em Daniela. Como ela teria passado a noite? Havia esquecido de perguntar até onde ela caminharia. Ele sempre arranjava um jeito de saber quando se viam no jantar, mas nessa noite ela havia jantado no quarto e os dois não se falaram mais. No dia seguinte eles passariam por diversos vilarejos. Qual seria a escolha dela para parar?

Sem ter muito que fazer, ele levantou e, quando acendeu as luzes do quarto, viu no chão, perto da porta, um papel. Agachou-se para pegá-lo e abriu um sorriso.

"Vou caminhar até Villafranca del Bierzo. Ainda te devo uma costura. Não esqueça a sua camiseta,

Daniela".

Verificando seu material de apoio, ele calcula uma caminhada de trinta quilômetros, e sabe que a esta altura ela já está bem na frente. Se desse certo ele a alcançaria na última parte do caminho, quase chegando. Assim que terminou de se arrumar, ele tomou seu café bem rápido e, animado, deu início ao seu Caminho. Francesco fez o mesmo trajeto e viu as mesmas coisas que ela; passou por Ponferrada, depois pelo bairro de Compostilla, em seguida pelo vilarejo de Columbrianos, mais adiante por Fuentes Nuevas, depois por Camponayara. Ia seguindo atrás dela, ansioso por vê-la.

Entre alguns peregrinos com quem cruzou, encontrou Sarah e Yuri saindo de Camponayara. Diminuiu o ritmo para conversar com eles.

— Estão vindo de onde?
— Dormimos em Ponferrada, e você?
— Estou vindo de Molinaseca. E vocês vão parar onde hoje?
— Vamos ver se conseguimos ir até Villafranca.
— Eu também.
— Então vamos juntos?

Francesco aceitou por educação, sabendo que isso iria atrapalhar seus planos de encontrar Daniela. Ele teria que contar com a sorte de encontrá-la em Villafranca mesmo. Pelo menos sabia que ela estaria por lá.

— Tem visto a Daniela? — Sarah perguntou.
— Sim, ontem nós caminhamos juntos um bom tempo e ficamos no mesmo albergue.
— A última vez que a vimos foi no Caminho mesmo, um dia depois daquela chuva — ela respondeu.
— Nem me fale daquela chuva. Ganhei bolhas nos dois pés.
— Nós ficamos sabendo.
— Pode ser que tenhamos sorte. Ela também ia até Villafranca hoje, se tudo corresse bem.

— Tomara que a encontremos novamente.

Quando viram, estavam entrando na cidade, e já na chegada Francesco viu o albergue municipal. "Ela deve estar aí dentro", pensou. Sarah e Yuri continuaram andando em busca de um albergue privado mais adiante. Francesco ficou calculando a distância e pensando como poderia voltar para pelo menos vê-la; não havia nada de estabelecimentos ali em volta.

································· ⚜ ·································

— Aí eu pensei comigo mesmo, vendo o albergue: "Bem que esse albergue podia estar mais no centro da cidade". E nós continuamos andando, até que entramos no albergue que a Sarah havia escolhido. Você estava descendo a escada para ir fazer o seu passeio.

— Sim, não tinha nada por perto do albergue municipal, por isso eu fui procurar outro lugar para ficar.

— Eu fiquei supercontente de te ver, e ainda mais quando nós fomos jantar todos juntos.

Francesco, animado, continuou se lembrando desse dia.

································· ⚜ ·································

Daniela estava descendo a escada do albergue quando deu de cara com Sarah e Yuri junto com Francesco. Eles estavam se registrando.

— Oi, Sarah!

— Oi, Daniela!

E as duas se abraçaram. Daniela também cumprimentou Yuri e Francesco.

Francesco abriu um enorme sorriso ao vê-la.

— Como você está, Daniela?

— Eu estou bem. E os seus machucados?

— Já melhorei.

— Que bom.

Sarah sentiu uma sintonia no ar entre os dois. Eles estavam diferentes, mas ela não comentou nada. Só ficou observando. Na sequência, fez um convite.

— Bom, podíamos jantar juntos hoje. Topam?

— Da minha parte eu topo — Francesco respondeu rápido.

— Claro, podemos, sim — Daniela também concordou. — Que horas e onde?

— Bom, agora são quatro e vinte. Nós podíamos nos encontrar aqui na frente às seis e meia. O que acham? — propôs Sarah.

Todos estavam de acordo.

— Bom, vou deixar vocês se organizarem e descansarem. Enquanto isso, vou fazer o meu passeio — Daniela avisou.

— Então até daqui a pouco — disse Sarah.

.... 🐚 ....

Depois que jantaram, Daniela começa a lavar a louça. Há poucas peças, pois ela foi lavando tudo enquanto preparava o jantar. Francesco a abraça pelas costas, dá um beijo em seu pescoço e fala baixinho, perto do seu ouvido:

— Adorei o seu jantar.

Daniela começa a rir.

— Sei. Era isso ou isso.

Ele então propõe:

— Vamos tomar um banho?

Daniela se vira para ele, enxugando as mãos.

— Eu já entro com você. Só vou pegar uma toalha a mais.

— Tudo bem.

21h20

Depois do banho, os dois voltam para a sala. Daniela está mostrando o apartamento e suas coisas para ele. Francesco está gostando ainda mais dela, do jeito como ela vive e mora. Ao passar perto da mesa onde estão o computador e as coisas da viagem, ele vê os documentos referentes ao Caminho e pergunta:

— Esses são os papéis que as pessoas pegam quando chegam em Santiago?

Ela pega uma folha e começa a explicar:

— Sim, esse é o certificado que eu peguei em Sahagún. É um certificado de meio do Caminho.

— Que interessante.

— E esses dois são os que nós retiramos na Oficina de Acolhimento ao Peregrino, quando chegamos em Santiago. Um é o certificado que comprova a distância que nós percorremos, e o outro é a Compostela, o certificado da peregrinação.

— Você pegou na Catedral?

— Não. Mas fica bem pertinho.

— Entendi.

Depois de conhecer o apartamento inteiro, Francesco a convida para ficar com ele no sofá. Daniela apaga algumas luzes e deixa o ambiente bem acolhedor.

— Se importa se eu colocar uma música baixinho? — ela pergunta.

— Fique à vontade. Você está em casa.

Daniela retribui com um sorriso. E em seguida os dois deitam juntos no sofá.

— A Martina é a culpada pelo beijo que eu te dei naquele dia no meu quarto, sabia?

— Como assim?

— No dia seguinte ao dia da chuva, encontrei com ela no Caminho e nós ficamos conversando.

⁂

Andando em um ritmo bem mais lento que o seu de costume por conta do cuidado com as bolhas, Francesco vinha pensando na noite anterior, no que Daniela havia passado e no jeito como vivia, segundo ela, um dia de cada vez. Assim como ele.

Daniela havia chamado sua atenção desde o início, e agora sua admiração por ela aumentava. Ela sempre se mostrara muito atenciosa, divertida e amiga, isso com todos ao redor, e isso o encantava. Havia apenas um pequeno detalhe: estava noiva de outro homem.

Caminhando sozinho e perdido em seus pensamentos, Francesco avistou uma peregrina cerca de duas horas depois do início. À medida que ia se aproximando, concluiu que poderia ser Martina. Provavelmente ela havia saído depois de Daniela.

— Bom dia, Martina. Posso caminhar com você?

— Bom dia, meu querido. Sim, lógico, vai ser um prazer ter a sua companhia. Como estão suas bolhas?

— Bem melhores, graças a você e à Daniela! Hoje resolvi caminhar de sandália, fiz um belo curativo com bastante algodão, calcei meias para não entrar poeira nem areia e diminuí meu ritmo.

— Que bom, fico feliz por você. Pensei que caminharia com a Daniela.

— Não. Ela acordou mais cedo. Acabamos tendo que dividir o quarto esta noite, pela falta de vagas. Ela tinha avisado que iria sair mais cedo.

Francesco achou melhor não mencionar que haviam dividido a cama também. Ele não sabia o que Martina iria pensar de Daniela, apesar de não ter acontecido absolutamente nada.

— Entendi. Não sabia que estavam dividindo o quarto.

— Para falar a verdade eu nem ouvi a Daniela sair, mas acho que ela tomou o café da manhã no primeiro horário mesmo. Ela disse que iria tentar ir até Itero de la Vega.

— Eu adorei conhecer ela. Fico sempre muito feliz em revê-la. Ela é muito querida — disse Martina.

— Sim, ela também gosta de você. Pelo menos foi isso que me disse ontem quando nós voltamos para o quarto.

— Você mora na Itália?

— Sim, moro em Florença, mas viajo bastante.

— Minha filha morou um tempo em Florença. Estava estudando artes.

— Que bacana! Ela continua morando na Itália?

— Não, agora voltou a morar comigo, no Porto. Tinha ido só para estudar mesmo.

— Entendi.

— Fui algumas vezes para lá. Florença é linda!

— Sim, tem muitos lugares bonitos.

— Você não me é estranho. Eu acho que já te vi antes, mas deixa pra lá. O que você busca no Caminho?

— Eu precisava dar um tempo na minha rotina, organizar algumas ideias. Mais ou menos isso. E você?

— Sou viúva e aposentada, então agora tenho tempo para fazer o que eu sempre quis. Uma dessas coisas era fazer este Caminho.

— Entendi.

— E a Daniela, você conheceu como?

— Em Roncesvalles, na verdade na lavanderia do albergue. Ela estava lá esperando terminar a lavagem das roupas dela. Cheguei com as minhas e fiquei ali sem saber o que fazer, não sabia como ligar as máquinas.

— Estou até imaginando a cena. Mas que vergonha um homem desse tamanho não saber lavar roupa.

— Pois é. Aí ela percebeu meu desespero e perguntou se eu precisava de ajuda. E desde então nós temos nos encontrado, ou no Caminho propriamente ou nas cidades e vilarejos.

— E você tem namorada, é noivo, é casado?

— Sou solteiro.

— Desculpe estar me envolvendo em assunto que não me diz respeito, mas me parece que você tem uma certa admiração por ela, para não falar outra coisa. Ontem eu fiquei observando vocês dois enquanto nós conversávamos.

Francesco, sem graça, respondeu:

— Acredito que não seja difícil se apaixonar por ela. Ela é inteligente, divertida, amiga e uma mulher muito bonita!

— Sim, ela é encantadora.

— O sorriso dela ilumina uma cidade — exagerou Francesco.

— Sim, ela tem uma grande luz. Infelizmente, pela minha experiência, quem carrega muita luz também carrega uma sombra muito grande.

Francesco olhou surpreso para Martina.

— Não sei se você já percebeu. Às vezes ela deixa transparecer uma tristeza, um olhar vago aqui e ali, uma coisa que a deixa em transe. Eu acredito que ela esteja fazendo o Caminho para se encontrar, sim. E para se perdoar também. Apesar de ser jovem, acredito que ela já tenha passado por momentos muito tristes na vida dela.

Francesco relembrou a conversa que eles haviam tido antes de dormir. Daniela perdera os pais ainda criança. Francesco ainda estava admirado com a forma como Martina pegava as coisas no ar. Era uma mulher experiente e muito observadora.

— Não me olhe assim, meu rapaz. É que eu já vi de tudo nesta vida. Mas é visível que ela tem um carinho por você, isso é muito claro. Pelo menos pela maneira como ela fala com você.

— Eu não saberia te responder.

— E isso já seria um começo, não seria?

— Acredito que eu tenha chegado tarde... Ela está noiva.

— Esse é o problema dos jovens.

Francesco começou a rir.

— Vocês não têm paciência, não conseguem enxergar um pouco mais além. Você e ela têm todo o tempo do mundo ainda. Será que não valeria a pena lutar por ela? Eu acredito que parte do que ela busca neste Caminho esteja relacionada ao noivado também. Todas as vezes que nós conversamos, não vi, por exemplo, brilho nos olhos dela quando fala desse assunto.

— O que eu sei é que ela é muito grata ao noivo, foi isso que ela me disse uma vez.

— Ser grata não é a mesma coisa que amar. Significa simplesmente que ela é agradecida. A Daniela tem, como se pode dizer, um espírito velho, como se vivesse em outro tempo. É o tipo de mulher que, quando for se casar, vai ser uma única vez. Talvez esse distanciamento e esse tempo que ela está dando em relação ao noivo a estejam fazendo pensar se realmente ele seria a pessoa com quem ela quer compartilhar o resto da vida.

— E se eu estivesse me apaixonando por ela? — ele arriscou.

— A iniciativa teria que ser sua, meu querido. Não espere isso dela. Apesar de estarmos no século XXI, ela não tem o perfil de quem toma a iniciativa. Isso ela espera que venha dos homens, e de preferência de maneira galante e cortês.

— Como é difícil entender as mulheres...

— Meu querido, é muito mais difícil entender os homens, pode ter certeza.

E riram os dois com este último comentário de Martina.

— E o que toda mulher procura?

— Pode parecer estranho para você, mas, no final das contas, só queremos ser amadas e nos sentir protegidas; o resto é supérfluo. E a Daniela busca isso, não é difícil perceber.

— Infelizmente existem muitas mulheres que preferem os supérfluos.

— Sim, infelizmente, mas provavelmente é porque você estava procurando nos lugares errados. Vejo em você certa tristeza, certo receio. Você deve ter sofrido uma grande desilusão, e só agora está se dando a oportunidade de voltar a amar. Você também está à procura do seu grande amor. E acredito que esse grande amor já esteja na sua frente.

Novamente Francesco a encarou com surpresa, mas não quis puxar a conversa para si. Ele estava querendo entender como as mulheres pensam, e o que elas procuram.

— Eu não gostaria de magoá-la nem de perder a amizade dela, mesmo que exista a distância.

— Jogue a isca, meu querido. E veja como ela responde.

— Como assim? Você quer dizer que eu devo me declarar para ela?

— E o que você tem a perder? Quantas Danielas existem no mundo?

— Só uma.

Os dois foram caminhando e conversando. Passaram pelo mesmo trajeto de Daniela e viram as mesmas coisas que ela, mas pararam antes. Francesco achou sensato parar em Castrojeriz para cuidar dos pés, e Martina também parou, pois o vilarejo seguinte seria a dez quilômetros. Para ela, seria muita coisa. E assim os dois deram entrada no mesmo albergue privado, e cada um seguiu sua rotina de fim de dia.

.... 🐚 ....

— Por isso a Martina começou a rir quando eu falei para ela como havia sido o nosso primeiro beijo. Bem diferente da sugestão que ela te deu, como foi mesmo? De maneira galante e cortês.

— Você contou para ela? — Francesco pergunta, rindo ao se lembrar do puxão que começou toda a história.

— Sim, ela viu como eu fiquei depois que você foi embora.

— Eu fiquei muito chateado com a forma como as coisas aconteceram. Me desculpe mais uma vez.

Daniela passa a mão pelos cabelos dele e responde:

— Já passou. Hoje, vendo as fotos, lembrei da advertência que nós levamos dentro da Catedral de León.

Francesco começa a rir, e ela continua:

— Quando eu vi que tinha uma pessoa deitada no chão, fui me aproximando. Até que reconheci você, e caí na risada.

— Para ser sincero, foi um plano para começar a chamar a sua atenção.

— Como assim?

— Vou te contar.

Francesco acordou no horário previsto, fez sua sessão com o psicólogo no horário marcado e, assim que terminou, pegou suas coisas e iniciou seu Caminho. Tinha um objetivo e precisava correr atrás dele.

Enquanto andava, pensava em como agiria assim que chegasse a León. Não a viu pelo Caminho; certamente ela já havia chegado. Assim que entrou em León, ele olhou no relógio. Estava marcando quatro da tarde. Ela poderia estar descansando ainda, já fazendo seu passeio rotineiro, ou estar na catedral. Francesco agora precisava contar com a sorte.

Ele escolheu a Catedral de León. Chegando à praça da igreja, olhou em volta para ver se ela estaria por ali. Fez uma primeira varredura e não a viu, mas ela poderia estar já dentro da igreja. Apreensivo, procurou mais uma vez, olhando para as esquinas que se encontravam com a praça da Catedral. Foi nesse momento que a viu mexendo no celular, provavelmente vendo se as fotos estavam ficando boas. Então Francesco se dirigiu à catedral e entrou por uma das portas.

Lá dentro viu como as demais pessoas andavam, a direção em que seguiam. Ela provavelmente seguiria o mesmo sentido de percurso. E por ali ele seguiu, andando um pouco mais rápido que os demais.

Assim que saiu da visão de quem entrava na catedral, Francesco encontrou um lugar para deixar sua mochila e sentou um pouco. Nesse meio-tempo, sabendo que ela estava do lado de fora, ele pegou seu celular, selecionou a música que iria ouvir e minutos depois a viu entrando. Ele não pensou duas vezes: contou até dez, respirou fundo e começou a colocar seu plano em ação.

───────────────────────── ⬥ ─────────────────────────

— Eu não acredito que você fez isso.
— Fiz, sim.
Ela então admite:
— Eu adorei. Foi nesse dia que eu comprei o seu escapulário.
— Sério?
— Sim. Depois que você foi procurar o albergue, eu fiquei tirando algumas fotos e ao lado tinha o museu da Catedral e uma lojinha.
— Entendi. Sabe aquele outro dia em que nós jantamos com a Sarah e o Yuri?
— Da primeira ou da segunda vez?
— Da segunda vez.
— Sim, o que tem esse dia? — Ela está curiosa.
— Foi o dia em que você costurou a minha camiseta e levou até o meu quarto, lembra?
— Eu tinha prometido.
— Assim que você me entregou a camiseta e eu fechei a porta, comecei a cheirar a camiseta para ver se tinha o seu perfume. Eu pensei comigo: amanhã vou rasgar outra camiseta.
Daniela dá uma gargalhada.
— Tudo bem, eu confesso. Eu também cheirei a sua camiseta quando você me entregou.

Os dois continuam rindo um para o outro quando ela conta a sua parte na história.

Entrando no quarto, Daniela foi até a mochila pegar o kit de costura. Ela então se sentou na cama, pegou a camiseta e em um instinto a cheirou. Estava limpa e tinha o cheiro dele. Ela rapidamente baixou a camiseta em seu colo e pensou: "O que é isso, Daniela? Basta costurar". E riu sozinha.

Com a camiseta na mão, ela analisou a melhor forma de costurar e começou. Dez minutinhos depois, foi até o quarto dele e bateu na porta.

— Pronto, quase novinha.

Ele pegou a peça e ficou admirado.

— Nossa, nem parece que eu rasguei. Muito obrigado. Onde você aprendeu?

— Com a minha tia.

— Transmita os meus agradecimentos a ela também.

Os dois ficaram ali, rindo um para o outro, até que Daniela se despediu.

— Bom, precisamos descansar. Boa noite, Francesco!

— Boa noite, Daniela.

23h40

— Francesco, está ficando tarde. Está com sono?
— Sim, mas eu não quero dormir. Está tão bom aqui...
— Eu ainda não acredito que você veio.
— Depois do beijo que você me deu, eu fui caminhando até Portomarín, pensando em como eu poderia voltar para a sua vida. Eu precisava de uns dias para organizar meus assuntos profissionais e criar um plano.

Daniela está curiosa.

— Quer dizer que você queria voltar para a minha vida?

Francesco começa a falar sobre os dias em que os dois não se viram mais.

.... 🐚 ....

Já em casa, Francesco acordou por volta das dez e foi tomar seu café na varanda, como de costume. Tinha combinado com Tony tirar esse dia para descansar e colocar as coisas em ordem. No dia seguinte retomaria suas atividades.

Ele fez a barba e passou o dia todo no estúdio. O local tinha praticamente tudo de que ele precisava, então era comum se trancar ali dentro por muitas horas. Começou a organizar o que havia escrito e a compor melodias para as letras.

À noite, um pouco antes de dormir, pensou em Daniela. Como ela estaria? O que ela teria visto? Estava bem? Tinha o telefone, mas não sabia se mandava uma mensagem ou não. Ela ainda devia estar chateada com ele.

Daniela havia virado sua vida de ponta-cabeça, para melhor. Ele precisava dela mais do que nunca. Novos versos vieram à sua mente. Sem querer perder a oportunidade, ele escreveu no tablet, já na cama, até pegar no sono.

No outro dia, Francesco acordou por volta das oito, foi tomar seu café e, conforme havia combinado com Tony, seguiu para o estúdio que usavam para gravar e ensaiar com os demais músicos.

Assim que chegou, Francesco cumprimentou a todos e partiu para os ensaios das músicas já definidas para os dois últimos shows. Passaram umas três horas ali, e, assim que terminaram, ele mostrou para a banda uma letra que tinha em mente. Disse que gostaria da ajuda deles para finalizá-la.

Como Francesco havia trazido uma boa base melódica como sugestão, eles trabalharam um pouco nela e foram colocando mais instrumentos, dando maior harmonia para a música. Quando acharam que estava boa, fizeram um ensaio geral. Francesco pediu que gravassem para depois ele ouvir novamente, com calma.

Em casa, mais tarde, colocou mais coisas em ordem e depois do jantar foi para o estúdio de novo. Queria trabalhar um pouco mais em outra composição nova, os versos que havia começado a escrever na noite anterior. Já tinha em mente o que iria fazer com eles.

Tarde da noite e cansado, Francesco decidiu ir dormir. Era nessa hora que mais sentia falta dela. Estava triste porque não haviam se falado mais. Uma parte dele tinha retornado da viagem cheio de novidades; outra estava vazia. Ela havia se tornado parcela integrante de sua rotina. Ele adorava sua companhia.

Em um impulso, mandou uma mensagem para ela.

> Oi, Daniela, como você está? É o Francesco.

Ele passou um bom tempo olhando para o celular, aguardando alguma resposta. Até que ela ficou online e ele ficou ansioso. Será que ela responderia?

— Eu não reconheci o número. Só vi uma parte da mensagem e fiquei curiosa. Fiquei pensando: não deve ser a Sarah nem a Martina, pois eu já tinha salvado os números delas. Depois pensei que poderia ser a Sarah com o celular do Yuri. Até que eu abri toda a mensagem. Fiquei com um friozinho na barriga. Me senti uma adolescente, sabia?

Francesco retribui com um sorriso, mas não diz nada.

— Eu não sabia se devia responder. E fiquei me perguntando como você havia conseguido meu número. Aí eu lembrei que o meu livreto ficou no seu quarto naquela noite. Os meus dados estavam anotados lá.

Rindo, ele responde:

— Foi graças ao livreto que eu estou aqui.

— Aí, com o coração a mil, eu respondi.

> Oi, Francesco! Estou bem, e você? Já chegou em casa?

Francesco também estava apreensivo. Não esperava que ela fosse responder, e não sabia bem como continuar a conversa.

> Sim, cheguei ontem mesmo, já era tarde. Me desculpe por te mandar mensagem. Peguei seu número dentro do seu livreto naquela noite. Te incomodo?

Daniela se deu conta de que sentia muita falta dele.

> Você não me incomoda.

Não sabia se você gostaria de receber uma mensagem minha, se ainda estava chateada com o que aconteceu. Me desculpe mais uma vez.

Não estou chateada. Só fiquei confusa. Fui pega de surpresa, só isso. Eu que peço desculpas pelo jeito como te tratei.

A culpa foi minha. Obrigado pelo presente. Estou usando.

É só uma lembrança. Fico feliz que tenha gostado e esteja usando.

Amanhã vou publicar uma resposta oficial àquela reportagem. O pessoal da minha assessoria de imprensa vai cuidar disso.

Não precisa. Da minha parte está tudo bem. Já passou.

Onde você está?

Estou em Furelos. Amanhã devo ir até A Calle, se tudo der certo.

Vai dar certo, sim. Vou deixar você descansar. *Buen Camiño* para você amanhã.

Obrigada. Se cuide por aí.

Posso voltar a te escrever?

Depois de quase um minuto sem saber o que responder, Daniela escreveu:

> Fique à vontade.

Francesco deu um sorriso de alívio.

> Boa noite, Daniela. Até mais.

> Boa noite, Francesco. Até.

Ainda confusa, Daniela ficou pensando que agora tinha o número do celular dele. Mas por quê? O que ele queria? Ela deixou o celular de lado e foi tentar dormir.

Francesco ainda estava eufórico porque tinha conseguido conversar com ela. Era disso que ele precisava para não perderem o contato. Tinha um plano para reencontrá-la e já estava colocando-o em ação.

— Eu lembro que na outra noite nós não trocamos mensagens, mas eu revi a nossa conversa — ela confessa.

— E por que não me escreveu?

— Eu não sabia o que escrever. Eu vi que você estava online e fiquei apreensiva.

— Eu também vi que você estava online, e que provavelmente estaria respondendo outras mensagens.

Francesco acordou por volta das nove horas, tomou seu café da manhã e foi se encontrar com Tony em sua casa para irem juntos até a Arena. Ele queria ver como estava ficando a estrutura de montagem para os dois últimos shows.

A esposa de Tony, Claire, estava esperando por ele. Tony ainda não estava pronto e, enquanto ele se arrumava, os dois ficaram conversando.

— Oi, querido. Como você está?

— Estou bem, e você?

— Bem também.

— Que bom!

— O Tony me disse que nós estamos apaixonados...

Francesco abriu um sorriso enorme, e Claire, toda animada, continuou:

— Pode contar comigo no que precisar, querido.

— Obrigado, Claire. Vou precisar de você daqui a uns dias.

— Já estou ansiosa.

Os dois ainda estavam rindo quando Tony apareceu.

— O que vocês estão aprontando?

— Nada, querido. O Giovanni estava me contando uma coisa da viagem, só isso.

— Giovanni, estou pronto, vamos? — Tony chamou. — Eu volto para o almoço, querida.

— Tudo bem. Giovanni, gostaria de almoçar conosco?

— Pode ser. Vou avisar a senhora Pietra que não vou almoçar em casa.

— Combinado, querido. Estarei aguardando os dois.

Francesco e Tony saíram para ver a montagem e no caminho foram alinhando outros assuntos importantes.

Assim que terminou seu dia, Francesco foi para casa, tomou um banho, jantou e foi novamente para o estúdio trabalhar mais um pouco nas novas composições. Durante o dia havia outros versos em sua mente, que ele anotou rapidamente no celular e, à noite, com calma, colocou-os em ordem.

Ele ouvira novamente a música que gravaram no dia anterior. Francesco havia gostado, mas ia pedir para colocarem um pouco mais de cordas. Quando começou a ficar com sono, foi para seu quarto e procurou alguma mensagem no celular. Tinha recebido várias, mas a que estava esperando, não. Ele então abriu a conversa da noite anterior e a viu online. Provavelmente estava respondendo às mensagens do Brasil.

··· 🜨 ···

— No outro dia eu também te vi online — diz ela.
— Eu também te vi, mas não sabia o que escrever. Só que eu tinha prometido para mim mesmo que na próxima noite eu escreveria.

··· 🜨 ···

Na outra manhã, Francesco acordou no horário, tomou café e foi para o estúdio encontrar os demais músicos. Eles iam começar a mexer nas letras que ele havia composto, e finalizar a canção na qual ele queria colocar mais cordas.

Acabou não voltando para almoçar em casa; pediram almoço no estúdio mesmo, para finalizar algumas coisas e adiantar o que precisava. No meio da tarde Tony apareceu por lá com alguns assuntos para ver com ele.

— Giovanni, quando terminar por aí, preciso conversar com você. Pode ser?

— OK, Tony. Daqui a meia hora mais ou menos.

Assim que colocaram mais cordas, Francesco combinou que gravariam para ele ouvir à noite, mas já estava bem satisfeito. Tinha ficado bonita, então ele se deu por satisfeito e foi falar com Tony. — Diga, Tony, o que você gostaria de conversar comigo?

— Ficou muito bonita essa última letra. Nós podíamos divulgá-la para concorrer daqui a quatro meses no Prêmio de Música Italiana. O que você acha?

— Eu gosto da ideia, Tony. Só queria mostrar para uma pessoa em especial. Essa música não é minha, preciso pedir autorização.

Se der, aí sim podemos colocar no próximo álbum e divulgar nas mídias sociais. Pode ser?

— Pode. Quando você pretende mostrar?

— Hoje de noite.

Pronto, agora ele tinha motivo para escrever para ela.

— Se tudo der certo, então, amanhã depois do almoço nós lançamos simultaneamente.

— Combinado. Eu te aviso.

Os dois conversaram mais um pouco, e Francesco foi para casa. Ia continuar mexendo na outra letra em que estava trabalhando durante as noites. No estúdio de sua casa, trabalhou nos novos versos em que pensara durante o dia, para ir complementando o que já tinha.

Ele ficou trabalhando até dar o horário de escrever para ela, perto da hora de dormir. Ela estava online, então criou coragem e escreveu. Ansioso, ficou esperando pela resposta.

> Boa noite, Daniela, como você está?

Daniela viu quando a mensagem dele chegou e, curiosa, clicou para ler rápido.

> Boa noite, Francesco. Aqui tudo bem, e com você?

> Eu estou bem também. Como foi o seu dia?

> Foi ótimo. Estou um pouco cansada por causa da subida, mas cheguei em Lavacolla, que era onde eu queria.

> Que bom, fico feliz por você! Então amanhã você chega em Santiago?

> Sim, quero chegar pelas 9h e já encontrar um lugar para ver a missa dos peregrinos. E como foi o seu dia?

> No estúdio, com os demais músicos. Estamos trabalhando em algumas letras que eu escrevi no Caminho, mas eu queria te mostrar uma em especial. O Tony, meu empresário, gostou dela e quer lançar amanhã nas mídias. Claro, se você não se importar. Gravei pensando em você; escrevi parte dela naquela noite que deixei dentro do seu livreto.

Ele respirou fundo e compartilhou com ela o áudio da música que havia finalizado e gravado à tarde no estúdio.

Daniela esperou baixar o arquivo e começou a ouvir a música. Ouviu duas vezes e não sabia o que responder. Era linda. Estava emocionada; ele havia feito uma música para ela. E pedia sua autorização para ele divulgar.

> Ficou linda, Francesco, não sei nem o que dizer. Estou lisonjeada. Jamais pensei que o que você me escreveu poderia virar uma música. O que você quer que eu diga?

> Fico feliz que tenha gostado! Gostaria de saber se posso colocá-la no próximo álbum, e se posso divulgá-la amanhã nas mídias.

> Francesco, você não precisa me pedir. Ela é sua.

> Ela é sua, Daniela.

Daniela não sabia o que responder. Até mesmo de longe ele mexia com ela e a deixava nervosa.

> Pode colocar no seu álbum e divulgar quando quiser.

> Obrigado. Você deve estar respondendo outras mensagens e precisa descansar para amanhã. Durma bem e *Buen Camiño*.

> Você também, Francesco, bom descanso.

> Até mais.

> Até.

Cada um foi dormir, pelo menos Francesco. Daniela ainda ouviu mais umas três vezes a música e não conseguiu dormir. Não parava de pensar nele.

⸻

— Eu coloquei essa música para tocar no meu despertador, sabia?
— Sério?
— Sim, tenho acordado com ela todas as manhãs.
Ela dá um beijo demorado nele.
— No outro dia, quando eu cheguei em Santiago de Compostela, a primeira coisa que eu quis fazer foi compartilhar com você.
Francesco pega a mão dela que está em cima de seu peito e lhe dá um beijo.
— Eu fiquei muito emocionada quando parei de frente para a Catedral de Santiago. Vieram à minha mente todos os momentos do Caminho desde o primeiro dia, tudo que eu havia visto, tudo que eu conheci, e você. Você tinha sido parte do meu Caminho, e devia estar ali também.

— Eu fiquei muito feliz quando eu vi sua mensagem.

·······························✦·······························

Sentada na frente da Catedral de Santiago, Daniela só pensava em Francesco. Não resistiu e escreveu para ele.

> Acabei de chegar e queria compartilhar isso com você. Obrigada por fazer parte do meu Caminho. Várias vezes eu pensei que não conseguiria, e em todos os momentos mais importantes para mim você estava me dando força. Espero que você possa um dia terminar o seu Caminho.

Antes de se levantar, a resposta dele chegou. Francesco também estava feliz e emocionado lá do outro lado.

> Obrigado por compartilhar esse momento. Você é sempre muito generosa comigo. Eu continuo pensando em você todos os dias. Quando der, vou terminar sim o meu Caminho. Aproveite seu dia por aí.

Nos últimos dias Francesco estava correndo contra o tempo. Havia terminado a música em que estava trabalhando à noite quando chegava em casa. Para essa não bastava gravar só o áudio. Ele tinha feito um clipe no estúdio mesmo, sem muita produção, apenas ele e os músicos. Precisava postar e agir.

Bem na hora dessa gravação, Claire chegou ao estúdio para buscar seu marido.

— Que linda a letra! Ele fez para a moça que conheceu no Caminho?
— Sim.
— Ela deve ser muito especial mesmo.
— E te digo mais: ele está correndo com alguns assuntos. Daqui a pouco ele vai aprontar.

— Será?

Assim que terminou de fazer a gravação, Francesco viu Claire conversando com o marido na outra sala e foi até eles.

— Claire, vou precisar da sua ajuda.

— Diga, querido. Em que posso te ajudar? — Ela sabia que esse momento chegaria.

— Preciso que você organize uma mala para o Tony. Ele vai fazer uma viagem de três dias. Vamos para Brasil.

— Eu não disse que ele iria aprontar? — disse Tony para sua esposa.

— Preciso de uma hora na frente da Daniela.

Claire estava adorando a situação.

— Querido, eu faço a minha parte.

— Giovanni, três dias. Não podemos ficar mais que isso — Tony deixou claro.

— Tudo bem. Um dia para ir, outro para eu ver a Daniela e outro para voltar. Combinado?

— Combinado.

Os dois pegaram o avião e viajaram. Nesse meio-tempo, Francesco publicou a música nova em suas redes sociais, na expectativa de que ela visse. Se não visse, não seria problema: ele iria encontrá-la de qualquer forma.

.... 🐚 ....

— E aqui estou eu.

Daniela se acomoda melhor e lhe dá um beijo apaixonado. Eles conversam mais um pouco e acabam dormindo no sofá até perto das duas da manhã, quando ela acorda.

2h15

— Francesco, venha. Vamos para a cama.
Os dois escovam os dentes e se preparam para dormir. Os dois pegam no sono com facilidade e dormem juntinhos.

7h20

No outro dia bem cedinho, ela acorda com uma perna e um braço sobre ela. Daniela sorri e se desvencilha para vê-lo dormir. Ainda não acredita que ele está no seu apartamento, que dormiram juntos e ele a convidou para passar três semanas com ele na Itália.

Ela fica olhando para ele por uns vinte minutos, até que sai da cama sem fazer barulho. Encosta a porta do quarto e vai para a cozinha começar a arrumar o café da manhã. Meia hora depois, Francesco acorda com o cheiro do café entrando no quarto e chega à cozinha, todo desarrumado.

— Bom dia!

— Bom dia, dorminhoco!

— Mas que café da manhã é esse?

— Você teve sorte. Na sexta-feira eu fiz compras. E, como eu não sei do que você gosta, tive que caprichar. Até porque eu estou concorrendo com o café da manhã do seu hotel.

— Se tivesse só bolacha eu comeria todas elas.

— Só agora você me diz isso? Se eu soubesse disso não precisaria acordar cedo, tirar leite das vacas, colher os ovos das galinhas, fazer bolo, picar as frutas.

— E você fez tudo isso enquanto eu dormia...

— Para você ver.

— Eu ronquei? — ele pergunta.

— Você ronronou. Parecia um gatinho!

— Mas às vezes eu pareço um leão da montanha.

Os dois riem um para o outro. De onde está, Francesco fica olhando para ela.

— O que foi?

— Eu estou bem propenso a te raptar hoje.

Daniela abre um sorriso lindo e responde:

— Nós já conversamos sobre isso, certo?

— Sim. Mas não custa nada tentar de novo. Vai que você mudou de ideia.

— Venha, vamos tomar o café.

— Sim, senhora.

Enquanto se senta na banqueta, ele a ouve perguntar:

— Me diga: você toma café?

— Sim.

— E como você gosta dele?

— Dois terços de café e um terço de leite.

Daniela dá um sorriso tímido.

— Eu também.

— Viu? Somos parecidos.

Os dois tomam o café com calma, sem nunca faltar assunto. Já quase no horário de Francesco sair, ela diz:

— Eu adorei ter você aqui comigo.

— Eu também. Vim para cá na expectativa de conseguir falar com você por uma hora, e você me deu muito mais que isso.

Ele pega a mão dela e lhe dá um beijo.

— Vamos nos falando. Eu preciso que você me passe seus dados para eu comprar as passagens.

— Não precisa, Francesco. Eu tenho dinheiro.

— Eu faço questão, Daniela. Não gaste o seu dinheiro. Combinado?

— Combinado.

O motorista contratado já o aguarda na porta do edifício. Eles então se despedem com um longo e apaixonado beijo, e ele volta para o hotel.

Daniela agora precisa ver como vai conversar com seus tios sobre essa nova viagem. No decorrer da semana, na quinta-feira seguinte, será o dia do jantar mensal que acontece no apartamento dela. Ela vai aproveitar a ocasião para conversar com eles, e contar a parte da viagem sobre a qual não havia falado da primeira vez.

Fim

Esta obra foi composta em Argent CF 12 pt e impressa em papel
pólen natural 80 g/m² pela gráfica Meta.